KB201670

오래된
미래를 꿈꾸며

오래된 미래를 꿈꾸며

초판 1쇄 인쇄일 2025년 6월 5일
초판 1쇄 발행일 2025년 6월 12일

지은이 김창환
펴낸이 양옥매
디자인 표지혜 송다희
마케팅 송용호

펴낸곳 도서출판 책과나무
출판등록 제2012-000376
주소 서울특별시 마포구 방울내로 79 이노빌딩 302호
대표전화 02.372.1537 **팩스** 02.372.1538
이메일 booknamu2007@naver.com
홈페이지 www.booknamu.com
ISBN 979-11-6752-640-3 (03800)

오래된 미래를 꿈꾸며

김창환 산문집

책나무

잘 사는 법을 잊은 우리에게

나는 나답게 살고 싶었다
조금 느려도 괜찮고
조금 다르면 더 좋은,
그저 하루를 잘 건너고
내 마음이 기뻐하는 방식으로
살아가고 싶었다

라오스는 그런 나를 품어 주었다
아무도 묻지 않고 재촉하지 않는 땅,
그곳에서 나는 처음으로
무엇이 '살아 있음'인지
무엇이 '잘 사는 것'인지
천천히, 그리고 깊이 묻기 시작했다

....

세상은 참 빠르게 변했다. 속도는 능력이 되었고, 효율은 생존의 조건처럼 굳어졌다. 더 많이, 더 빨리, 더 높이. 우리는 그것을 '성공'이라 불러왔다.

그러나 그 빠름의 끝에서, 문득 우리는 멈춰 서게 된다. 숨이 차고, 마음이 아프고, 언젠가부터 내 안의 목소리가 속삭인다.

"나는 지금, 잘 살고 있는 걸까?"

"이게 정말, 내가 원하던 삶일까?"

그리고 또 하나의 물음이 따라온다.

"나는 지금, 어떻게 일하고 있는가?"

어릴 적, 일은 삶 그 자체였다. 몸은 고단했지만 마음은 단순했고, 사는 일은 곧, 누군가를 먹이고 살리는 일이었다. 느리지만 정직한 노동. 그 안에는 사람의 온기와 마을의 숨결이 있었다.

지금 우리는 너무 많은 것을 바꾸어 버렸다. 손이 아닌 기계로, 대화가 아닌 메시지로, 함께함이 아닌 각자의 분투로. 효율이라는 이름 아래, 우리는 조금씩 서로를 잃어 가고 있다.

그러다 다시 묻는다.

"노동이란 무엇인가?"

"일은 왜 삶에서 점점 멀어지는가?"

기후위기와 인공지능이 동시에 우리를 흔들고 있다. 이제는 일도 자연과 함께할 수 있는 방식으로 바꿔야 하고, 기계가 아닌 사람만이 할 수 있는 일을 되찾아야 한다.

AI는 빠르지만, 마음을 읽지 못하고, 슬픔을 알아채지 못하며, 지친 손을 꼭 잡아 줄 수도 없다. 우리가 중심에 놓아야 할 것은 속도가 아니라 감도(感度), 성과가 아니라 공감이다.

정답을 내는 일보다 마음을 헤아리는 일이 더 중요해진 시대. 그런 시대에 어울리는 노동은 관계하고, 돌보고, 함께하는 일일 것이다. 그리고 이제는, 혼자가 아닌 함께의 시간이 필요하다.

혼자 버티는 방식은 우리 모두에게 너무 긴 싸움이 되어 버렸다. 서로의 일을 돕고, 시간을 나누고, 작지만 단단한 공동체를 다시 꿈꾼다.

작은 협동조합, 지역통화, 돌봄 공동체, 시간은행. 낯선 이름이지만, 그 안에 담긴 뜻은 오래되고 익숙하다. 같이 사는 일. 그리고 함께 잘 사는 법.

이 책은 그 질문에서 시작되었다. '어떻게 잘 살 것인가'가 아니라, '어떻게 함께 살아갈 것인가'라는 물음으로.

이제 우리는 '일을 줄이는 법'만이 아니라 '어떻게 일할 것인가'를 묻기 시작해야 한다. 무엇을 하느냐보다, 어떤 태도로 일하느냐가 더 중요해진 시대. 그 일이 내 삶에 어떤 의미를 남기는지가 더 깊은 질문이다.

노동은 이제, 단지 돈을 버는 일이 아니라 가치를 나누고, 존재를 증명하고, 삶을 짓는 일이 되어야 한다. 그런 노동은 고단함만이 아니라 성취와 성장, 연결과 회복을 남긴다.

나는 지금도 길 위에 있다.

이미 지나온 길이지만, 아직 도달하지 못한 어떤 삶을 향해. 노동과 삶이 서로를 감싸고, 속도보다는 감도에 닿는 세상.

함께 걷는 길 위에서, 우리는 오래전 잃어버린 삶의 온도를 다시 찾게 될지도 모른다. 그곳은 어쩌면, 우리가 한때 살았던 곳이자 앞으로 살아가야 할 오래된 미래일지 모른다.

2025년 6월

김창환

차례

1부   라오스, 오래된 미래를 찾아

2부 대한민국, 노동의 종말

1부

라오스,
오래된 미래를 찾아

오래된 미래를 꿈꾸며

꿈만 야무졌지
시작도 끝도 제대로 짓지 못했다
사는 일은 늘 서툴고
덜컥거리듯 하루하루를 넘겼다
세상은 점점 더 빠르고
더 편리해지고 있었지만
나는 자꾸만 오래전 고향을 떠올리곤 했다

그 느리고 투박했던 시절의 기억들을
주섬주섬 꺼내 들며
어느 날은 먼 나라로 여행을 떠나 보기도 했다
새로운 문명과 기술을 탐험하기보다는
오히려, 퇴행하듯
어딘가 남아 있을지 모를
순박한 얼굴과 삶의 단서들을 좇았다
몽골에서도, 네팔에서도, 차마고도

옛길에서도, 그리고 라오스에서도

꼬작한 얼굴에 까만 눈
양 떼를 몰고 돌아오던 아이들
해 질 무렵 낮은 굴뚝에서 연기가 피어오르면
굴뚝새처럼 달려가던 작은 발자국들
들에 간 엄마를 기다리며
가랑잎 같은 손으로 물을 길어 놓고
보리쌀도 미리 불려 놓을 줄 알던
그런 아이들이 지금도 어딘가에 남아 있을까?

'잘 산다'는 건 대체 무엇일까
속도와 효율, 편리함을 좇는 삶이
우리에게서 앗아 간 것은 무엇이었을까
또 한 해가 저문다
세상은 여전히 어수선하고
나는 다시 배낭을 챙긴다

이제,
미지의 오래된 미래를 다시 꿈꾸며
묻고 싶다
우리는 정말 잘 살고 있는 걸까

....

전후 황폐한 대지에서 산업화 시대를 살아오면서 "내 자식만은 나처럼 가난한 농사꾼이 되어선 안 된다."는 말은 부모 세대의 절박한 희망이자 한 시대의 집단적 기도문이었다. 그 기도는 어느덧 이루어졌고, 우리는 풍요로운 시대 한복판에 서 있다.

그러나 문득, 문명이라는 이름으로 이룬 성취의 잔해 위에서 다시 묻게 된다. 이 삶은 정말 '잘 산 삶'일까? 무엇을 잃고 무엇을 얻은 것일까? 속도와 효율을 좇은 대가로 우리는 얼마나 많은 것들을 흘려보냈을까?

나는 베이비붐 세대다. 농경 시대의 끝자락을 손끝으로 만져 본 마지막 세대. 이마에 땀 흘려 밥을 짓고 두 손을 뻗어 땅을 일구던 그 시절, 몸은 고단했지만 마음은 단순하고 평화로웠다.

라오스로 떠나기 전, 나는 《오래된 미래》라는 책을 다시 펼쳤다. 라다크 사람들은 서구의 시선에선 가난해 보였다. 낡은 옷, 불모의 고원, 소박한 삶. 그러나 그 안에는 우리가 잃어버린 어떤 평화가 있었다. 서로를 돌보는 공동체, 작은 일에도 감사하는 마음, 생명을 귀하게 여기는 시선.

하지만 문명이 들어서고 나자, 그들의 눈빛은 달라졌다. 젊은이들은 전통을 부끄러워하고, 서로는 품앗이를 하던 이웃이자 친구가 아니라 고용인과 피고용인이 되었다. 돈은 사람들 사이에 벽을 만들었고, 삶의 온기는 점점 사라져 갔다.

라다크의 이야기는 오래전의 이야기가 아니라, 오늘의 이야기이고, 어쩌면 내 이야기이기도 했다.

내 안에도 늘 두 개의 세계가 있었다. 하나는 앞으로 나아가야 한다고 말하고, 다른 하나는 자꾸만 뒤를 돌아본다. 낡고 투박하지만 더 인간적이고 따뜻했던 어떤 시간을….

그 시간이 나를 다시 길 위로 불렀다. 굴뚝 연기처럼 피어오르던 엄마의 목소리, 굴뚝새처럼 작고 검고 따뜻했던 소년의 눈동자. 그리움은 미래를 향한 나침반이 되었다.

나는 오늘도 배낭을 챙긴다. 낯선 길 위에서, 이미 지나온 과거이지만 아직 도달하지 못한 어떤 삶을 찾아서….

'오래된 미래' 그 말은 언뜻 모순처럼 들리지만, 내게는 가장 진실한 갈망의 언어다. '잘 산다'는 건 무엇일까? 그 물음을 품고, 나는 다시 길 위에 선다.

시간 여행

해가 지는 쪽으로 다섯 시간 반
밤의 하늘길엔 별이 총총했다
시린 겨울바람을 뒤로하고 도착한 곳
계절은 초가을의 반가움에 머물렀으니
색 바랜 초록이 선들바람에 너울거렸고
시간은 두 시간이 뒤로 가 있었다
시절은 50년쯤이나 더 거슬러
먼지 날리는 신작로를 따라갔다

여행은 단지 여유로운 행동의
줄임말이 아닌 게
낯선 풍경을 신기함으로 바라보거나
타인들의 삶을 염탐하는 방편이기도 했지만
과거와 현재가 겹치는 지점을 조심스럽게
더듬어 가는 일이었다
저 너머로 메콩강이 흐르고 있을까

라오스의 수도 비엔티안,
그 변두리 시골 마을
이곳은 시간을 넘어
거슬러 여행을 떠나온 듯
다른 세상으로 여행을 떠난 듯한 느낌이었다

....

여행자들의 입으로나 전해졌을까? 라오스는 여전히 생소한 나라였고, 그 역사 또한 낯설었다. 밤하늘에는 별이 총총했고, 서쪽으로 다섯 시간 반을 날아와 도착한 이곳의 시간은 서울보다 두 시간 늦었다.

오늘날 우리가 누리는 풍요로움 속에 다가오는 또 다른 삶의 문제들, 그 바탕에 똬리를 틀고 있는 듯, 손과 발을 움직여 일하는 노동의 과거에 대해 글을 쓴다는 건 쉽지 않은 일이었다. 복잡한 국내 상황에서 벗어나고자 떠난 여행이었지만, 그 여정이 라오스라는 사실은 또 다른 의미로 다가왔다.

늦은 시간 라오스의 수도 비엔티안에 도착했을 때, 낯선 바람은 초가을처럼 선선했다. 숙소로 가는 길, 메콩강이 내려다보이는 시내 풍경이 너울거렸다. 빛바랜 초록과 바람에 흩날리는 먼지가 어우러진 거리 풍경은 오래전으로 돌아가는 듯한 기분을 들게 했다. 시내를 벗어나며 비포장도로를 달릴 때, 문득 시간을 거슬러 여행하는 것만 같았다.

라오스는 최근에서야 여행지로 주목받았을 뿐, 인도차이나 국가 중에서도 유독 낯선 나라였다. 베트남은 우리에게 익숙한 나라였고, 태국이나 미얀마도 어느 정도 알고 있었다. 캄보디아는 《킬링필드》라는 영화로 더 잘 알려졌지만, 라오스에 대한 정보는 많지 않았다. 프랑스 식민지였던 이곳은 한때 세계에서 가장 가난한 지역 중 하나였다.

지금도 크게 다르지 않다. 한국에서 일용직 노동자의 하루 임금이 15만 원이라면, 라오스에서는 5천 원 정도. 공무원 초임의 월급도 15~20만 원 선이라고 한다. 전체 인구가 700만 명쯤, 내수가 많지 않으니 공장에서 생산되는 건 맥주가 유일하다시피, 대부분의 물품은 수입에 의존했다. 휘발유 가격은 우리와 비슷했다.

그렇다면, 라오스 사람들은 우리보다 불행한 삶을 살고 있는 걸까? 경제적 기준으로 보면 오래전 우리의 과거를 떠올리게 하지만, 그들은 우리와 같은 휴대폰을 들고 다녔다. 그런 점에서 우리는 같은 시대를 살고 있는 셈이었다. 나를 이곳으로 불러낸 친구가 말했다.

"유사 이래 굶어 죽거나 얼어 죽은 사람이 없는 나라가 라오스야." 그 말 속에는 과거 한국에서는 그런 일들이 있었다는 의미도 담겨 있었다. 풍요로운 시대를 살아가는 우리는 과연 라오스 사람들보다 더 행복한가?

일과 노동에 대한 생각을 풀어놓기 전에, 먼저 이곳 사람들의 삶을 이야기해 보는 건 어떨까? 짧은 시간 동안 단편적으로나마 그들이 살아가는 모습을 바라보았다. 여행이란 결국 타인의 삶을 엿보면서 동시에 자신의 모습을 비추어 보는 일이 아닐까? 라오스에서의 며칠 동안, 문득 어느 책에서 읽었던 구절이 떠올랐다.

"가난은 아름다움을 묻어 버리는 어둠이 되기도 하고, 아름다움을 드러내는 빛이 되기도 한다."

한 달도 채 되지 않는 짧은 기간 동안, 나는 매일 한 편씩 시처럼 글을 써 내려갔다. 그리고 돌아와서는 그곳에서 스며든 이야기들을 덧붙였다. 인생이 나그네 길이라면, 우리는 모두 이 지구별을 여행하는 존재들일지도 모른다. 삶과 여행은 결국 견디면서도 즐기는 것, 그 경계를 넘나드는 과정이 아닐까 하는 깨달음을 안고 돌아왔다.

바람에 실려 온 동네

흙먼지 이는 비엔티안 시골길
맨발로 고무줄놀이하는 아이들
무논을 첨벙거리며 올챙이를 잡는 아이들
낯선데, 낯익다
문득, 내가 살았던 동네가
바람에 실려 불려 나온다

전신주가 없던 동네
산과 들, 개울이 놀이터였고
허기진 배를 달래주던 작은 창고였다
들로, 산으로, 개울로
햇살을 훔치고 바람을 움켜쥐고
까마중, 개복숭아, 목화다래를 따 먹었다
뽕나무를 오르며
입가에 물든 달콤함
찔레꽃 향기는 꿈처럼 퍼졌다

개울에서는 가재와 다슬기,
돌 틈에서는 뱀장어를 끌어냈다
흙내 나는 손으로
하늘을 가리키며 웃었다
긴 여름 해가 기울어도
엄마의 부름에
쉽게 발을 떼지 못했던 아이들

라오스의 작은 마을에서,
나는 다시, 그 시절을 마주한다
논둑을 뛰는 아이들
흙 묻은 발로 달리는 웃음
나도 모르게 웃고
아득히 그리워진다
돌아갈 수 없어도
돌아가지 않아도
내 안의 동네는 살아 있다
진달래꽃처럼
개구리 울음처럼
마을 어귀의 아버지 그림자처럼

햇살과 바람과 웃음소리
모두 다— 내 안에 숨 쉬고 있다
흙먼지를 일으키는 아이들 발자국 위로
어린 시절 내 웃음소리도 달린다
이국의 작은 골목 어귀에서
나는 오늘도
그 동네를 가만히 끌어안는다

....

서늘한 아침 바람 속, 비엔티안 시골 동네 한 바퀴를 도는 길. 문득 오래던 내 고향 마을의 냄새가 스쳤다. 맨발로 고무줄을 하며 놀던 아이들, 논에 고인 물에서 올챙이를 잡는 아이들, 그 정겨운 풍경 앞에 한참을 서서 마음을 빼앗겼다.

작은 실개천이 흐르던 내 옛 동네가 떠올랐다. 이른 봄이면 고마리 새순이 돋던 물가에서 가재를 잡고, 미꾸라지를 뒤쫓았다. 돌 틈에 숨은 뱀장어를 끌어내려고 둑을 쌓고, 고무신으로 물을 퍼내기도 했다. 장마철이면 물살이 빠른 개울가에서 풀줄기로 물레방아를 만들어 돌리고, 돌과 풀을 엮어 간이 풀장을 지었다. 배꼽까지 겨우 차는 얕은 물에서도 우리는 개구리처럼 허우적거리며 헤엄쳤다. 손바닥만 한 돌멩이를 던져 물수제비를 띄우며 누가 더 멀리 보낼지 겨루었다.

우물물을 길어 콩밭 매는 어머니께로 가는 들길, 작열하는 태양 아래 초록으로 달아오른 대지 위로 짝을 부르는 뜸부기 소리가 한낮의 적막을 깨곤 했다. 둠벙에는 개구리가 풍덩 뛰어들고, 물방개 두 마리가 작은 거품을 말아 올리며 자맥질했다. 꼬리를 맞댄 물잠자리들은 박을 타듯 밀고 당기며 춤췄고 물뱀은 물살을 딛고 달려가듯 미끄러져 나갔다.

불타듯 저녁노을 아래, 땀범벅이 된 얼굴로 서로를 바라보며 깔깔 웃었다. 글러브도 없이 비료 포대를 접어 야구를 했고, 때로는 낫을 던져 땅에 꽂으며 꼴내기 게임을 했다. 긴 여름날이 저물어도 집에 오지 않은 아이를 부르는 소리가 고샅길에 메아리로 떠다녔지만, 아이들은 좀처럼 발길을 돌리지 못했다.

원두막에서 만화책을 돌려 읽거나, 기타를 배우기도 했다. 별이 가득한 밤하늘 아래 참외 서리의 짜릿함을 꿈꾸며, 한입 베어 문 참외의 달콤함에 몰래 웃던 순간들. 대지를 놀이터 삼아 자연과 한 몸이 되어 보냈던 그 시간들은 아직도 내 마음 깊은 곳에 숨 쉬고 있다.

마을을 떠난 이들은 다시 돌아오지 않았다. 이야기는 풍경 속에서보다 사람 속에서 더 많이 되돌아오듯, 길에서 만나는 사람들이 드물어지면서 고향의 추억도 서서히 희미해져 갔다.

언덕을 스치는 햇빛과 바람조차 어쩐지 낯설게만 느껴졌다.

그래서일까?

낯선 곳에서라도 아이들이 뛰노는 모습을 보면 그 시절 기억들이 고스란히 걸어 나오곤 했다. 어느 날, 그 모습 그대로의 아이들을 만나면, 그 기억들은 별처럼 하나둘 떠올라 조용히 반짝였다.

개는 개같이 산다

이곳의 월급은
내 나라의 하루 품삯쯤
공장에서 나오는 건
내가 좋아하는 맥주 하나
열 걸음도 걷지 않고
오토바이를 타는 사람들
과일 이름을 물으면
말보다 손이 먼저 나와
하나를 떼어 건넨다
그건 습관일까, 마음일까

아침은 서울보다 두 시간 늦고
나는 아직 서울의 시계를 품고 있는 듯
어쩌면 그 시차 덕에
하루가 조금 더 길어진 듯 느껴진다

그리고 어느 오후
개를 보았다
이곳의 개는
누구의 품에도 들지 않고
줄에도 묶이지 않는다
반려도, 애완도 없이
그늘을 골라 누워 있고
어쩌다 눈을 뜨면
햇살이 거기까지 와 있다
그저 그 자리에서
그대로 살아 낸다

개는 개같이 산다
슬프지도 않게
누구도 원망하지 않고
누구에게도 기대지 않으면서
그것이 삶이라는 듯
그것이 평온이라는 듯
나는 그 개를 오래 보았다
그리고 생각했다
그렇게 아무것도 갖지 않고

아무 말 없이 하루를 살아 내는 것

그게 지금의 나에겐

가장 멀고도 간절한 삶처럼 느껴졌다는 걸

....

　도착한 다음 날, 아침 산책을 위해 거리에 나갔을 때 걷거나 뛰는 사람은 나밖에 없었다. 아이든 어른이든 남자든 여자든 전부 오토바이를 타고 다니는 사람뿐. 누군가 그런 말을 했던 게, '이곳에서 걷거나 뛰는 사람은 개와 외국인밖에 없다.'고.

　라오스는 베트남과 정치적 동반자 관계를 이루지만 개에 관해서만은 그렇지 못하다. 베트남은 중국과 함께 개고기를 식용하지만 라오스는 개고기를 먹지 않는다. 시장에 갔을 때 개구리부터 온갖 지상의 크고 작은 생명체들이 진열되어 있었지만 개고기는 찾아볼 수 없었다. 논에서 올챙이를 잡는 아이들을 볼 수 있었는데, 심지어 그것도 사람이 먹는 거라고 했다.

　불교를 믿는 동남아 대부분의 나라들이 마찬가지지만 개가 이승에서 저승으로 옮겨 주는 중간자적 존재이거나 다음 생에 태어나면 절에 사는 개로 태어나기를 바란다고도 했다. 그러니 돌아다니는 개 중에 자신의 조상도 있다고 생각할 수도 있다는 것.

태어나서 단 한 번도 목줄을 매지 않고 행동에 제약을 받지 않고 살아가는 개들, 산책을 나설 때마다 가까이 따라오며 짖어 대기도 했지만 나름의 영역을 고수하는 듯했다. 한 번의 삶이 끝이 아니라 현생의 업보에 따라 다음 생에 다른 존재로 태어난다고 믿는 사람들, 그러니 현생에 집착을 거둘 수도 있을 것이다. 그러한 믿음의 반향으로 개들은 자유를 누리며 살아갈 수 있다는 것이다.

우리 땅에는 그 많던 소위 똥개가 사라지고 모양새에 따라 각기 다른 종(種)의 이름의 가진 개들은 애완 또는 사람과 비슷한 대접을 받으며 살아간다. 심지어 집 안에서도 키우지만 밖에 나와서는 목줄에서 해방되는 자유는 얻지 못한다.

사계절이 뚜렷하고 유목이 아닌 농경민족이었던 우리 땅에서 오랫동안 개고기는 보양식으로 자리매김했다. 일찍이 불교가 들어왔지만 개고기가 일반 대중들에게까지 금기의 음식은 아니었다. 개식용을 금기시하는 지역과 나라는 대개 종교적인 이유였으니 유대교와 이슬람교, 불교에서는 특히 인간으로 환생하기 직전 단계가 개의 존재로서, 식용을 철저하게 금기시한다. 동남아를 여행하다 보면 개들은 어디 장소에서나 너무나 자유스러운 이유가 거기에 있다.

이와는 다른 측면으로 가축을 유목하는 입장에서는 개가 가축을 몰아주는 등의 노동력이 고기로 전환되는 가치보다 높다는 이유로 개고기가 금기시되었다. 일례로 유목민족인 몽골족이나 만주족 등은 개고기를 금기시하는 문화가 있었는데, 이는 개가 가축을 몰아주고 사냥을 하는 데 중요한 역할을 수행했기 때문이다. 굳이 개를 잡지 않아도 키우는 가축을 취할 수 있었던 이유도 있었을 것이다.

반면 서구에서는 환경적 영향으로 개고기가 터부시되고 있다. 일찍이 사냥견, 썰매견, 목축견 등으로 쓰이며 사람과 반려로서 가까이 지낸 역사가 길기 때문이다. 개는 늑대처럼 후각과 청각이 뛰어나고 민첩하며 턱이 강하다. 이러한 장점과 더불어 개는 인간에 대한 신뢰가 강하기 때문에 쉽게 훈련 가능한 동물이며, 사회의 많은 분야에서 인간과 상호작용을 주고받는 동물이다.

기록상으로는 20세기 초반까지 프랑스 파리의 정육점에서 개고기가 일부 팔렸다고는 하나 대중적인 식재료로 사용된 것은 아니었다. 그들은 목축이 발달하여 소, 돼지, 양, 말, 토끼 등의 고기를 구하기가 쉬워 주식으로 활용되었기 때문에 굳이 개고기까지 먹을 필요가 없었다. 그러니 '상대적인 경제성'과 환경적인 이유, 그리고 무엇보다 반려동물로서 기르게 된 문화 때문이다.

상당수의 가정이 개를 키우는 서구권에서는 어린 시절부터 정서적으로 의지하며, 친구로 지냈던 동물을 한 끼 식사로 먹는다는 것에 당연히 거부감을 가질 수밖에 없다. 종 내부에서 특성 변화가 몹시 쉽고 한 번 개량하고 나면 간단히 길들여져 친근함을 느끼게 되었을 수도 있다.

우리도 경제 사정이 좋아지면서 애견 인구가 늘어나며 그런 추세를 따라가고 있다. 개가 집 안으로 들어오게 되면서 귀여움의 애완이었다가 이제 가족처럼 반려의 반열에도 들게 되면서 사람들과 개의 관계에서 숨겨져 있던 문제들을 드러내기 시작했다.

개를 데리고 산책하는 사람을 한 번도 마주칠 수 없었던 나라, 개가 절대 자유와 평화를 구가하는 나라가 라오스였다. 소도 마찬가지였다. 작은 공간의 외양간이 아닌 야외의 넓은 공간에 얼기설기 울을 둘렀다. 아침에 그 앞을 지나가는데 문이 있는 쪽으로 모여들어 문을 열어 달라고 항의하듯 주인을 부르는 소리를 냈다. 그렇게 자유스럽게 돌아다니다 저녁이면 집으로 돌아오는 소들은 내가 다가가도 크게 거리를 두지 않았다. 네발이든 두 발이든 짐승은 풀어서 키우고 농작물은 울타리에 가두어 키운다.

그곳에 잠시 머문 나의 친구는 우연한 인연으로 도움을 주었던 라오스인에게 '개 같은 인간'이라고도 표현했음을 보았다. 꼭 진돗개가 아니더라도 주인을 배신하지 않을 것임을 확

신하듯 그와 같이 표현했던 듯했다. 도시로 나와 사는 사람들
보다는 오지에 사는 사람들일수록 돈에 현혹당하지 않더라는,
마찬가지였다.

메콩, 기억의 물결

'인도차이나'
어느 지명이 남긴 상처
무엇도 되지 못한 반도라 불리던 곳
식민의 그림자가
지도의 이름마저 덧칠하던 시절
그러나 메콩은
그 모든 말을 모른 척
묵묵히 흘러 대지를 어루만졌다

티베트 고원의 숨결로 시작된 강
미얀마, 라오스, 태국과
캄보디아, 베트남의 품을 지나
남중국해로 가는 길
나는 그 흐름을 따라
잠시 멈춰 선 나그네일 뿐
붉게 물든 물살 속엔

한 시대를 건너간 젊은 날들이
말없이 스며 있었고
쏭바강의 전설처럼
이 강엔 오래도록 슬픔이 젖어 있었다

루앙프라방의 종소리,
골목마다 스민 고요한 발걸음
스님들의 옷자락을 스치는 바람에
역사가 가만히 머리를 숙였다
강은 캄보디아를 적시고
톤레삽의 물결 위에
앙코르의 기억을 피워 올렸으며
베트남 삼각주 끝자락까지
살며시 문명을 내려앉혔다
붉은 황토의 물은
세월을 씻고
뭇 생명들의 목을 축이며
다시, 살아가게 했다

나는 지금
바다가 없는 비엔티안의 둑 위에서

강물과 함께 하늘이 지는 걸 보았다
그 장엄한 빛 속에
이름 모를 이들의 삶과 죽음이
잔물결처럼 일렁였고
나는
그 물결 하나하나에
가만히 마음을 실었다
그리고 비로소
이 조용한 강이
한 시대의 노래였음을,
한 사람의 눈물이었음을
알게 되었다

....

메콩강이 없었더라면 라오스의 역사는 어떻게 흘렀을까? 메콩강을 사이에 두고 태국과 국경을 이루고 있는 도시 비엔티안, 그곳에 머물면서 우정의 다리를 건너 한나절 동안 태국 농카이를 다녀오기도 했듯, 수도가 인접국과 그렇게 가까운 것은 드문 경우였다. 라오스에게 태국은 오래전부터 메콩강을 사이에 두고 경계를 이루는 그 이상의 의미를 지니고 있었고,

지금도 마찬가지였다.

라오스인이 처음 루앙프라방을 중심으로 란쌍 왕국을 세웠을 때부터 비엔티안은 태국과의 교역 또는 분쟁의 최일선 지역이었다. 란쌍 왕국은 버마의 침략을 피해 수도를 비엔티안으로 옮겼고, 란쌍 왕국이 계승 분쟁으로 분열한 뒤에는 비엔티안 왕국이 세워졌다. 태국은 늘 위협 요인이었고 결국 태국의 속국이 되었을 때, 1826년 야누윙 왕이 반란을 일으켰지만 영국의 지원으로 서양식 무기로 무장한 태국에게 진압되었고 도시는 철저하게 피괴되었다. 야누윙 왕은 이제 비엔티안 야시장 근처, 메콩강을 바라보며 칼자루를 쥔 채 동상으로서 있다.

한참의 세월이 흐른 뒤에 프랑스인 선교사가 비엔티안에 도달했을 때, 정글 속에 묻힌 도시의 흔적만이 남아 있었다. 이렇게 파괴된 도시를 재건한 것은 역설이게도 식민국이었던 프랑스였다. 1893년 프랑스는 태국과 전쟁을 벌여 라오스에 대한 종주권을 확보했다. 이름뿐인 라오스의 국왕은 루앙프라방에 남아 있었지만 프랑스는 비엔티안을 식민지의 수도로 결정했다. 잔재만 남았더라도 과거의 수도였고 남북으로 중앙이었기 때문에 태국과의 가까운 지형적 약점은 무시되었을 것이다.

비엔티안이 식민지의 수도로 재건되었지만 프랑스에게 라

오스의 영토적 가치는 미미했다. 인구도 적은 데다, 대부분 산악 지역이었고 땅도 심히 척박해서 농사지을 수 있는 영토가 전체 영토의 3%에 불과했다. 실제로 가서 보니 대부분의 평지도 배수가 잘 되지 않는 점토질이었다.

도시를 중심으로 몇몇 학교들이 설립되긴 했지만, 도시를 제외하곤 교육 시설은 전무하여 교육 혜택조차도 왕실과 귀족 등 상류층에 국한됐으며, 일반 백성들의 아이들 일부는 사찰에 가서 공부해야 했다. 이 지역의 산업은 거의 발전시키지 않았고 그나마 산악 지역에서 생산되는 아편 산업에만 몰두했다. 지금은 아니지만 '골든 트라이앵글'이라는 말이 그랬다.

프랑스는 라오스를 통해 남부 메콩강이나 북부 홍강을 통해 중국에 접근하기 위한 속셈이 더 컸고, 캄보디아도 마찬가지였다. 하지만 메콩강이나 홍강의 상류까지 거대한 무역선이 오가기에는 무리가 있었던 나머지, 바다를 이용하는 해안 무역기지 건설에 집중하게 되고 이를 보호하기 위한 완충 지대로서의 역할에만 머물렀다.

단순한 식민 지배였을 뿐 경제 발전이나 근대 문물의 도입은 수반되지 않았으니 1940년대까지 라오스에 거주한 프랑스인은 600여 명에 불과했다. 이러한 소수 인원으로 식민 지배가 불가하였으니 프랑스는 베트남인을 활용한 간접 지배에 치중했다. 이는 단순히 베트남 이민자만 증가시킨 게 아니었다.

태국의 지배 당시 많은 라오스인들이 태국으로 강제 이주당해 인구가 크게 줄어든 상태였으니 비엔티안 인구의 절반이 베트남인들로 채워졌다.

2차 대전 중에는 짧게 일본의 지배와 전후 혼란기를 겪은 라오스는 1946년 프랑스 연맹 산하의 반독립국이 되었고, 점차 자치권을 확대해 나가다가 완전히 독립 국가가 된 것은 1953년이었다. 이듬해 인도차이나 전쟁에서 패배한 프랑스는 라오스를 비롯한 인도차이나 전역에서 철수하게 된다.

1955년 처음 총선을 치렀지만 각 세력 사이의 연합정부가 수립되었고 결국 쿠데타와 내각 붕괴를 경험해야 했다. 그 사이 공산주의 세력, '파테트 라오'의 세력이 강해졌다. 이런 상황에서 2차 인도차이나 전쟁, 곧 베트남 전쟁이 발발, 직접 전쟁 당사국이 아닌 라오스는 북베트남이 라오스를 경유해 남베트남에 인력과 물자를 제공한다는 이유로 미군의 막대한 폭격을 받아야 했다. 소위 '호치민 루트'에 대한 폭격이었다. 총 200만 톤 이상의 엄청난 폭탄이었다.

전쟁은 끝났지만 상처는 계속되는 게 미국이 투하한 폭탄 중 불발탄 비율이 30%나 되었다는 것이다. 이 당시 산재한 불발탄으로 많은 사람들이 불구가 되거나 사망했고 여전히 국토 개발의 걸림돌로 남아 있게 된다.

사이공이 함락되고 4개월 뒤인 1975년 8월, 파테트 라오도 비엔티안에 입성한다. 그렇게 라오스 왕국은 무너졌고 인민민주주의공화국이 수립되었다. 당시 파테트 라오를 이끌던 수반으로 신생 인민민주주의공화국의 초대 주석이 되는 수파누웡이 라오스 왕국의 왕족이었다는 것은 사족이려나.

라오스는 베트남과 친밀한 관계를 유지하여 1980년대 베트남이 이끄는 인도차이나 동맹(라오스 · 베트남 · 캄보디아)의 일원이 되었으니 양국은 중요한 정치적 협력자 관계이다. 파테트 라오의 집권 자체가 베트남의 도움을 크게 받았으니 덕분에 베트남군은 한동안 라오스에 진주하면서 라오스의 정치와 경제 전반에 많은 영향을 미쳤다. 이런 결말도 바다를 접하지 못한 나라의 숙명이라고 해야 하나.

라오스는 세계에서 최빈국 중의 하나로, 대부분의 국민이 농업에 의존하는 중앙계획경제 체제로 국제기관의 원조에 기대어 느리게 발전하고 있다. 전 국토는 국유화되었고 정부는 농민조합을 장려했지만 1990년 초부터 가족 중심 농장으로의 복귀와 외국인 투자를 허용하는 등 경제자유화 조치를 단행했다. 이에 따라 농민들은 자유시장에서 쌀을 팔 수 있게 되었다. 하지만 농업국이면서 쌀 생산량은 국내 수요에도 못 미치는 경우도 있어 태국에서 수입한다고 했다. 유일한 수출품이라고 해야 하나, 수력발전으로 생산된 전력은 태국으로 수출되어 외화를 획득한다.

인도차이나, 라오스를 포함한 여러 나라를 묶는 이름은 피식민지를 아우르는 식민국 프랑스의 작명이었다. 라오스는 영토 그 자체로 큰 효용이 없었던지 그 흔적은 미미했다. 메콩강은 라오스를 종단하고 주요 도시는 대부분 메콩강가에 자리잡고 있다. 라오스 국토의 반 정도에서 메콩강으로 태국과는 국경선을 이룬다. 다섯 개의 다리를 통해 사람과 물자가 국경을 넘어든다.

제일 먼저 건설된 다리는 호주와 태국의 지원하에 건설되었는데, 비엔티안과 태국 농카이주를 연결하는 다리로 31년 전이었다. 중국은 철로를 건설해 라오스를 관통할 수 있는 확고하게 견고하고 빠른 길을 냈다. 중국의 일대일로 사업의 일환이라고 해야 하나, 윈난성도인 쿤밍으로부터 라오스 비엔티안까지 1,035㎞를 160㎞/h로 10시간 걸려 주파한다. 중국 지분이 70%인데 라오스 지분 30%조차도 라오스가 건설 과정에서 중국에 15억 달러라는 큰 빚을 진 결과다. 철도 수익은 물론 라오스 경제의 중국 의존도는 증가할 뿐이다.

메콩강은 유역의 숱한 사람들의 목을 축이게 하고 생명을 키워 내는 젖줄이다. 강물이 누런 황톳빛인 건 여러 지류에서 흘러드는 물 때문이다. 푸른빛이 되기도 전에 여러 지류에서 황토물이 흘러들기 때문이다.

루앙프라방에서는 메콩강을 '메남콩'이라고 부르는데, 여기서 '메'는 어머니를 뜻하고 '남'은 강을 뜻하고, '콩'은 물을 뜻한다. 결국 메콩은 어머니의 강이 된다. 생명을 보듬고 삶의 고난과 슬픔을 견디어 왔다.

또 하나의 이유라면 메콩강과 많은 지류에서 전기를 생산하기 때문이다. 천연자원이 주 수출품이다시피 전기에너지는 댐이 없는 태국에 수출한다. 전체 인구가 700만 명 남짓이니 농산물을 제외하고는 공산품을 만들기에는 시장이 작아 대부분 인접 국가에서 수입해야 하는 실정이지만, 전기는 유력하다시피 전체 수출금액의 25% 정도를 차지하는 수출품이다.

대지에 발을 디딘 생명들에게 젖을 물리듯 메콩강은 어머니의 강이었다.

평상심(平常心)

평상심이
무엇이냐 묻는다면
그저
바람 지나가는 자리를
내어 주는 일이라
말해 볼 수 있을까
무애하거나 무심한 마음이라고
그게 쉬우냐고 다시 묻는다면
나는 고요히 눈을 감을 것이다

멀리 오면
조금은 가까워질 줄 알았다
메콩의 물소리 따라
먼 길을 돌아
비엔티안 외곽 작은 절집에
잠시 발을 들였을 뿐
아이들과 노는 동승 하나

붉은 장삼에 머리 깎은 채
햇빛 속에 웃고 있었다

나는 조용히 앉아
말없이 사진 한 장을 부탁했지
그의 옆에 있다는 것이
어쩐지 부끄러운지도 모르고
돌아와 사진을 들여다보았을 때
나는 알았다
그의 얼굴엔
묻지 않아도 아는 마음
천진무구가 그대로 머물고 있었다

그와 나란히 앉을 자격이
내게는 없었다
그러니 이제
평상심이 무엇이냐 묻는다면
나는
그 아이의 얼굴을
떠올릴 것이다
그리고 말하지 않을 것이다

....

떠도는 말처럼 라오스에서는 세 가지 소리를 들을 수 없다고 했다. '언성을 높이며 싸우는 소리', '경적을 울리는 소리', '곡을 하는 소리'다. 떠도는 말이라 했듯이 반드시 그렇다는 말은 아닐 게다.

라오스에서 잠시 머물렀던 곳은 비엔티안의 변두리였다. 집에서 조금만 나가면 논밭이 있고 마을 사람들을 만날 수 있었다. 처음엔 그곳의 인사말도 준비하지 못해 '안녕하세요'라며 인사말을 건네야 했다. 무언가를 하고 있던 한 사람 한 사람 예외일 수 없이 얼굴에 미소를 띄우며 '사바이디'라는, 그곳 인사말로 응답해 주었다.

평상심(平常心)은 일반적으로 일상적이고 평온한 마음 상태를 의미한다. 이는 감정이나 상황에 휘둘리지 않고, 내면의 안정과 평화를 유지하는 상태, 불교나 동양 철학에서 자주 언급되며, 흔히 "무애(無碍)하거나 무심(無心)해지는 것"이라고 설명되곤 한다.

무애(無碍)는 장애나 걸림 없이 자유롭다는 의미이다. 이는 자신을 가로막는 모든 심리적 장애물이나 갈등에서 벗어난 상태를 말한다. 즉, 외부 환경이나 타인의 의견에 구애받지 않고 자신의 내면의 평화를 지키는 상태이다.

무심(無心)은 마음에 어떤 특별한 생각이나 감정에 집착하지 않는 상태를 의미한다. 감정에 휘둘리거나, 욕망이나 불안에 몰두하지 않고, 상황을 자연스럽게 받아들이는 마음 상태이다. 이러한 마음은 불필요한 스트레스나 갈등을 피하고, 더 깊은 평화를 찾을 수 있게 해 준다.

이렇듯 평상심을 유지하는 것은 단순히 감정을 억제하거나 숨기는 것이 아니라, 마음의 평화와 안정이 자연스럽게 깃들 수 있도록 하는 것, 어떤 특별한 일이 있더라도 흔들리지 않고, 그 자체로 삶을 있는 그대로 받아들이는 태도이다. 물론 평상심을 유지하는 것은 쉽지 않다. 끊임없이 변하는 세상 속에서 우리의 마음도 여러 가지 외부 자극에 의해 흔들리기 마련이기 때문이다.

그러나 평상심은 연습과 자기 인식을 통해 길러 갈 수 있다. 마음의 중심을 잡고, 지금 이 순간에 집중하는 것이 중요하다. 예를 들어, 명상이나 호흡 운동, 자기 성찰 등을 통해 이러한 마음을 훈련할 수 있다. 따라서 평상심은 "어렵거나 말처럼 쉬운 게 아니다."고 할 수 있지만, 계속해서 실천해 나가면서 점차적으로 그 상태에 가까워질 수 있다.

누군가 그랬다. '한 달 월급이 우리 일용직 노동자 하루 일당 정도밖에 안 된다며 그네들에게서 보이는 여유가 무얼 그리 좋아 보이냐.'고. 맞는 말일 테지, 우리의 기준으로는. 사회주의 국가이지만 어차피 자본주의 개념이 도입되어 우리의 경제 관념과 크게 다를 바 없었다. 하지만 현생은 그렇게 흘러가는 것이고 스스로 비교당하지 않는 듯했다.

삽질하다

삽질한다는 건
본래는 땅을 파거나 흙을 퍼내는 일
하지만 군대에선,
힘만 들고 성과는 없는 일을
빈정대듯 그렇게 불렀다

비엔티안 변두리 마을
골재와 시멘트를 버무리며
집터를 다지는 사람들 틈
코리안 삽질의 진수를 보여 주겠다며
낯선 삽을 들었다

말도 통하지 않는
잠시 스치는 나그네였지만
삽 하나로 친구를 만들 수 있다면
그 또한 괜찮은 삽질이라 믿었을까

기초 콘크리트 위 철근 기둥
매달린 새집처럼 조심스런 꿈들
그 곁엔 이웃들의 손길,
작은 부조금처럼 매달려 있었다

저녁이면 마을 사람들
술잔 들고 웃음 짓던 잔치 속
나도 끼어 앉아,
부조금 한 줌 얹었더니
이사 오라며 어우르던 사람들
삽질이
삶의 한 귀퉁이를
살며시 파고든 밤이었다

········

일반적으로 삽이라 하는 것을 부대에서는 공병삽이라 했다.
아마 야전삽과 구분하기 위해 그런 명칭을 사용한 듯싶다. 우
리가 쓰는 삽과는 다르게 미국 등 다른 나라의 삽은 손잡이 부
분이 없고 자루가 길다.
삽질을 해 본 사람들은 알겠지만 다른 일보다 힘이 들고 쉽

게 익숙해지지 않는 게 삽질이다. 그렇듯 "삽질"이라는 표현은, 말 그대로 '삽으로 땅을 파는 일'을 뜻하지만, 비유적으로는 힘만 들이고 아무런 성과나 효용성을 얻지 못하는 행위를 의미하기도 한다.

이 표현은 일반적으로 어떤 일이 목표에 도달하지 못하거나, 반복적으로 시도했으나 결과를 얻지 못할 때 사용된다. 즉, 의미 없는 노력이나 시간 낭비, 무의미한 활동을 강조하는 말, 삽질을 한다는 것은 노력은 했지만 결과가 전혀 없는 상황을 나타낸다. 예를 들어, 어떤 프로젝트나 일에 열심히 시간을 쏟고, 에너지를 쏟았지만 아무리 해도 해결되지 않거나, 결국에는 아무 성과가 나오지 않는 경우에 비유적으로 '삽질을 했다.'고 말할 수 있다.

그렇다면, "힘만 들이고 별 성과나 효용성이 없다."는 표현을 사용할 때는 목표를 향한 올바른 방법이나 전략 없이 반복되는 실패를 나타내고자 하는 것. 이는 잘못된 방향으로 노력하는 것, 혹은 비효율적인 방식으로 에너지를 낭비하는 것을 지적하는 의미일 수 있다.

예를 들어, 실패를 반복하는 이유가 '잘못된 방법'에 있는 경우라면, 그저 힘만 들이고 결국엔 성과를 얻지 못하게 되는데, 이러한 경우는 마치 의미 없이 삽질을 하는 것과 같다고 볼 수 있다. 그렇기에 힘만 들이고 별 성과나 효용성이 없을 때 삽질한다는 말을 했을 것이다.

비엔티안 변두리 마을에서는 여러 군데 집 짓는 공사가 있었고 내가 다니는 길목에서 기초 공사를 하고 있었다. 터 파기를 끝낸 후 철근을 세운 후 콘크리트를 타설하고 있었다. 지나가는 길에 잠시 도와주기로 했다. 골재와 시멘트를 섞는 일은 새마을 운동을 했던 소년 시절에 많이 해 보았던 일. 서로 마주 서서 힘과 속도를 맞추어야 했기 때문에 힘든 일이었다. 인접의 공사장에서는 전기를 활용, 작은 레미콘 기계를 돌리고 있었다.

일이 끝나고 저녁에는 일했던 사람들과 마을 사람들이 모여 떠들썩하게 잔치를 하고 있었다. 먹고 마시고 노는 것에 익숙한 사람들이었다. 철근을 세운 한 곳에는 새의 작은 조롱처럼 매달려 있어 특이하다고 생각했는데, 이웃의 부조금을 받는 도구였다. 그곳에는 마을 사람들이 부조를 한 듯 지폐가 들어 있었고 나도 참여해야 했다. 사는 게 다들 태평했다. 말은 통하지 않았지만 그들의 여유로움을 엿볼 수 있었다.

그 후에 벽돌이 도착하고 벽돌을 쌓았는데, 하루인가 작업을 하고 다시 그대로였다. 작업이 언제 끝날지 알 수 없었다. 그곳을 떠날 때까지 마찬가지였다.

기다림

춘하추동, 사계절이 흐르며
나무둥치에 나이테가 새겨지듯
사람들의 마음결에도
조용히 무늬 하나씩이 남아 갔다
두고 온 고향의 대지는
혹한 속에 잠겨 있었지만
이곳의 계절은 건기였다

쾌청하고 쾌적한 날들—
절박함이 사라진 두 계절의 흐름 속에서
나는 문득 생각했다
우기와 건기의 단순한 리듬이
이곳 사람들의 삶의 결을
어떻게 빚어냈을까?
무엇하나 풍족해 보이지 않는 사람들
그러나 다들 맑고 느긋했다

마치 오래된 여유를
몸에 걸치고 있는 듯했다

나는 이방인
잠시 머물다 떠날 땅이지만
그곳의 흙을 갈아엎고
배추씨를 묻었다
대지에 씨를 묻는 일조차
잊고 지내던 내게
그것은 한편의 기도처럼 느껴졌다

그리고
기다림이란
기대와 다정함이
나란히 걷는 일이라는 걸
나는 그곳에서 조용히 배웠다

....

  잔디며 정원수로 채워진 넓은 정원의 뜰 한 귀퉁이에 채소
를 심겠다면 비워 놓고 있었다. 두고 온 땅은 엄동인데 이곳은

초가을 같은 날씨, 건기이기는 하지만 따뜻한 날씨가 이어지니 씨를 뿌려도 될 듯싶었다. 땅이 점질토, 습기가 없으면 이내 딱딱해진다. 저수지가 바닥을 드러내면 쩍쩍 갈라지듯.

이제 종자용 씨를 받는 것도 씨를 뿌리는 일을 보기는 드물어졌다. 대부분 모종을 사다 심는다. 우리 종묘 회사들 대부분은 다국적 회사로 넘어가 씨앗에 그 비용도 포함되어 있다. "굶어 죽어도 씨오쟁이는 베고 죽으랬다.", "남이 장에 간다니까 씨오쟁이 떼어지고 간다."라는 속담이 있다. 씨오쟁이는 낯선 말일 수도 있다. 고향 집 대청마루 위에 매달려 있던 씨오쟁이는 씨앗을 보관하던 용기로 병 모양, 가방 모양 등 형태가 다양했고 삼태기나 멍석처럼 주로 볏짚을 재료로 만들었다. 쥐나 새로부터 피해를 막기 위하여 줄로 연결하여 매어 놓았던 것이었다. 다국적 종묘 회사에서 종자를 대량 생산하여 공산품처럼 파는 요즘과는 달리 예전에는 집집마다 씨앗을 잘 갈무리하여 보관하는 것은 한 해 농사의 마무리이고 시작이었다.

씨앗이 없으면 당연히 이듬해 농사를 지을 수 없었다. 굶어 죽어도 씨오쟁이는 베고 죽으라는 말에는 설령 굶어 죽더라도 씨앗은 남겨 놓아야 한다는 의미였다. 이는 단순한 저장 용기가 아니라 농부의 삶과 희망, 농사의 시작과 끝을 상징하는 중요한 물건이었다. 농부의 엄숙한 숙명을, 먹을거리에 대한 소중함을 담은 표현이라면 농경 시대 씨오쟁이의 상징적인 의미를 가늠해 볼 수 있을 것이다.

그러면 "남이 장에 간다니까 씨오쟁이 떼어지고 간다."는 의미는 무엇인가? 굶어 죽는 한이 있더라도 털어 내 먹지 말라며 속담으로까지 엄중하게 경고했던 씨오쟁이였다. 이듬해 농사지을 씨앗인데도, 남이 장에 간다고 하니 특별히 볼 일도 없으면서 주저하지 않고 씨오쟁이를 떼어지고 가는 막무가내 적이거나 사리 분별이 흐린 사람을 빗댄 표현이다.

그리고 가외의 숨겨진 또 다른 의미로, 어른들마저 그토록 장에 가고 싶어 했다는 것을 엿보고 읽을 수도 있는 말이다. 어른들도 그러하였을진대 하물며 아이들은 말할 것도 없었다. 몇 날을 졸라 어머니에게 몇 번의 다짐을 받아 내고 돌아올 장날을 손꼽아 기다리곤 했다.

씨앗을 묻은 지 닷새가 지나자 싹이 올라오기 시작했다. 한곳에 적당한 양의 씨앗을 넣기 위하여 모래와 섞어 넣었지만 약간 많이 넣은 듯싶었다. 잎을 펼칠 때까지 이곳에 있으면 좋으련만, 떠나야 했으니 사진으로나 그 모습을 봐야 할 듯싶었다.

무녀리

시골 마을 집집마다
돼지 한 마리씩은 키우던 시절,
그때엔 '무녀리'가 있었다
배 속에서 제일 먼저
태문을 열고 나왔지만
어미 젖을 제대로 물지 못해
생김새도, 기운도 부실한 새끼

그래서일까
그 말은 사람에게도 쓰였다
말투도 손놀림도 어설픈 이를
빈정거리듯 '무녀리'라 부르곤 했다
농사일엔 누구나
쓸모 있는 손이어야 했기에
그 이름은 곧 차별이었고
비하의 말이었다

아침저녁 산책길,
이방인을 경계하듯
심하게 짖어 대던 개가 있어
그 집을 들여다보았다
올망졸망한 강아지들 틈에
젖도 제대로 물지 못하고
비실거리던 아이 하나
무너리였다
일부러 젖을 물려 줘야
살 수 있을 텐데
이곳 사람들의 무심한 손길은
그 아이에게까지 닿지 않았다

그렇게,
오래전에 잊은 줄 알았던 말 하나가
낯선 골목 어귀에
다시 가슴 아리게 되살아났다

....

가축(家畜), 집에서 기른다는 의미, 심지어 가족의 범주에 들기도 했다. 지금은 집에서 키우는 건 시골 외딴곳에서나 볼 수 있고 대부분 축사에서 키운다. 농경 시대 가축의 범주는 소와 돼지였다. 물론 닭과 오리도 있지만 별도로 구분한다. 집집마다 돼지 한 마리쯤은 키웠다. 주방에서 나오는 구정물 등 부산물과 방앗간에서 보리나 벼를 찧으며 나오는 겨가 주된 먹이었다.

돼지는 한 번에 열 마리 정도의 새끼를 낳았으니 그중에 꼭 무녀리가 있었다. 처음 태문을 열고 나왔다는 의미, '문+열+이'의 형태로 이루어진 말이다. 돼지의 젖꼭지는 열두 개가 기본, 이 중 두 개의 젖꼭지에서는 젖이 나오지 않는 경우가 많다는 것, 그래서 열두 마리의 돼지가 태어나면 약한 두 마리의 돼지는 무녀리가 되어 젖을 먹지 못하고 이리저리 치이다가 죽게 되는 경우가 많다. 그러니 사람이 챙겨 주어야 한다.

새끼 돼지는 태어난 지 일주일 정도 지나면 명확하게 서열이 정해진다고 했다. 제일 먼저 태어난 게 서열이 맨 아래여서 제대로 젖을 물지 못하니 작고 허약하게 자란다. 농경 시대 사람 손이 많이 필요했던 시대에 무녀리라는 말은 농경 시대 '말과 행동이 덜떨어진 못난 사람'을 빈정거리듯 쓰는 말이었으니 사회적, 경제적 약자나 차별의 대상으로 받아들여졌다.

사정이 좋지 않게 태어난 아기들을 해외에 입양 보내기도 했던 당시의 사정이나 정서처럼 마음의 여유가 없던 시대에 신체적인 장애가 있다는 것은 보듬어야 할 대상보다는 기피하거나 경멸의 대상이었기도 했다. 그래서 행동이 굼뜨거나 신체적 결함이 있는 사람에게 무녀리라며 놀리기도 했던 것이다.

『돼지의 추억』이라는 책에서도 무녀리가 나온다. 무녀리로 태어나 죽을 수밖에 없었던 점백이 돼지 크리스(크리스토퍼 호그우드, Christoper Hogwood, 1941~, 영국의 지휘자/작가, 돼지 이름을 이 지휘자의 이름을 따서 지었음)는 14년을 살면서 많은 사람들에게 웃음과 감동을 주었다는 실제 이야기이다. 크리스라는 무녀리 돼지에게 애정을 가졌던 이는 이야기를 쓴 '몽고메리'였다.

크리스는 무녀리로 태어났지만 몽고메리의 사랑을 한없이 받았고, 그렇게 자란 크리스는 많은 사람에게 행복과 감동을 주게 된다. 무녀리 같은 여린 삶을 살았던 작가의 친구 매기 그레이엄은 폐암에 걸려 죽어 가면서도 씩씩한 돼지 크리스를 보면서 내면의 치유를 받는다.

하여튼 돼지 크리스는 TV에도 나오고, 방학 동안에 아이들의 체험 학습장이 되어 아이들에게 행복과 기쁨을 주었다. 버림받아 죽을 수밖에 없었던 돼지 크리스는 식용으로 쓰인 다른 돼지보다 훨씬 오래 살다가 14세의 나이로 자연사한다. 돼지 크리스는 돼지로서는 최초로 신문의 부고란에 이름을 올리기도 했다. 누구에겐가 사랑을 받는다는 것보다 더 커다란 행운은 없을 것이다. 사랑받은 사람이 사랑하게 되고, 사랑하는 사람이 또 다른 사람을 사랑할 수 있기 때문이다.

요즘엔 집에서 돼지를 키우는 집이 드물다. 그러니 무녀리를 보거나 말하는 사람도 보기 어렵다. 비엔티안의 변두리 시골 마을, 산책길에 만난 개 한 마리가 유난스럽게 짖어 대곤 했다. 시야에서 벗어날 때까지 짖어 대곤 해서 한번은 가까이가 보았다.

집을 신축하는 곳이었는데 그곳에 강아지들이 올망졸망 다섯 마리였다. 발바리 어미 개를 닮아 더 귀여웠는데, 한 마리가 비실거리고 같이 어울리지도 못했으니 무녀리였다. 내심 안타까운 마음이야 피할 수 없었지만 잊힌 듯 무녀리라는 말이 반가웠다. 따로 젖을 물리거나 했어야 하지만 거기까지 마음을 쓰는 게 어려웠을 것이다.

손이 가는 맛

이제는 까맣게 잊히다시피,
그곳에 가면 꼭 한번
해 보고 싶었던 일이 있었다
손으로 모를 심는 일이었다

그해 오월,
교문엔 장갑차가 들어서고
운동장엔 24인용 야전 천막이
줄지어 들어섰다
어깨동무하며 대열을 이루다
페퍼포그 지랄탄에 겁을 먹고
고향으로 돌아갔던 나날들
그 후 열흘간 모내기를 했다
하루 일당 4천 원
상일꾼 대접을 받았던 기억
들밥을 나눠 먹던 풍경까지

이제는 그리움으로 남았다

라오스에서는
일 년에 두 번
벼농사를 짓는다고 했다
태평농법처럼 볍씨를 뿌리거나
드문드문 모를 심는 모습이
호락질 모내기처럼 보였다

반가운 마음에 논에 들어섰다
그들은 엄지와 검지를 썼고
나는 검지와 중지를 썼다
세월이 흘렀어도
몸이 기억하는 감각은
쉽게 사라지지 않았다

라오스 농부가 감탄하며 웃었다
실력 발휘를 했으니
새참이라도 줄 줄 알았는데
이곳은 그런 풍습이 없다고 했다
다음에 또 올 거면

새참은 꼭 챙겨 오라고 했다
그래도,
오랜만에 손이 가는 맛을
몸으로 느낄 수 있었던 것
그것만으로도
넉넉한 하루였다

....

어려서부터, 그러니까 초등학교 3학년쯤부터 손모를 심었던 듯싶다. '손모'라 함은, 이제 대부분 이앙기를 이용하여 모를 심기 때문에 그를 구분해야 하는 세상이 되었기에 부르는 말이다. 나의 집에는 논이 없었지만 모내기 철이 되면 일손을 보탠다며, 그보다는 맛난 들밥을 먹기 위하여 모를 심기 시작했을 것이다.

어린 시절로 소를 한 마리 키워 보는 것이 꿈이었던 적이 있었다. 두 마리도 아니고 단 한 마리였다. '사내놈이 꿈을 꾸려면 영화 《자이언트》에 나오는 빅(록 허드슨 분)처럼 대목장주를 꿈꾸든지 했었야지, 겨우 한 마리를 키워', 논 한 뼘을 가지지 못했던 형편에 그건 내가 가질 수밖에 없던, 말 그대로 꿈이었다.

어린 나이에 외할머니가 사 준 병아리 10마리로 시작해 재벌의 반열에 오른 이도 있다지만 작은 잇속은 잘도 챙기면서 큰 잇속을 구상하거나 챙기지 못하는, 천성상 소를 키워 논이라도 사겠다는 꿈은 아니었다. 늦가을 콩을 거두고 나면 보리 골을 타듯 밭을 갈고 봄이면 물논을 텀벙거리며 써레질을 하고 싶다는 단순한 이유였다. 논을 갖고 싶다는 간절한 열망이 먼저였을 것이고 다음으로 제대로 농부가 되고 싶다는 꿈이었을 것이다. 지금이야 트랙터 등으로 들일을 대신하지만 당시는 소를 부리는 농부가 진짜 농부였기 때문이다.

그해 오월, 한바탕 꿈처럼 봄꽃들이 지고 난 대지에 야만의 그림자가 춤을 추고 있었다. 교정에는 군용 천막이 세워지고 점령군처럼 장갑차가 교문을 막아 서며 고향으로 돌아왔다. 옳고 그름, 현실과 이상이 온통 헝클어지며 깃발을 든 대열에 합류했다가 매운 눈을 비비며 대열을 빠져나왔을 것이고, 비겁한 모습을 가리고 고향으로 돌아와서는 모를 심고 보리를 베어 냈다.

일당 사천 원, 모심는 일은 이른 새벽 모판에서 모를 뽑아 내 묶는 일에서부터 시작되었다. 일정한 묶음으로 지게에 져서 써레질한 논에 던져 놓고 모를 심었다. 못줄에 일정한 간격으로 꽃이 피어나듯 꽃자리로 이어진 간격이 숫자처럼 일꾼들마다 정해지고 못줄이 넘겨질 때마다 정해진 그 꽃자리 아래로 모를 심어야 했고 대신 심어 주는 일도 없었다. 내내 허리를 구부리고 못줄이 넘겨질 때마다 잠깐씩 허리를 펴고 그러나 "애덜이 허리가 오딧써!" 핀잔이나 들어야 했다.

거머리는 장딴지 심줄에 꼬리인지 머리인지를 붙이고 몸을 부풀려 가고 떼어 내기는 셀 수도 없는데, 흐르다가 멈춘 피가 검붉게 변색돼 가고도 있었다. 태양이 대지에 열기를 더하여 가면서 한나절이 돼 가고 못줄이 넘어가면서 신작로를 힐끔거리며 기다리는 모습이 있었다. 머리에 이고 지게에 지고 막걸리 주전자를 들고 논둑길을 오는 모습, 오전 새참이었다.

이제 손모를 심는 풍경은 볼 수 없다. 라오스에 가면서 기회가 된다면 꼭 손모를 심고 싶었는데, 다행히 손모를 심는 농부를 만날 수 있었다. 직파로 볍씨를 뿌렸고 종자가 잘 서지 않은 곳에 손모를 심고 있었다. 농부에게 양해를 구하고 논으로 들어가 오랜만에 원하던 손맛을 보았다.

모를 심는 방법은 나와 달랐는데, 나는 검지와 중지를 쓰고 그네들은 엄지와 검지를 활용해 모를 심었다. 라오스의 많은 땅들은 배수가 잘 되지 않는 점질토인 듯했다. 비료도 귀한 것이니 수확량에서 많은 차이가 날 듯했다. 어차피 인구가 많지 않아 공장을 세워 일자리를 만드는 것은 어려울 듯싶고 농업을 발전시키는 게 타당할 것이라는, 잠시 머무는 나그네의 생각이었다.

농담으로 새참이 없느냐고 했더니 일하러 오는 사람이 가져와야 한다고 했다. 낚시를 좋아하는 사람들이 손맛을 이야기하지만 나의 손맛은 다르다. 오래전부터 보고 싶었던 손맛을 보게 해 준 것만도 감사한 일이었다.

'호락질'이라는 말은 이제 잊힌 말처럼 품앗이를 하거나 품을 사지 않고 혼자 하는 일을 말한다. 까맣게 잊어버렸던 말을 찾아내는 것도 새로운 즐거움이었다.

우정의 다리

말도 음식도, 같은 듯 다른
한 뿌리의 사람들
메콩강은 자연스럽게
그들을 갈랐다
사람들의 형편과 삶의 결도
이 강처럼 선명하게 나뉘었지만
그건 단지 자본주의와
사회주의의 차이 때문만은 아닐 듯

태국과 라오스를 가르는
다섯 개의 다리
그중 첫 번째―
'우정의 다리'를 잠시
건너 보기로 했으니
여권을 챙겨야 했다
그 다리를 건너
사람들은 공산품을 들여오고

일자리를 찾아 오가고
여행도 했다

그 모습을 보며
문득 떠오른 건
북녘의 국경이었다
지도 위에선 불과 몇 센티미터
그러나 현실은
끝내 건너지 못할 벽
'우리도 이렇게 살아도 되는 건
아니었을까?'
그 질문은 내 안에서
절절히 부풀어 올랐다

하나의 강이
두 나라를 가르듯
한민족의 허리도
너무도 깊게 잘려 나갔다
사람이 사람을 경계하고
말보다 총이 먼저 나서는 땅
그곳은 아직도

전쟁이 끝나지 않았다

나는 정돈된 태국의 강변을
되돌아보며
흙먼지 이는 라오스의 강변 위에서
쓸쓸히 서 있었다
그때 깨달았다
이방인의 다리 위에 서 있는 내가 아니라
역사와 이념이라는 이름으로
뒤틀린 채 방치된 조국이
저 멀리서
내 마음을 부수고 있다는 걸

이국의 햇살 아래에서
나는 문득
참담하고도 서러운 심정으로
속절없이 눈물을 삼켰다
이 다리 위에서조차
조국을 마음 편히 떠올릴 수 없다는 것—
그것이야말로
가장 뼈아픈 비극이었다

....

라오스의 수도 비엔티안은 메콩강을 경계로 태국과 마주하고 있다. 한 나라의 수도가 인접국과 너무 가까이 있는 듯, 한때는 태국의 지배하에 있기도 했다. 본디 라오족, 한 부족이었기에 음식이나 말도 비슷하다. 두 나라를 잇는 다리의 이름은 '우정의 다리'. 태국에서 만든 물건들이 라오스로 건너오고, 일자리를 찾아 태국으로 향하는 사람들이 있다. 여행자들도 마찬가지다.

그러나 강을 사이에 두고 두 나라의 모습은 확연히 다르다. 태국 땅의 마을 거리는 삶이 한결 단정해 보인다. 마치 압록강을 경계로 신의주와 중국의 단둥을 바라보는 것처럼. 압록강에도 다리가 놓여 있지만, 자유롭게 드나들 수 없는 곳이다. 라오스와 태국은 북한과 중국의 경제 체제와 비슷하지만, 현실은 다르다. 라오스와 태국은 사람과 물자가 자유롭게 오가지만, 북한과 중국은 철저한 통제로 인해 경계가 단절되어 있다.

경계를 넘는 삶은 단순한 이동이 아니다. 라오스 사람들은 더 나은 임금을 찾아 태국으로 향하고, 태국에서 번 돈을 다시 라오스로 가져온다. 북한의 경우, 중국과의 국경을 넘는 일이 생존과 직결된다. 밀무역을 통해 북한으로 들어가는 생필품이

북한 주민들의 삶을 지탱하지만, 최근 국경이 더욱 폐쇄되면서 그나마의 기회도 사라지고 있다. 과거 많은 탈북민들이 압록강을 건너 자유를 찾아 떠났지만, 이제는 그 길조차 험난해졌다.

팬데믹이 엄습하기 전, 많은 보따리장수들이 다리를 오갔을 테지만 그마저도 막힌 길이 되면서 북한 주민들의 삶은 더욱 강팍해졌을 것이다. 휴전선은 그렇더라도 다리를 통해서라도 사람과 물자가 오가면 살림에 보탬이 되고 자유의 폭이 넓어질 텐데 그마저도 어려운 세상이 되어 가고 있다.

이런 모습은 세계 곳곳에서 반복된다. 미국과 멕시코 국경에서는 이민자들이 목숨을 걸고 강을 건너고, 베네수엘라에서는 경제 붕괴로 인해 사람들이 콜롬비아 국경을 넘는다. 시리아 난민들은 지중해를 건너 유럽으로 향한다. 국경이란 단순한 선이 아니라, 삶을 결정짓는 경계선이다.

베를린 장벽이 무너진 이후, 동독과 서독의 경계가 사라지면서 사람들은 자유롭게 오갈 수 있게 되었다. 하지만 여전히 세계 곳곳에서는 보이지 않는 장벽이 존재한다. 어떤 국경은 희망의 다리가 되고, 어떤 국경은 절망의 벽이 된다. 라오스와 태국처럼 자유로운 이동이 가능한 국경이 있는 반면, 북한과 중국처럼 단절된 국경이 존재한다. 이 차이가 삶을 어떻게 바꾸는지를 생각해 볼 필요가 있다.

국경은 단순한 경계선이 아니다. 그 너머에는 꿈을 향해 건너려는 사람들이 있다. 그들에게 국경은 단순한 지리적 개념이 아니라, 삶을 결정짓는 현실이다. 어떤 이들에게는 기회의 문이지만, 누군가에게는 넘을 수 없는 벽이다. 우리는 이 경계를 어떻게 바라봐야 할까?

이발비

이발비가 2,200원

휘발유 1리터는 1,500원

손발을 더 많이 써야 하는 일일수록

품삯이 저렴하다는 사실은

그만큼 일자리가 귀하다는 반증이었고

욕망의 만족도 역시

저렴할 수 있는 것일까, 문득 묻게 된다

하지만 품삯이 오를수록

욕망의 기대치도 높아지고

상대적인 빈곤감은 더욱 커져만 간다

돌이킬 수 없는 현실이다

이발비 2,200원에 의아해하던

이방인, 그게 바로 나였다

빠르고 편리한 일상 속에서

느리거나 불편했던 시절의 삶은

그래도 욕망의 기준이 낮았고

그래서 덜 초조했다

그래서 좋았던 것 같다

라오스 비엔티안의 이발사에게

떳떳하게 말할 수 없었던 것처럼

그 시절로 일부러는 돌아갈 수 없다는 것

그것이 오늘 우리가 처한

서글픈 현실이었다

그러니

저렴한 이발비에

크게 반색할 수 없었던 이유

그게 이유였다

....

'물가가 저렴하다'는 것은 해외여행의 매력 중 하나다. 돈의
가치가 상대적으로 커지는 덕분일 텐데, 최근 일본을 찾는 한
국인이 많은 것도 엔화 약세의 영향이라 한다. 하지만 여행지
를 선택하는 이유는 단순히 경제적인 문제만은 아닐 것이다.
예컨대, 한반도가 겨울로 접어들 무렵 라오스는 건기가 시작

된다. 비가 거의 오지 않고 따뜻한 날씨가 이어지는 계절. 동남아 지역에서는 우기와 건기로 단순히 계절이 구분되곤 하는데, 한국의 겨울을 피하려는 여행자들에게 라오스의 건기는 쾌적함 그 자체일 것이다.

결국 사람마다 여행의 목적이 다르겠지만, 많은 이들이 낯선 대지의 풍경을 경험하고 싶어 길을 나설 것이다. 어떤 이는 한겨울의 혹한에도 푸른 골프장 잔디 위를 거닐며 삶의 활력을 얻고, 사내들을 기준으로 야릇한(?) 기대를 품고 이곳을 찾을지도 모른다.

라오스 비엔티안에서 이발소에 가 보고 싶다는 생각을 하던 차에 친구가 먼저 길을 이끌었다. 길가에 의자와 거울만 놓인 간이 이발소는 아니었지만, 실내는 꽤 허름했다. 이곳에서는 시설 유지에 대한 개념도 다소 다르게 느껴졌다. 사계절이 뚜렷한 한국에서는 겨울을 대비해 건물과 시설을 보수하는 일이 자연스럽지만, 계절 변화가 크지 않은 곳에서는 낡음 자체가 큰 문제가 되지 않는 듯했다.

남성의 기준에서 미용실과 이발소를 나누는 차이가 있다면, 미용실은 전기이발기를 주로 사용하고 이발소는 가위 사용이 많다는 점이다. 가위질은 그만큼 숙련도를 요하는데, 이곳의 이발사는 미용실 스타일에 가까웠다. 체험이라는 마음으로 맡겼기에, 과정에 별다른 개입은 하지 않았다. 이발이 끝나고

요금은 친구가 계산했는데, 우리 돈으로 약 2,200원. 서울에서 이발소에 가면 12,000원에서 15,000원 정도 하는데, 비용을 떠나 상대적인 저렴함이 먼저 실감 났다.

낯선 나라에서 저렴한 비용과 편안한 기분을 즐기다 보니, 문득 노동의 가치에 대한 생각이 떠올랐다. 2차 세계대전 당시 나치가 만든 아우슈비츠 강제수용소 정문 위에는 'Arbeit Macht Frei(노동이 인간을 자유롭게 한다)'라는 구호가 붙어 있다. 나치는 이를 강제노동을 정당화하는 문구로 사용했지만, 노동의 가치를 상징적으로 표현한 문장이기도 하다. 그러나 과연 노동이 모든 사람을 자유롭게 하는가?

1980년대 한국에서 모심기 하루 품삯은 4,000원이었다. 물론 계절노동이었기에 열흘 정도 지속될 뿐이었지만, 그마저도 고된 일이었다. 반면, 서울의 인력사무소를 통한 일용직 노동자 하루 임금은 약 15만 원. 직종마다 차이는 있지만, 손발을 움직여야 하는 일의 대가는 여전히 낮은 편이다. 농촌의 인구가 급감한 이유도 여기에 있다. 그럼에도 불구하고 품삯은 조금씩 오르고, 앞으로도 그러할 것이다.

그러나 욕망의 상승 속도는 임금보다 훨씬 빠르다. 라오스 사람들이 여유롭게 보이는 이유는, 어쩌면 그만큼 욕망에 덜 노출되었기 때문일지 모른다. 결국 돈은 욕망을 실현하는 도구가 되고, 누구도 그 욕망에서 예외일 수 없다. 하지만 욕망

의 한계를 스스로 깨닫고 거기에서 벗어나는 것은 쉽지 않은
일이다.

　빠르고 편리한 생활 속에서 우리는 느리거나 불편했던 시절
을 쉽게 잊어버린다. 욕망을 충족하는 데 익숙해진 삶에서는,
욕망이 덜했던 때를 쉽게 그리워할 수도 없다. 어쩌면 낯선 환
경에 처해야만 비로소, 그 시절의 가치를 새삼 깨닫게 되는 것
아닐까.

마실

잊거나 잃어버린 것들을
기억하거나 되찾을 수 있을까 싶어
문득 나선 길
어슬렁 잠시 머문 동네를
한 바퀴 돌아 나온다

마주치는 사람들과는
그저 '사바이디' 한마디
짧은 인사만 주고 받지만
눈빛으로 이야기를 나누는 듯
처음엔 경계하던
멍멍이도 이제는
먼저 눈을 맞춘다

'마실'—그건 실은
너와 내가 오래전에 잊거나

잃어버린 것 중 하나였다
이젠 부모나 자식 집을 갈 때도
미리 날짜를 정해 두어야 하는 시대
하지만 마실은
기별 없이 불쑥 찾아가는 것이었다
일이 있으면 도와주고,
거치적거리면
눈도 마주치지 않고 돌아 나오던 것

마실이 사라지고
우리는 공항 검색대를 지나며
더 복잡해졌고,
작은 화면을 들여다보며
눈만 침침해졌다
그래서일까
나는 아직도
막연히 기다린다
마실을 다시 갈 수 있는
그날이 오기를

....

밭에 김을 매던 할머니가 있어 사진을 한 장 찍겠다고 했더니 일부러 앉은 자리에서 걸어 나와 수수한 소녀처럼 여유로운 멋진 미소를 피워 주셨다. 인생의 어떤 격랑 속에서도 내면의 중심과 균형을 이루며 사는 게 뭐 별것도 아닌 것처럼. 그 누구도 예외가 아니었다. 시장에서도 마찬가지였다. 자기네 물건을 사라고 눈길로도 붙잡는 사람은 없었다.

나에게 여행은 타인의 삶을 엿보는 동시에, 잊혀 가는 것을 되짚어 가는 과정이기도 했다. 아침저녁으로 머물던 비엔티안의 골목길을 오가며 마을 사람들과 친해졌다. 사소한 몇 마디를 주고받으며 몇 해 전을 떠올렸다. 낮은 집들이 이어진 동네에서 아파트 단지로 이사했을 때, 가장 아쉬웠던 것은 가볍게 인사를 나누던 골목길을 잃어버린 일이었다.

골목길에서는 출퇴근 등으로 오가는 길에 작은 가게를 운영하는 사람들과 자연스럽게 눈을 마주치고 인사를 건넸다. 하지만 아파트 단지에서는 오가는 타인만 있을 뿐, 삭막함이 먼저 다가왔다. 어린 시절, 어른들이나 아이들이나 가벼운 마음으로 이웃집을 방문하는 '마실'은 일상이었다. 이웃의 삶과 형편이 자연스럽게 공유되었고, 그만큼 삶이 단순하고 소박했다. 하지만 동시에, 사소한 일도 금세 타인의 입에 오르내리는 폐해도 있었다.

오늘날 우리나라 전체 인구의 절반 이상이 아파트에서 산다. 아파트가 각광받게 된 이유는 무엇일까? 투자 가치와 편리성 때문이겠지만, 한편으로는 '타인과 거리 두기'의 욕망도 한몫했을 것이다. 마을 공동체에서 살 때는 누구나 일상의 많은 부분을 자의든 타의든 노출해야 했고, 타인과의 거리는 가까웠다. 하지만 아파트에서는 앞집 사람과도 무관하게 살 수 있다. 말은 늘 사실과 소문 사이에서 떠돌다가 결국 당사자에게 돌아오곤 했는데, 아파트에서는 '무심하게 사는 것'이 오히려 필요해졌다.

아파트라는 공동주택은 물리적으로 가까운 이웃을 두게 만들지만, 정작 슬리퍼를 끌고 편하게 마실을 갈 수 있는 곳은 드물다. 사전 연락 없이 방문한다면 얼굴을 붉히는 일이 흔하다. 심지어 부모와 자식 사이에서도 그렇다. 그런 시대가 되었고, 이제는 한 시인이 읊은 지란지교(芝蘭之交) 같은 우정이 그야말로 꿈이 되어 가는 세상이다.

입은 옷을 갈아입지 않고
김치 냄새가 좀 나더라도 흉보지 않을 친구가
우리 집 가까이에 있었으면 좋겠다

비 오는 오후나 눈 내리는 밤에
고무신을 끌고 찾아가도 좋은 친구

밤늦도록 공허한 마음도 마음 놓고 보일 수 있고

악의 없이 남의 애기를 주고받고 나서도

말이 날까 걱정되지 않을 친구

_ 유안진, 「지란지교를 꿈꾸며」 중에서

이제는 이웃도, 그런 친구도 점점 더 드물어졌다. 시간과 경제적 여유가 여행을 떠나는 중요한 이유가 되었지만, 어쩌면 편하게 찾아갈 친구가 없는 것도 여행이 늘어난 이유일 것이다. 이제 여행은 현대인들에게 필수 덕목처럼 자리 잡았다. 예전 농경 시대에 사람들이 동네 사랑방을 찾아 마실을 갔듯이, 오늘날의 마실은 여행이 되어 버렸다.

새로운 도시가 개발된다는 말은 곧 아파트 단지의 밀집을 의미하게 되었다. 한때 근대화의 상징이던 양옥집도 이제는 아파트라는 항아리 속에서 점점 존재감을 잃어 가고 있다. 그렇다면 번거로운 수속과 장거리 비행을 감수하며 떠나는 해외여행은 어떤 이유 때문일까?

농경 사회에서는 아버지가 삽자루를 뒷짐 지고 물꼬를 보러 다녔지만, 오늘날 자식들은 골프채를 휘두르며 신분 상승의 기분을 만끽한다. 우물 안 개구리가 바깥세상을 처음 보는 것처럼, 새로운 곳을 경험하는 일은 언제나 도전처럼 여겨진다. 하지만 여행지에서 만나는 사람들은 점점 비슷해졌다. 동남아 어디를 가든 같은 언어를 쓰고 같은 행태를 보이는 이들이 늘어났다.

젊은이들은 취업을 위해 스펙을 쌓듯, 여행도 어떤 의미에서는 또 하나의 경쟁처럼 변했다. 직장을 잠시 떠나거나, 아이들이 학교를 쉬면서까지 가족 단위로 여행을 떠나는 이들도 있다. 국내에서는 둘레길과 올레길을 만들어 사람들을 끌어들이더니, 이제는 그 범위를 해외로까지 넓혀 가고 있다. 여행을 다녀온 후에는 마치 대단한 전과를 올린 것처럼 여행기를 쓰고 공유하며, 그 경험을 퍼뜨리기도 한다.

오늘날 여행은 경제적 여유뿐만 아니라, 삶의 여유를 찾기 위한 수단이 되었다. 하지만 어쩌면, 편하게 마실을 갈 수 없는 현실이 여행을 부추긴 것은 아닐까. 굳이 사전 약속이나 연락 없이 찾아갈 수 있는 친구나 이웃이 없는 세상이 되었다는 것, 그것이야말로 우리가 여행을 떠나는 더 근본적인 이유일지도 모른다.

여행의 가치

루앙프라방

기차역에 내렸는데 어두웠다

혼자였다

역을 나서는 순간

약간, 아니 좀 많이 무서웠다

카뮈가 여행이란

두려움을 불러들이는 거라고 했는데

그 말이 거기서 떠오른 거다

유튜브 없이 다니던 시절이 생각났다

지금은 손에 들린 폰 하나로

언어도 바꾸고

잠자리도 찾고, 뭐든지 된다

그런데,

그래서 좀 무력해졌다

나 스스로 뭔가 해낼 틈이 없다

두리번거렸다
불안한 건 맞았지만
자유롭기도 했다
이상하게 고독하니까
나를 똑바로 보게 됐다
사원 골목 지나다가
메콩강 따라 걸었다
물 색깔이 탁해서
그냥 흘러가도 될 것 같았다
나도 그냥
그 강처럼 흘러가고 싶었다

....

    분명 라오스 땅에 있는데도, 루앙프라방은 별개의 도시처럼 느껴졌다. 마치 영화 세트장처럼 비현실적으로 보이기도 했지만, 세월의 더께가 고스란히 남아 있어 그 표현조차 맞지 않는 듯했다. 낯선 곳에서 혼자 여행한다는 것은 언제나 두려움을 불러들이는 일이었다. 요즘은 젊은이들뿐만 아니라 나이 든 사람들도 손쉽게 스마트폰을 다루지만, 나는 여전히 더듬거리거나 변화에 적응하지 못한 채 낯선 곳에서 타인의 도움을 필요로 하는 사람이었다.

비엔티안에서 루앙프라방으로 가는 길, 방비엥까지는 친구가 차로 데려다주었다. 고속도로에서 차를 마주치는 일이 드물었는데, 통행료가 비싸기 때문이라고 했다. 방비엥은 마이산처럼 둥글게 솟은 산과 옥빛 강물이 인상적인 곳이었지만, 장날이면 떠돌이 약장수들이 천막을 치고 공연하던 옛 시골 읍내처럼 어수선한 분위기가 감돌았다.

블루 라군의 물빛은 유난히 맑았고, 많은 사람들의 시선을 받으며 다이빙하는 모습이 이국적이었다. 먼지 나는 비포장길에서 버기카를 타고 질주하는 사람들, 옥빛 강물에서 카약을 저으며 환하게 웃는 얼굴들은 어린아이처럼 해맑았다.

혼자 하는 여행에서 방비엥은 불편한 곳이었다. 나는 서둘러 루앙프라방으로 가는 기차역으로 향했다. 한적한 시골 마을에 어울리지 않는 화려한 역사는 역시 중국 자본의 흔적이었다. 여권을 확인하고 검색대를 통과하는 절차가 낯설었지만, 열차가 중국까지 연결된다니 그럴 만도 했다.

루앙프라방역에 도착했을 때는 이미 어둠이 내려앉은 시간이었다. 혼자 낯선 도시에 도착하니 긴장감이 몰려왔다. 역에서 시내까지는 40여 분, 눈치껏 합승해야 하는 밴에 올라탔다. 차에 탄 사람들은 모두 미리 숙소를 예약한 듯했는데, 하나둘씩 내리고 종점이 된 듯 시내 한복판에서 내려야 했다.

  밤거리는 수많은 여행자로 불야성을 이루었다. 숙소를 찾아야 한다는 것도, 배고픔도 잠시 잊을 만큼 혼잡한 풍경이었다. 오직 불빛 속으로 스며든 사람들의 모습만 보일 뿐, 도시의 형태는 눈에 들어오지 않았다. 간단히 쌀국수로 저녁을 해결한 뒤, 메콩강가의 작은 민박집을 찾았다. 방은 정갈했지만, 대나무 바닥이 낯설었다.

  한참을 뒤척이다가 오가는 사람들의 기척에 눈을 떴다. 길 건너 작은 선착장, 메콩강가에는 이른 아침부터 사람들이 분주히 움직이고 있었다. 채소를 가득 실은 나룻배가 도착하면 사람들이 내리고, 기다리던 이들이 다시 배를 타고 강을 건넜다. 선착장에서 도시로 들어가려면 가파른 계단을 올라야 했고, 사람들은 양쪽에 짐을 담아 나르는 도구를 어깨에 걸고 능숙하게 계단을 올랐다. 나도 흉내 삼아 한번 메어 보고 사진을 한 장 남겼다.

  아침 식사는 또다시 쌀국수, 까오삐약이었다. 라오스에 온 지 열흘이 지났지만, 내 시간은 여전히 서울의 시간으로 돌아가고 있었다. 강은 다리 없이 흐르고, 도도한 원시의 위엄을 간직한 채 시간을 초월해 존재하는 듯했다.

루앙프라방

라오스 땅인데
좀 다르다
사람들 표정도 그렇고
거리는 이상하게 정돈돼 있다
너무 조용해서
소리보다 마음이 먼저 뛴다

골목이 많다
어디로 가야 할지 모르겠는데
사실은 다 가고 싶었다
설렜다
내가 선택하기 전에
먼저 마음이 달려갔다

도시를 가로지르는 강은
잔잔한 얼굴로 사람들을 붙잡았다

멈추라는 듯이
흐르는 게 아니라
버티고 있었다
나룻배 하나가
물소리에 흔들릴 뿐

새벽에 탁발이 시작됐다
불빛도 없이 스님들이 줄을 선다
신도들은 땅에 앉아 있다
고개 숙이고, 눈도 안 마주친다
주는 쪽이 더 낮다
그게 이곳의 질서다
그게 불심인가 보다

받는 스님들은 말이 없다
신발도 없다
그저 묵묵히 걸을 뿐이다
마치,
이 세상에 원래부터 가진 게
없었던 것처럼
그 장면을 보는데

어쩐지 숨이 막혔다

루앙프라방의 저녁
노을이 지면 여행자들이
떠밀리듯 거리에 나선다
어깨를 부딪히며, 또 뭔가를 찾는다
나도 그 무리에 섞여
무엇인가를 내려놓고
또 무언가를 챙겼다
그게 무엇이었는지는
지금도 잘 모르겠다

....

라오스에서 돌아온 후 우연히 읽은 무라카미 하루키의 『라
오스에 대체 뭐가 있는데요?』. 이 책의 제목은 하노이에서 만
난 한 베트남 사람이 하루키에게 던진 질문에서 비롯되었다고
한다. 그는 그곳에서 가져온 것은 소소한 기념품 외에 몇몇 풍
경의 기억뿐이라며, 그 풍경에는 냄새, 소리, 감촉이 있으며,
특별한 빛과 바람이 있고, 누군가의 목소리가 귓가에 남아 있
다고 했다. 단순한 사진과는 다른, 입체적으로 남아 있는 기

억이라고.

돌아와서야 라오스에는 루앙프라방이 있었음을 떠올렸다. 오래된 도시의 골목을 마주하며 어디로 갈지 설렘으로 망설였던 순간, 그리고 그보다 더 오래 흘러내렸을 메콩강. 다리가 없는 강은 스스로 위엄을 갖추듯 도도했다. 사찰과 이국적인 목조 건물들이 조화를 이루며 빈부의 경계조차 흐려진 듯 보였다.

세월의 더께에도 지치지 않은 듯 이어지는 탁발의 행렬, 여명이 강물에 뒤척이는 시간이었다. 그 대열만으로도 새벽은 엄숙하게 깨어났다. 주는 자도, 받는 자도 눈을 마주치지 않으며, 낮은 곳에서 보시하고, 손을 내밀지 않고 받는다. 이는 수행의 한 방편인 '운수행각(雲水行脚)'의 모습이었다. 구름과 물이 자연스럽게 흐르듯, 경계나 대상에 집착하지 않고 길을 나서는 것. 그것은 단순히 몸만이 아니라 마음도 포함한 여정이었다.

탁발은 비구(比丘), 즉 '얻어먹는 사람'이라는 의미를 가진다. 하지만 단순히 음식을 구하는 것이 아니라, 법과 진리를 구하는 행위다. 수행자는 가장 간소한 생활을 유지하며, 동시에 아집과 아만을 버리는 수행을 한다.

또한, 보시하는 자에게도 복덕을 길러 주는 의미를 가진다. 부처가 탁발을 통해 자비의 기회를 주었듯이, 받는 사람 역시 주는 사람에게 자비의 기회를 주는 것이다. 메마른 세상에서는 탁발이 사라진다. 탁발하는 사람이 없으면 베푸는 사람도 없다. 탁발은 주고받는 사람이 서로 세상에 진 빚을 갚는 것이다.

일상이 여행이고, 여행이 일상이라면 우리는 저마다 지구별을 여행하는 존재가 아니겠는가. 기억은 바람처럼 흐려지고, 한낱 먼 추억으로 떠밀려 갈 것이다. 우리 인생 또한 그러하듯이.

둔감력(鈍感力)

기차표는 없었다
버스를 탔다
아침 6시 반에 출발
7시간쯤 걸린다기에
그냥 그렇게 생각했다

버스는 먼지를 달고
산길을 오르내렸다
잠깐 세워 점심을 먹고,
바퀴가 퍼져 정비소에 들렀다
목적지에 도착하니
12시간이 넘었다

화날 일도
누구를 탓할 일도
딱히 없었다

조금 피곤했고
사람들은 아무렇지도 않았다

그래서 나도
아무렇지 않게 버스에서 내려
그 자리에 잠시 서 있었다
예전 같으면 버럭했을까
그 자리에서 그냥
이런가 보다 했다

며칠 머문 마을
정이 좀 들었다
떠나야 한다
비행기는 빠르고 비쌌고,
버스는 느리고 쌌다
그래서 다시 버스를 탄다

이번엔 24시간
가면서 생각했다
둔감해진다는 건
무뎌진다는 말 같지만

어쩌면

지나치게 반응하지 않겠다는

하나의 선택일지도 모른다

그게 지금 내가 가진

가장 큰 힘인지도 모르겠다

....

우리가 산업화를 이루며 추구했던 목표는 '잘 먹고 잘 사는' 풍요로움이었다. '잘 먹는다'는 것은 단순히 '이밥에 고깃국을 먹는' 수준을 넘어섰고, '잘 산다'는 것은 인간다운 삶을 추구하는 철학적 목표보다는 입이 즐겁다거나 빠르고 편리한 의식주의 해결에 방점이 찍혔다. 이제는 여행까지 그 범주에 포함되면서, '잘 먹고 잘 사는 것'에 여행이 중요한 요소가 되었다.

루앙프라방에서 비엔티안으로 돌아가기 전, 꽝시폭포를 방문했다. 시내에서 여행객을 모집하던 기사와 동행하게 되었고, 열차표 예매가 걱정된다고 하자 그는 "걱정하지 마라. 역에 가면 당일 표를 살 수 있다."고 했다. 그의 말을 믿을 수밖에 없었다.

한 시간여 시골길을 달려 도착한 꽝시폭포는 기대 이상이었다. 입구에서 반달곰 보호 구역을 지나 하늘빛 물이 고인 웅덩

이와 숲길을 따라가니 석회암이 만들어 낸 신비로운 다단 폭포가 모습을 드러냈다. 혼자였기에 물속에 뛰어들지는 못했지만, 그 풍경만으로도 충분했다. 점심을 먹고 시내로 돌아오는 길, 논가에 자리 잡은 작은 찻집에 들러 한숨 돌렸다.

그러나 열차표를 확인하니 저녁 시간을 제외하고는 모두 매진이었다. 난감한 상황에서 버스 이동을 결정하고, 여행사에서 오전 6시 20분에 출발하는 표를 예약했다. 다시 오기 어려운 도시를 떠나야 한다는 아쉬움 속에, 메콩강에 스며드는 석양을 바라보며 저녁을 먹었다.

이튿날 이른 아침, 약속 장소에 도착했다. 탁발 행렬이 시작될 무렵, 공양자가 되어 보라는 권유도 받았지만, 버스 문제로 조바심이 났다. 한참을 기다린 끝에 지나가는 이에게 부탁해 전화를 걸었고, 마침내 나를 태우러 온 기사를 만났다. 그의 차를 타고 일행을 태우며 여기저기를 돌다가, 버스 정류장에 도착했을 때는 이미 두 시간이 지난 후였다.

승객이 가득 찬 버스는 덜컹거리는 도로를 지나 산등성이를 넘었다. 먼지 자욱한 가파른 길을 오르는 트럭들 사이로, 자전거를 끌며 손을 흔드는 한 남자가 보였다. 옆자리의 호주인은 "crazy!"를 외쳤지만, 그 모습이 왠지 경이로웠다.

방비엥이 가까워지자 간이휴게소에서 점심을 먹었고, 출발 직후 버스 바퀴 하나가 터져 교체 후 다시 길을 나섰다. 방비엥에서 몇 명이 내린 후, 비엔티안까지의 마지막 여정을 이어 갔다. 예상 소요 시간은 6시간이었지만, 사람들을 태우고 내려 주며 결국 12시간이 걸렸다. 그러나 누구도 원망하고 싶지 않았다. 무사히 도착한 것만으로도 감사한 마음이었다.

그 연장선상에서, 육로로 베트남까지 이동하는 길은 24시간이 걸린다고 했다. 혼자 떠나는 여정에 두려움이 스며들었지만, 결국 26시간 만에 도착했다. 그 막연한 두려움을 이겨 낼 수 있었던 것은 '둔감력'이라는 힘 덕분이 아니었을까.

나는~

소위 노가다 수준의 거친 일?

그런 건 그냥… 신나게 놀기 위한 핑계였지!

몸 좀 써야 놀 때 덜 미안하잖아

산이 좋다지만 매일 오르면 일이지, 놀이겠어?

그래서 나는 호모 루덴스

멋진 말이잖아

"인간은 노는 존재"

─그래, 나 그런 사람이다

고대 유물 보러 다니는 것도 좋긴 한데

난 그냥

어릴 적 나를 찾는 게 더 재미있다

깊숙한 마을에 들어가 보니

핸드폰도 없는 아이들이

모래 한 줌으로도 한참을 잘 놀더라고

그 모습이 어찌나 반갑던지

한나절쯤은 그냥
아이처럼 같이 놀고 싶었다
나는,
어른인 척 안 해도 괜찮을 땐
아이처럼
노는 게 제일 좋다!

....

요즘 시골에 가면 아이들을 볼 수가 없고 도시에서는 노는 아이들을 볼 수가 없다. 내가 자라던 어린 시절, 땅거미가 지면 엄마들의 아이들 부르는 소리가 골목길을 떠다녔다. 날이 어두워지고 밥때가 되었는데도 집으로 돌아오지 않는 아이들을 부르는 소리였다.

전기도 없던 자연 속 어린 시절, 이른 아침부터 저녁나절까지 산과 들을 쏘다니며 놀았다. 많은 것이 풍족한 지금과 비교하면 놀이의 묘미는 단순하고 한정된 도구와 결핍에서 생겨나는 것이었다. 작은 고무공 하나로도 한나절 축구며 야구 놀이를 하며 놀았다. 산과 들, 개울이 전부 놀이터였다. 늘 배가 고프던 시절이었으니 산과 들, 자연 속에서 먹을거리를 찾았고 이는 놀이의 방편이기도 했다. 늘 농사일에 바빴던 당시의 부모들은 공부 등으로 아이들을 간섭할 여력이 없었다. 무엇이든 자신이 알아서 해야 하는 것이었다.

정년으로 퇴직한 지 여러 해가 지났다. 퇴직을 하고 처음에는 시간을 자유롭게 쓸 수 있었음에 마음의 여유를 가졌지만, 효율적인 시간 관리가 쉽지 않았다. 등산을 좋아하지만 날마다 등산을 간다면 등산 자체가 일이 될 수도 있다. 평균 수명이 늘어 가면서 시간을 어떻게 보내야 하는가가 노년층의 화두가 된다.

다시 일자리를 얻기도 했고 인력사무소에 등록하고 날품을 팔기도 했다. 백사장에서 모래성을 쌓은 아이는 파도가 와서 무너뜨려도 마음 쓰지 않는다. 놀이에 몰두하기 때문이다. 생업을 위한 일을 놀이로 한다는 게 억지스럽지만, 그럴 수만 있다면 얼마나 이상적이겠는가.

호모 루덴스, 놀이하는 인간을 말한다. 네덜란드 출신 요한 하우징아는 역사 공부를 한 교수로서 '놀이하는 인간'이라는 뜻의 『호모 루덴스』라는 책을 저술했다. 그는 놀이의 정의로 여섯 가지를 말했다.

1. 놀이는 특정 시간과 공간 내에서 벌어지는 자발적 행동 혹은 몰입 행위이다.

2. 자유롭게 받아들여진 규칙을 따르되 그 규칙의 적용은 아주 엄격하다.

3. 그 자체에 목적이 있고 일상생활과는 다른 긴장, 즐거움, 의식을 수반한다.

4. 질서를 창조하고, 그다음에는 스스로 하나의 질서가 된다.

5. 경쟁적 요소, 즉 남보다 뛰어나려는 충동이 강하다.

6. 신성한 의례에서 출발하여 축제를 거치는 동안 자연스럽게 집단의 안녕과 복지에 봉사한다.

　놀이의 정의에서 알 수 있듯이, 자발적 행동이 전제된다. 더불어 규칙이 있고 몰입하고 경쟁하며 집단의 안녕을 기원하는 행위라고 할 수 있다. 그렇다면 이러한 놀이는 인간이 왜 갖게 되었나? 사실 이 질문에는 답하기가 어렵다. 진화를 통해 수렵 채집, 농경 사회를 거친 인류는 공동체에서 생활해 왔으니 거기에서 나온 문화와 연관된 자연스러운 행동일 것이다.

　저자가 놀이하는 인간을 탐구함에 있어서 가장 중시하는 것은 재미와 경쟁이다. 그리고 놀이 자체가 자유다. 손발을 움직이는 놀이에서 생활의 즉각적인 필요를 초월하는 것이라 했듯 행동 자체에 가치를 부여한다. 그러니 놀이를 어떻게 보든 간에, 놀이에 의미가 깃들어 있다는 사실은 놀이의 본질 속에 비물질적 특성이 있음을 보여 준다고 갈파했다.

앞서 말했듯, 이제 시골에 가면 아이들을 볼 수 없고 그나마 아이가 있는 도시에서는 노는 아이를 보기 힘들다. 오늘날 우리가 손발로 이룬 산업화로 의식주를 해결함에 빠르고 편리함을 도모할 수 있었다. 그 빠른 물결 속에서 우리가 잃어버린 것은 놀이였다. 어른이 되어서도 마찬가지였다. 긴 겨울을 보내면서 연을 만들거나 썰매를 만들어 타지 않는다. 어른이 되어서는 아이들에게 놀이의 도구를 만들어 주며 놀이를 공유할 수도 있는데 그런 기회를 갖기는 좀처럼 힘들다.

여행에서나마 어린 시절의 추억을 반추할 수 있을까? 내가 오지를 찾아 나서는 이유이기도 했다. 오지에서 만난 아이들은 여전히 놀이의 본능을 간직하고 있다. 비록 우리가 누리는 풍요는 없지만, 그들은 흙바닥에서, 강가에서, 나뭇가지 하나로도 놀이를 만들어 낸다. 그들의 눈빛에는 목적 없는 즐거움과 몰입의 기쁨이 서려 있다. 나는 그 모습을 보며 잊고 지냈던 놀이의 의미를 되새긴다.

어쩌면 나는 단순히 여행을 하는 것이 아니라, 잃어버린 놀이를 찾아 떠나는지도 모른다. 놀이란 단순한 여가가 아니라 삶의 한 방식이었다. 놀이를 통해 세상을 배우고, 관계를 맺고, 자유를 만끽했던 시절이 있었다. 그러나 산업화의 속도에 밀려 우리는 놀이를 잃어버렸고, 그와 함께 삶의 여유도 잃어

버렸다.

　그래서 나는 다시 놀이를 찾는다. 오지의 아이들이 보여 주는 놀이의 원형, 그 순수한 몰입과 즐거움을 보며, 나 역시 놀이하는 인간으로 남고 싶다는 갈망을 느낀다. 아이들이 그러하듯, 나 또한 놀이를 통해 삶을 더 깊이 살아가고 싶다.

몰입

빈 들에서 피리 부는 청년을 만났고,
개울가에서 뜨개질하는 여인을 보았을 때,
몰입의 살가운 기운이 전해졌다

몰입이란,
기웃거리는 불안과
스멀거리는 욕심을 벗어 버리는 일
자극이 주는 낯선 감각을
재빨리 잠재우는 일

전력을 다하기보다
적절히 힘을 분배하는 것
몰입이 꼭 무아지경일 필요는 없으니까
불필요한 자극을 밀어내고,
집착 없이 온전히 빠져드는 것

내가 하는 일에서도,

너와 나의 만남에서도

....

몰입에 빠져든 적이 언제였을까? 선뜻 기억이 돌아오지 않는다. 모래밭에서 아이들이 모래성을 쌓는 모습을 본 적이 있으면 몰입을 연상시킬 수도 있다. 마라톤을 하거나 산을 오르며 가쁜 호흡을 내뱉으면서도 자연과 하나가 되듯 고통을 건너 무아의 순간도 몰입의 순간이었을까 싶기도 하다. 글을 쓰면서는 과연 몰입의 경지로 들어간 적이 있었을까?

논이 이어져 있는 길가에서 피리 부는 청년을 만났고, 햇살이 윤슬로 반짝거리는 개울가에서 뜨개질하는 여인을 만났다. 그 무엇도, 바람도 햇살도 의식하지 않는 모습이었더라고 해야 하나. 손발을 움직일 때 사람들은 감정을 드러낸다. 좋아하는 운동을 하거나 악기를 연주할 때는 의욕이 넘치고 집중력이 높아져서 그 어느 때보다도 몰입 체험할 가능성이 높다.

사람의 기분은 몰입 상태에 있을 때 절정을 이룬다. 그것은 자신의 한계를 극복하고 무언가 새로운 것을 발견하는 순간이다. 몰입을 낳는 행동은 대부분 명확한 목표, 정확한 규칙, 신속한 피드백이라는 공통점을 갖는다. 그런데 여가 시간에는 이런 외적 조건들을 찾아보기 힘들다. 몰입할 수 있는 활동은 하나같이 처음에 어느 정도 집중력을 쏟아부어야 그다음부터 재미를 느낄 수 있는 것이다.

이른 새벽 일어나 책을 본다든지 글을 쓴다든지 할 때 몰입의 순간을 체험한다. 꼭 해야 할 일처럼 꼭 보고 싶은 책이나 글을 쓰고 싶다는 게 전제되어야 한다. 물론 소음 등의 배제가 전제되기도 한다. 몰입하는 순간에 행복하다는 느낌을 동시에 갖기는 어렵다. 그 시간이 지나야 다가오기 때문이다.

눈으로 보라는 것이 너무나 많은 세상이지만, 화면을 보기보다 책을 더 본 사람이 몰입에 더 다가갈 수가 있다고 했다. 화면은 스스로 자극적이어서 보는 사람의 숨겨진 느낌을 끌어내기가 어렵다. 능동적이냐 수동적이냐 하는 문제가 있을 것이다. 화면을 눈으로 보는 수동적 활동은 긴장이나 불안을 야기하진 않지만 몰입을 필요로 하지 않기에 방향성이 없고 허무함을 준다.

다른 사람들이 볼 수 있는 노출된 공간에서 피리를 불고 뜨개질을 하던 그들의 모습에서 삶의 경건함을 느낄 수 있었다. 그들은 순간의 즐거움을 넘어, 자신만의 질서와 리듬 속에서 시간을 살고 있었다. 몰입이란 결국 그렇게, 삶을 가장 충실하게 살아 내는 방식이 아닐까.

지구별 여행자

길은 언제나 이어졌고
길 위에서 우리는 만났다
인생 자체가 하나의 여정이었기에,
우리는 저마다 사연을 품은 여행자였다

누군가 앞서 남긴 발자취를 따라가기도 했지만
각자의 형편은 달랐다
그래서 길을 묻기도 하고,
잠시 동행하거나 도반이 되기도 했다
때론 더 나은 길을 찾아 나섰다가
돌이킬 수 없는 길에 발을 들이기도 했다

라오스에서 베트남 국경을 넘던
슬리핑버스 안,
열하루 상현달이 한참을 따라오더니
새벽녘 제 갈 길을 간 듯 사라졌다

국경 이민국에 도착했을 때
비가 추적추적 내려 차갑고 낯설게 느껴졌다
여권을 내미니
직원이 '코리아'라며 반가운 눈웃음을 건넸다
잠깐 자랑스러운 마음이 스쳤지만
이내 현실이 떠올라
자괴감이 씁쓸하게 밀려왔다

2인용 침대 옆자리엔
인도 콜카타에서 온 스물일곱 청년이 있었다
26시간을 함께하며
간식을 나누고 서툰 영어로 대화를 나누다 보니
우리는 어느새 친구가 되었다

하노이에 도착한 밤
환전소도 찾지 못하고
예약한 숙소도 없는 막막한 상황
그가 예약했다는 숙소까지
10㎞를 더 걸어야 했던 길
하루 6천 원짜리 방에서 지친
몸을 뉠 수 있었던 건 작은 행운이었다

그저 친구였을 뿐인데
사나흘을 함께 보낸 시간 동안
그의 나이를 단 한 번도 의식하지 않았다는 것이
오히려 신선하고 자유로웠다

길 위에서는 모든 것이 새로웠다
그리고 길은
그렇게 또 이어졌다

....

  길을 나서기만 하면 어디로든 이어진다는 믿음은, 사실 막연한 바람 같은 것이었다. 라오스 비엔티안에서 베트남 하노이로 가는 길을 하늘길이 아닌 육로로 택한 것도 그러했다. 처음 시도하는 방식의 여행이었고, 스마트폰도 능숙하게 다루지 못한 채 혼자 길을 떠나는 여정이 막막했다. 하지만 태어나 부모님의 보살핌을 받고 주변의 도움을 받으며 살아왔듯이, 낯선 길에서도 누군가를 만나고 필요할 때 도움을 받을 수 있으리라는 믿음이 있었다. 그렇게 길을 나섰다.
  비엔티안 외곽의 남부터미널은 먼 길을 떠나려는 사람들로

북적였다. 국경을 넘는 사람들의 짐도 다양했다. 여행자의 긴 배낭, 보따리장수들의 짐짝들, 심지어 에어컨 실외기 속에 작은 염소까지 들어 있었다.

하노이까지 가는 '슬리핑버스'는 좌우측 2인용 간이침대가 연결된 구조였다. 24시간 동안 버스에서 보내야 한다는 생각이 막막했지만, 내 옆자리를 채운 인도 청년을 보며 조금은 안도했다. 나보다 약간 더 검은 피부, 배낭여행자로서 말레이시아와 태국을 거쳐 하노이로 향하는 그와 나는 같은 부류였다.

버스는 한적한 시골길을 달리며 덜컹거렸다. 열하루 상현달이 창가를 따라 움직였고, 자정을 넘어서자 어느새 사라졌다. 산악 지대에 접어들며 버스가 멈췄다. 무슨 상황인지 알 수 없는 채로 두 시간이 흘렀다. 추적추적 비가 내리고 있었다. 라오스에서 처음 맞는 비였다.

라오스 국경 검문소에서 여권을 내밀었을 때, 심사관이 "코리안"이라며 친근하게 반겼다. 반가움 뒤로 묘한 불안감이 스쳤다. 베트남 국경 검문소까지는 1㎞ 정도 떨어져 있어 걸어가야 했다. 혼자였다면 힘들었겠지만, 곁에 누군가 있다는 것이 위안이 되었다.

베트남 검문소는 안내 표지판도 제대로 없었고, 입국 심사에도 시간이 걸렸다. 라오스 돈을 내야 했고, 그 뒤에도 휴대품 검사가 이어졌다. 화물칸의 짐을 내리고 통과한 후 다시 신는 과정까지 포함해, 대기와 절차에 걸린 시간만 5시간이었다. 하지만 처음이었기에 버틸 수 있었다. 버스가 다시 출발해 가파른 길을 내려갔다. 창밖으로 너른 들판이 펼쳐졌고, 모내기가 한창이었다.

하노이에 도착한 시간은 오후 8시. 총 26시간이 걸린 여정이었다. 터미널 근처에서 환전을 할 수 없어 인도 청년을 따라나섰다. 그의 숙소까지는 10㎞ 거리였다.

밤거리는 오토바이들로 가득했다. 신호가 바뀌자 초원의 기마부대처럼 일제히 달려 나갔다. 배낭과 바퀴 달린 가방을 끌며 밤거리를 걸었다. 그가 예약한 숙소는 좁은 골목을 지나 후미진 곳에 있었다. 간신히 찾아간 숙소는 3층 건물로, 작은 방에 2층 침대가 두 개 놓여 있었다. 화장실은 1층에 있었다. 빈 침대가 없어 그는 기꺼이 내게 자리를 내주었다. 미안함과 고마움이 동시에 밀려왔다.

그렇게 3일 동안 함께 하노이를 걸으며 구경했고, 밥도 같이 먹었다. 그가 안내한 인도 음식점에서 인도 음식도 먹었다. 하루는 나는 사파로, 그는 하롱베이로 따로 떠났다. 사파에서 돌아온 늦은 밤, 다시 그를 만났다. 하지만 다음 날이면 헤어져야 했다.

그에게 건넬 선물을 고민하다가, 라오스에서 함께 슬리핑버스를 타고 오며 나눠 먹었던 당근이 떠올랐다. 그래서 시장에서 당근을 샀다. 다음 날, 혼자 아침을 먹고 돌아와 보니 그는 아직 자고 있었다. 나는 당근을 건네며 영어로 "너를 만난 것은 행운이었다."고 말했다. 그리고 돌아섰다.

　나이 어린 청년이었지만, 그의 나이를 의식한 적은 한 번도 없었다. 그는 그저 낯선 길에서 만난 친구였다. 그렇게, 길은 또 이어졌다.

2부

대한민국,
노동의 종말

세계에서 가장 우울한 나라

'좋은 세상이다'
생전에 어머니는 자주 그런 말씀을 하셨다

세탁기가 돌아가는 것도 신기했지만
이젠 빨랫줄조차 필요 없는 세상,
건조기가 알아서 빨래를 말려 줄 때에도
전화기의 작은 화면으로 통화하며
멀리 있는 사람 얼굴을 마주할 수 있을 때에도
근사한 식당에서 듣도 보도 못한 음식을
처음 맛보았을 때에도
심지어는 컴퓨터 앞에 앉아
아들이 글을 쓰는 모습을 바라보면서도
그리고 책이 귀하던 어린 시절의 미련처럼
책꽂이에 가득 찬 책을 읽으시면서도
어머니는 늘 같은 말을 하셨다
"참, 좋은 세상이야."

일제강점기에 태어나

가난과 혼란의 시대를 거슬러 살아오신 어머니

학교 문턱에도 가 보지 못하셨다는 건

단지 교육의 결핍만을 뜻하진 않았다

그보다도 더 어린 나이부터

노동에 내몰렸다는 의미였다

팔순이 넘은 나이에도

텃밭을 가꾸고,

몸이 불편하셨던 아버지를 돌보며

평생을 '일'로 살아오셨다

아버지가 돌아가시고

서울로 올라오신 뒤에야

비로소 손에서 일을 놓으셨다

그렇게 평생을 관통하며

아침이면 늘 해야 할 일이 있었던 어머니는

노인 주간보호센터에 다니기 시작하신 후에도

마치 유치원에 가는 아이처럼

설레는 마음으로 아침을 맞곤 하셨다

그 가볍게 나서시는 발걸음이 반가우면서도

한편으론 마음 깊숙한 데서

돌이킬 수 없는 안타까움이 스며들곤 했다

....

작금의 세상살이를 찬양하듯 어머니가 말씀하셨던 '좋은 세
상'은 역사를 들먹일 필요도 없이, 빠르고 편한 풍요로운 시대
를 살고 있다. 종전이 아닌 휴전이었지만 전쟁이 그친 지 75년
이 지났으니 오랫동안 평화를 구가했던 것도 마찬가지였다.

한류 열풍이라는 말이 나라 밖에서 만들어져 안으로 들어왔
을 만큼 문화 전반에서 성가를 높이고 있는 대한민국이다. 전
후 가장 가난한 나라에서 경제적 풍요와 다양한 문화를 세계
인들과 공유하는 대한민국의 국민들은 과연 어떠한 삶을 살아
가고 있는가? 늘그막에 서울 시민이 되었다며 입에 달고 살다
시피 생전의 어머니가 말씀하셨던 대한민국은 정말 좋은 세상
이기만 한 것일까?

"한국은 경제와 문화 면에서 세계적인 주목을 받고 있
지만, 세계에서 가장 우울한 나라다."

당시 보도 매체를 통해 그 말을 접한 순간, 그 말이 사실이

냐 아니냐를 떠나 충격과 함께 당황스러움이 다가왔다. 누가, 무슨 이유로 그런 말을 했는가 하는, 외국인이 한국에 대해 알면 얼마나 안다고 그런 말을 했지 하는 거부감도 있었을 것이다. 부연하듯 그 우울의 근거로 그가 함축적으로 제시한 말은 당연한 듯 머리를 끄덕이게 했다.

"한국은 유교와 자본주의의 단점이 극대화되고 장점은 무시해서 우울한 사회가 만들어졌다. 유교의 단점인 수치심과 타인을 판단하고 평가하는 부분이 극대화되고 장점인 가족주의와 사회적 친밀도는 잃어버리는 중이며 자본주의 단점인 현란한 물질주의와 돈벌이에 대한 노력은 강조되는데, 장점인 자기표현과 개인주의는 받아들여지지 못해 개인들이 불행해지고 있다."

거기에 현실적인 진단까지.

"20세기 한국의 경제적 기적은 야심이나 선택의 문제가 아니라 생존의 문제였다. 인구의 15%가 숨진 잔혹한 전쟁을 겪은 한국은 북한의 위협 아래 최대한 빨리 발전할 수밖에 없었고, 정부가 이를 위해 도입한 가혹한 교육체계는 한국 젊은이들에게 엄청난 부담을 안겼다."

117

마크 맨슨, 『신경 끄기의 기술』을 출간한 유명한 인플루언서라고 했지만 생소한 이름이었다. 청소년 시절 소지한 마약을 적발당해 퇴학당했으며 이후 20대 초까지 진지한 직업도 갖지 못한 채 술과 파티에 빠졌었고, 그러던 중 글을 쓰기 시작해 출간한 책이 『신경 끄기의 기술』이라고 했다.

한국을 방문했던 기간이 얼마였는지, 현재도 체류하고 있는지는 알지 못하지만 그는 매체를 통해 영상을 게재했고 많은 내외국인들이 그의 말에 공감 내지는 나름의 의견을 표명했다.

"한국은 다른 지역, 수도권과 비수도권은 물론 국가에 대한 차별이 만연하고, 심지어 같은 국민 사이에도 차별이 심하다. 집단의 압력이 매우 높아서 분위기에 맞추지 못하면 소외당하거나 사람 간의 비교가 매우 심각하다는 것, 무한 경쟁을 하는 국가니 출산율이 바닥이다."

살아가는 모습과 형편이 어제에 비해 나날이 좋아져 가기만 한 듯하지만 아니었다. 동전의 양면처럼 얻는 것이 있었다면 잃는 것이 있었을까. 지금 우리는 어디로 가고 있는 것일까?

왕조가 몰락하면서 일제의 강점이 시작되었고 해방과 분단의 소용돌이에서 전쟁의 광풍까지 휘몰아쳤다. 전쟁은 숱한 사상자와 이산가족을 만들었고 생존의 터전을 황폐화시켰지만 나름의 순기능도 있었다고 해야 하나, 형식적으로는 와해되었지만 여전히 잠재해 있던 반상(班常)을 구분하던 신분제가 사라졌고 국가라는 큰 틀에서 안정적인 가정의 모습이 갖추어져 가기 시작했다. 여전히 혼란스러웠고 무질서한 듯, 시민의식도 마찬가지였다.

전후에 태어난 아이들이 소위 '베이비붐' 세대, 오늘날 지하철 무임승차 대열에 진입하였거나 예정된 세대들이다. 일제강점기에 태어났던 부모세대들이 겪었넌 '국제적인 난리'가 6·25전쟁이었다면, 전후 세대들이 겪어야 했던 '국가적인 난리'는 1997년에 닥친 IMF 구제금융 신청이었다.

이제 70년도 더 지난 이 땅에서의 참혹했던 전쟁은 이제 아주 오래된 옛일처럼 아득해졌다. 전쟁의 참화로 피폐해진 대지에 굶주림과 정치적 혼란은 피할 수 없었지만, 산업화와 함께 민주화 두 갈래의 미래를 추구하며 꿈을 꾸던 시절이었다.

그랬는데, 이 땅에 참혹한 현실이 엄습하듯 수십 년이 지나 우리 사회는 또 한 번 미증유의 위기에 직면하게 된다. 1997년에 닥친 IMF 구제금융 신청은 우리네 삶을 뿌리째 흔들어 놓았다. 산업화 시대의 격랑을 헤쳐 오면서 크든 작든 나름의 성취와 희망의 끈을 이어 오다가 어렵게 이룬 성취가 송두리째 허물어지고 졸지에 그 끈마저 끊어져 버린 참담한 상황이었다.

1950년대 전후에 태어난 소위 베이비붐 세대들은 전후 최빈
곤국에서 어린 시절을 보냈고 그 자녀들은 중진국 이상의 경
제적으로 풍요로운 시대를 살았으니, 부모 세대에게는 힘겹게
넘던 보릿고개의 기억이 선연히 남아 있다는 게 문제의 시작
이었다. 풍요로운 시대를 살아왔지만 상대적으로 느꼈던 물질
적 박탈감과 상실감을 자녀를 통해 보상받으려는 욕구를 피할
수 없었다. 불순한 동기 유발이었다.

이러한 욕망의 분출점은 자녀나 자녀의 배우자가 안정된 직
업과 더 좋은 주거 환경을 갖추는 것의 집착으로 귀결되었다.
이러한 과정을 통해 과도한 물질주의는 자녀 세대에게 주어지
고, 특히 여성들에게는 더 심한 자극에 노출되어야 했고 그 압
박은 더 심해지고 있다. 20 · 30 여성의 물질주의 성향이 가장
높았다는 연구 결과가 이를 뒷받침한다.

물질주의의 본질은 소유를 통한 소비와 타인에게 보이는 외
형적인 윤곽이 삶의 목적이 되며 이를 통해서만 삶의 만족을
느끼고 성공 여부가 가려지게 된다. 물질주의의 외적 가치는
서열 평가가 쉬워 필연적으로 비교를 유발하게 된다. 가난은
다분히 상대적인 개념이다. 북한 사람들이 폭동을 일으키지
않고 살아가는 것은 통제와 세뇌의 영향도 있겠지만 비교할

대상이 불분명하기 때문일 수도 있다.

우리는 누구에게나 가장 중요한 것은 돈이라고 생각한다. 물론 본질적인 것을 말하는 것이라고도 할 수 있지만 1위가 경제적 풍요, 2위가 건강, 3위가 관계로 나타난다. 물론 다른 나라 사람들이라고 경제적인 것에서 자유스러울 수 없겠지만 돈에 앞서 가정이나 건강을 먼저 생각한다. 이에 대해 미국의 정치학자 로널드 잉글하트는 다음과 같이 진단했다.

　"대부분 나리에서 일정 징도 소득이 증가하면 물질주의에서 개인의 발전과 자유를 중시하는 탈물질주의로 옮겨 간다."

이런 흐름과 달리 한국은 높은 경제 성장을 이뤘음에도 변함없이 물질주의적 가치가 높고 자기 표현적 가치는 낮은 '예외적인 나라'라고 지적했다. 이 지적에 대해 항변할 이유는 있다.

일제의 강점, 해방과 분단, 전쟁의 폐허에서 가난보다는 생존의 문제였다. 60년대 반공과 조국 근대화의 시대를 살아오면서 나름의 성취와 가난에서 벗어났지만 상대적인 가난은 여전히 따라왔으며, 국제통화기금(IMF) 외환위기는 각자도생의 각박한 현실을 직시하게 했다. 그보다는 마크 맨슨이 지적했듯 유교적 가족주의의 폐해, 개인을 존중하기보다 가족이라는 범주에 남들보다 잘 먹고 잘사는 척도를 정해 놓고 가족 구성원을 채찍질하는 게 일상이었다.

마크 맨슨의 간파했다고 해야 하나, 유교의 장점이자 단점일 수 있는 위신과 체면은 필연적으로 주변 사람들과 비교를 당하게 한다. 이 과정에서 불만족을 경험할 가능성이 높고, 이는 우울감으로 연결된다. 갈증이 심할 때 음료수를 마시면 더 갈등이 생겨나기도 하듯이 역설적으로 물질에 집착하거나 추구할수록 행복 수준이 낮아지고, 가족 관계와 사회적 관계의 질이 나빠진다. 가족과 함께 보내는 시간의 소중함을 등한시하게 된다.

인구 10만 명당 25명 정도가 스스로 생을 마감하는, OECD 국가 중 가장 높은 수치라면 이 불명예스러운 순위는 오랫동안 유지되고 있다. 10대 사망 원인 다섯 번째, 물론 노인층도 심각하다. 고령화 문제는 이제 시작인 것처럼 날로 심각해질 텐데 60세 이상 노인 75%가 소일거리가 아닌 생계를 위해 일한다는 것이고, 70대가 넘으면 이 비극적인 수치는 증가한다.

낮은 출산율의 이유야 여러 가지가 있다면 높은 자살률도 서로 연관되어 있다면 그것은 우울이다. 치열한 경쟁이 미덕이었던 사회 분위기, 꿈을 물었을 때 '내가 어떤 사람이 되겠다' 하기보다는 특정 직업을 말하고, 그 직업이라는 게 자신의 적성이나 자아실현의 수단이기보다는 얼마만큼의 돈을 벌 수 있느냐로 귀결되는 것이었다. 더하여 현재 그런 직업을 가진 전문 직업인들의 도덕성이 그 수입만큼 높지 않다는 것이다.

현 정부 들어 '카르텔'이라는 말이 회자되었듯이 파벌의 견고한 둑을 쌓고 자신들의 밥그릇을 챙기기에 급급할 뿐이다. 다양성은 무시되고 오로지 경쟁을 통해서 살아남은 강한 자만이 인정받는 사회에서 일부러 여러 품목도 찾아보고 꼭 챙겨야 할 게 '힐링'이 되었다.

초고령사회는 만 65세 이상의 인구가 전체 인구의 20% 이상을 말한다. 이제 우리도 그 어두운 터널로 진입한 상태, 초고령화된 사회에서 현재까지 진행 중인 우울증은 더 심각해질 것이다. 고령자 자신도 자신이지만 어떠한 형태로든 봉양하는 가족들도 마찬가지다.

> "넘쳐 나는 노인이 나라 재정을 압박하고 그 피해는 전부 청년이 받는다. 노인들도 더는 사회에 폐 끼치기 싫을 것이다."

일본 영화 《플랜 75》의 첫 장면, 노인들을 무차별 살해한 젊은 남성은 자살을 하며 이 같은 유언을 남긴다. 이런 노인 혐오 범죄에 응답하듯 일본 국회는 '75세 이상 고령자가 죽음을 선택할 권리를 지원'하는 안락사 제도 '플랜(Plan) 75'를 통과시킨다. 물론 영화 속의 이야기이다.

꿈을 꾸기보다는 도무지 가닥이 잡히지 않는 이런저런 문제들로 가득하다. 어느 시대의 현장에서도 문제가 있었던 것이었지만, 문제들을 해결해야 할 책무가 주어진 위정자들은 오로지 자신들의 자리를 지켜 줄 표를 계산하고 국민들은 '내 편의 정의'에 함몰되며 균형된 잣대를 갖지 못한다.

문제 속에 답이 있는 것은 분명하다면 우리들은 대부분 문제점을 알고 있다. 분명 문제라고 알고 있으면서 쉽게 말할 수 없는 문제점을 나는 말하고자 한다. 바로 노동의 문제다. 노동에도 여러 가지가 있다면 바로 손과 발을 움직여야 하는 육체노동이다.

산업화 속에서 분명 우리네 삶은 편리함과 윤택함을 누릴 수 있었다. 산업화는 육체노동을 회피하지 않았던 적극적인 현장 참여로 가능했고 그 바탕에 '자신의 자녀들은 자신과 같은 현장 노동자의 삶을 회피했으면 하는' 열망도 한몫했다. 누구의 삶이든 막연한 추상이 아니라 역사의 격랑에 휩쓸려야 했던 철저하게 개별적인 삶의 총체이다.

최근 방영된 드라마 《폭싹 속았수다》는 그 격랑을 온몸으로 받아 낸 한 여인의 삶을 담았다. 애순이. 그 이름 하나만으로도 우리는 그녀의 웃음과 눈물, 욕설과 기도를 모두 기억하게 된다. 그녀는 말끝마다 '죽어지지 않는 인생'이라 투덜거렸지만, 매일 새벽이면 삶을 일으켜 세우는 손으로 밥을 짓고, 엄마로, 누이로, 아내로 다시 하루를 살아 냈다. 고된 밭일을 하고도 고무신 끈을 고쳐 신고, 가족의 허기를 메우려 손가락 마디마디에 굳은살이 배기도록 반죽을 치댔다.

그녀가 엎드려 설거지를 하다 말고 잠든 장면 하나만으로도, 우리는 알 수 있었다. 노동은 그녀에게 생존이자 사랑이었고, 고단한 동시에 위대한 의식이었다. 그리고 그건 어머니의 삶과 너무도 닮아 있었다.

그 드라마를 보며 사람들은 울고 웃었지만, 실은 그보다 더 깊은 곳에서 울컥하는 감정, 이제는 말로 설명할 수 없는 무언가에 닿았을 것이다. 손으로 생을 지탱하던 시절, 입으로는 말하지 못했던 마음들. 그 모든 것이 노동이었고, 그것이 곧 삶이었다는 걸.

이제 과거로 돌아갈 순 없다. 손과 발을 끊임없이 움직여야 하는 노동의 현장을 살았던 사람들, 나의 어머니를 포함 예전의 사람들은 어떻게 살았는가를 돌아보며 답이 아닌 답을 웅얼거릴 뿐이다. 그리고 이제는 묻고 싶다. 우리가 놓아 버린 그 손의 기억은 과연 무엇을 향하고 있었는지.

아들의 어머니

누군가의 노동 속에서 자신이 존재했고

여전히 살아가고 있다는 사실을

인식하는 일은 결코 쉽지 않다

그것은 부모의 그늘 속에서 살아가던 때에도

스스로 밥벌이를 시작한 이후에도

별반 다르지 않았다

의식주를 포함해 생활의 편리함,

일상을 유지하는 모든 것들은

결국 누군가의 노동을 통해 가능해진 것이다

인간은 태어날 때부터

절대적인 도움이 필요한,

본디 겸손해야 할 존재로 태어났지만

그 사실을 끝까지 자각하며 살아가는 건 어렵다

노동의 가치는

그 자체의 고됨이나 숭고함에만 있는 것이 아니라

타인의 노동 덕분에

우리가 삶을 꾸려 갈 수 있다는

근원적인 상호의존 속에 존재한다는 것,

그것이야말로 우리가 잊지 말아야 할 진실이다

....

  굴렁쇠가 구르다 멈추면 쓰러지듯이 노동이라는 굴레도 마찬가지였을까? 어머니의 삶이 그랬다. 태어나 연필 한 번, 크레용 한 번 손에 쥐어 보신 적이 없었다는 어머니, 어른이 되어 은문이라고 알고 계셨던 한글은 깨쳤지만 신앙적인 통찰이나 특별한 인생관을 피력한 적이 없었던 어머니였다. 하지만 어머니의 삶 전체가 노동이었고 온전히 자식들을 위한 기도였다.

  하지만 그것은 어머니의 노동의 효력이 끝났을 때에야 겨우 남의 말을 빌려 자식의 입장에서 생각해 낸 헌사였다. 그렇듯 어머니의 노동이 삶 자체였고 기도이기도 하였다는, 또 다른 인식의 바탕은 무엇이었을까? 만약 어머니의 노동이 기도였다는 걸 의식하거나 인식했다면 그렇게까지 가혹한 노동을 감당하지는 못했을 것이라는 건 자식으로서 또 다른 반향이었다. 사실 어머니에게 노동은 피할 수 없는 굴레와도 같은 것이었다.

사농공상(士農工商)이라는 전통적이거나 유교적 직업관은 손발을 움직여 밥을 벌어야 하는 일을 천시했고 신분을 견고화했다. 왕조의 몰락은 견고한 신분의 해체를 도모했지만, 일제의 강점에 이은 해방과 분단은 이를 수습 또는 정리할 기회를 갖지 못했다. 오히려 분단과 함께 휘말려 든 동족상잔 전쟁을 통해 외형상 신분의 형상은 해체되었다고 해야 하나, 여전히 고단한 삶의 반향 또한 피할 수 없었다.

절대적 빈곤과 배고픔의 가파른 시대를 살아 나오면서도 노동에 대한 인식은 쉽게 변할 수 없는 것이었고, 몸을 움직여 밥을 버는 일을 하찮게 생각했기 때문이었다. 또 다른 하나, 분명한 이유는 반상(班常)으로 신분을 구분하고 '먹고사는 문제'를 신분의 세습으로 해결하려 했던 오랜 관습이 우리의 의식 속에 남아 있었다. 몸은 온갖 현상에 반응하며 대처해야 하듯 현실적이고 소위 '펜대'는 생각에서 비롯되듯 허구에 가깝고 관념적이었다.

개그맨으로 정치적 영역까지 넘나들며 구설수에 오르기도 했던 이는 다분히 정치적인 발언인 듯, "노동자의 망치와 판사의 망치는 동등한 대우를 받아야 한다."고도 했다. 아마 자신이 사회적 약자 축에 드는 노동자 편이라는 의미를 전달하려 했을 것이다.

하지만 본질적으로 망치질하는 노동자는 자신의 자식이 열심히 공부해서 판사가 되길 바랐을 수도 있기 때문에라도 두 망치는 같을 수가 없다는 것은 확연하다. 노동자의 망치는 대개 묶인 것을 해체하거나 묶어 놓기 위하여 못을 박는 용도이고, 판사의 망치는 죄의 경중을 공포하는 수단이기도 하기 때문이다. 당연히 사회적인 위치나 급여도 다르다.

아무튼 어머니의 하루는 한 달로 묶어지고 계절로도 또 일년으로 모아져 평생 다양한 노동을 섭렵하며 사셨다. 그것이 자신을 위해서가 아닌, 노동이 자식들을 위한 기도의 헌신이었음을 전혀 인식하지도 못한 채.

내가 태어난 곳은 재 너머 장항선이 지나는 충청도의 시골마을, 초등학교를 졸업하던 해 전기가 들어왔으니 벽촌이었다. 그 시절은 TV는 물론 라디오도 귀했으니, 자가발전을 통해 '공청'이랬던가, 유선방송사가 생기면서 집집마다 스피커가 토방 위 기둥에 걸렸었다. 관에서 개입한 것이 아닌 개인 사업의 범주였다. 스피커를 통해 라디오 방송을 중계해 주는, 일종의 방송 사업이었던 셈이다.

마을 밖에서 일어나는 일에 궁금해하던 마을 사람들 대부분 스피커를 설치했다. 방송의 선택권은 없었고 하루 종일 KBS 단일 방송이 송출됐다. 정오 프로그램의 말미에 방영된《김삿

갓 북한 방랑기》는 숱한 시간이 흘러도 그 시작 음악을 선명하게 기억했으니까. 스피커에는 스위치가 달랑 하나뿐, 켜거나 끄거나 할 수 있는 기능만 있을 뿐이었다.

추수철에 보리며 벼 한 말씩인가를 그 삯, 이용대금으로 했다. 다른 지역에서는 청취료는 한 달에 3천 환이었는데, 5·16 이후 화폐개혁 다음부터는 월 300원 정도, 당시 막걸리 한 잔 값과 호떡 한 개 값이 5원인가 10원이었을 때였으니 비싼 편이었다.

이제 기억이 흐릿하지만 초등학교에 들어갈 즈음 웅크린 초가의 사랑방에 예배당이 처음 열렸었다. 서울에서 신학교에 다니던 청년이 폐병으로 고향에 돌아와 전도를 시작했고, 동무의 권유에 따라 예배당에 나가기 시작했다. 어머니는 기독교를 몰랐고 토속적인 민간신앙을 추종했다.

예배당은 초가의 작은 사랑방이었다. 지붕에 십자가도 걸려 있지 않았고 예배당 안의 모습은 단출했다. 창호지에 붓으로 쓴 찬송가가 예전 논산훈련소 야외 교장에 세워졌던 궤도걸이와 같은 모습에 걸려 있었고 다리가 짧은 책상에 각목을 잇대어 세운 강대상이 전면 중앙에 놓여 있었다. 강대상 뒤로는 작은 십자가가 걸려 있었고 푸른 초원 양 떼들 사이로 어린양을 안고 있는 목자가 그려진 성화가 하나 걸려 있었다.

학교에 가는 것을 제외하고는 여럿이 모여서 찬송을 부르고 예배를 할 수 있었던 교회에서의 활동은 당시 척박한 벽촌의 환경에서 나름 문화생활의 범주였다. 창백한 얼굴로 예배를 인도하던 젊은 전도사는 성경 속, 에덴동산에서 살았다던 아담과 하와를 이야기했다. 지옥의 모습도 생생하게 전해 주었다.《신과 함께》라는 영화의 이야기를 만든 이도 아마 그 이야기들을 기억하였을 것이다.

하늘과 땅은 물론 세상의 모든 것들이 본디 존재했던 것들이 아닌 창조주가 있다는 것도 새삼스러웠는데, 흙으로 빚은 최초의 인간은 창조주 신의 경고를 무시한 죄로 낙원에서 쫓겨나 힘든 노동일을 감내하며 살게 되었다고도 했다. 생소한 이야기였듯 인간이 신의 저주로 노동을 감수하게 되었다는, 피상적으로든 인식하게 된 최초의 계기였다.

어머니가 정월 대보름날에 거리제를 지내듯 무속신앙의 한 모습으로 단순히 소원을 빌던 모습과는 천양지차였다. 삶의 본질인 듯, 누구나 당연히 일을 해야 먹고사는 것으로만 알았는데, 그것이 신의 저주로부터 시작되었다는 것이 새삼스러웠다.

당시 마을에서 부자와 가난한 집의 구분은 여러 가지가 있었지만 어린 나의 눈에 명확히 구별되었던 것은 누룽지였다. 물론 누룽지마저 쉽게 먹을 수 있는 간식은 아니었지만 가난한 집 아이들은 까끌거리는 보리누룽지를 먹었고 소수의 부잣

집 아이들은 노릇노릇 고소한 쌀누룽지를 먹었을 뿐, 산다는 것은 누구나 일을 해야 하는 것으로 알고 있었기 때문이었다. 노동의 강도는 둘째 치고 단순했던 당시의 음식으로 부자와 가난함을 인식했을 것이다.

우리는 늘 누군가의 노동 속에서 자신이 존재한다는, 여전히 살아간다는 의미를 인식하기는 쉽지 않다. 이는 부모의 그늘 속에서 살아오던 때나 스스로 밥벌이를 할 때에도 마찬가지였다. 하지만 의식주를 포함, 생활의 편리 등 일상을 영위하기 위한 모든 것들은 누군가의 노동을 통해 만들어진 것이었다. 인간은 태어날 때부터 절대적인 도움을 필요로 하는 겸손해야 하는 존재로 태어났지만, 그만큼의 인식을 유지하는 것은 어렵다. 노동 그 자체가 중요한 게 하니라 타인의 노동을 통해 저마다의 생을 영위한다는 것으로 말이다.

인간이 평등하다는 개념은 근래에 생겨났다. 유발 하라리는 인본주의도 기독교나 마찬가지로 인간이 만들어 낸 믿음, 종교에 불과하다고 말한다. 인간들끼리 서로 존귀하다거나 존엄하다고 해 주다 보니 이를 자연법칙인 것처럼 착각하게 되고, 그러다 보니 실체를 가지고 인간 사회를 규율하게 되는 이른바 상호주관적 실재가 되었다는 것이다.

사람다운 삶은 하나의 정해진 삶의 방식이 아니라 개인이 속한 사회에서 상대적으로 정의 내려지는 삶인 것이다. 시골에서 농사를 지으며 목회를 하시는 목사님의 글을 지면에서 읽었다.

"어떤 이들은 노동은 곧 기도이니, 영적 수련을 잘하고 있다는 말을 한다. 노동을 십여 년 해 보니, 노동이 곧 기도는 아니다. 노동은 고통이고, 게다가 죄의식 중에 하는 노동은 징벌이다. 성경은 죄의 대가로 '땅이 네게 가시덤불과 엉겅퀴를 낼 것이라'(창3:18 상)고 노동의 시작을 알리고 있다. 인류에게 풀과의 전쟁이 시작된 것이다. 하지만 이로써 우리는 먹을 양식을 얻게 된 것이다. 노동하는 이는 험난한 삶의 현실을 회피하지 않고 현실로 받아들인 것이 된다. 이 노동이 우리를 정화시키며, 정화된 마음이 기도하게 해 주는 것이다. 그래서 노동은 고통이지만 참기도를 드리게 하고 거룩함을 향하여 참되게 나가도록 돕는다. 흙 위에서, 노동 중에 드리는 기도는 카페와 커피 향 속에서 드리는 기도와는 분명 다르다."

"여기에는 자신을 위한 기도는 없습니다. 이웃과 사회를 위한 기도만 있을 뿐입니다."
예수원 설립자인 성공회 소속의 대천덕 신부가 남긴 말이다. 서울의 신학교를 떠나 태백에서도 산골 오지에 수도원 터를 잡아 간판처럼 내건 구호가 "노동하는 것이 기도요 기도하는 것이 노동"이었다.

계산되지 않은 노동

'살기 위해 먹는가, 먹기 위해 사는가?'
이런 말을 주고받는 이유는
'사는 것'과 '먹는 것'이
같은 듯하면서도 어딘가 다르기 때문일 것이다

'살기 위해 먹는다'는 말이
매 끼니 밥상을 받는 시어머니의 말이라면,
'먹기 위해 산다'는 말은
매 끼니 밥을 차리는 며느리의 말일지도 모른다
우리는 날마다 꼬박꼬박 끼니를 챙겨 먹지만,
그 의미까지 챙기지는 않는다
그래서 각자의 주장에 일리는 있지만,
그저 웃으며 주고받는 말이 되어 버린다

사람은 먹기 위해 사는 존재처럼 보인다
배가 불러도 만족하지 못하고

더 좋고, 더 맛있는 것을 탐한다

그래서 동물보다 더 욕심이 많다고도 한다

단순히 배를 채우는 일 너머에

무언가를 더 갈망하기 때문이다

그렇다면,

'사는 것'과 '먹는 것'은 서로 다른 두 갈래 길일까?

아니면, 하나의 길 위에서 겹쳐지는 두 얼굴일까?

....

물이 언제나 낮은 곳으로 흐르듯 어머니의 전 생애는 낮고 어두워 침침했을 곳에 내내 머물렀던 듯했다. 생애 어느 시절의 잠시가 아닌 어린 시절에도 나의 엄마로 존재하면서부터 지금까지도 쭉 그랬다. 삶이 손발을 움직여야 하는 노동이었고 노동이 삶, 그 자체였다.

아버지가 돌아가시고 어머니는 아들의 곁으로 오셨으니 이젠 좀 편안해지시려나, 나는 새삼스럽게 이 땅에서의 노동의 역사를 더듬으면서 먼저 피상적이지만 어머니의 입장에서 그 고단했던 삶을 먼저 돌아보아야 했다.

서낭당고개를 넘어오는 길은 이미 어두워져 있었다. 서낭당

돌무더기 속 개옻나무 가지에 매단 울긋불긋 갈래의 천들이 심란스럽게 바람에 펄럭였다. 이른 아침에 일터로 나섰던 길보다 집으로 돌아가야 하는 시월의 어두운 밤길은 차갑고 더 먼 길이었다. 건너다보이는 옆 동네도 아니고 시오 리를 가야 하는 낯선 동네였다.

김장철을 앞두고 대파를 뽑고 다듬어 다발로 묶는 일, 온종일 허리를 구부려 쭈그리고 앉아 대파를 뽑고 다듬었다. 당시 일당은 몇백 원이었던가? 쌀 한 됫박 값이었다. 쌀 한 됫박의 무게가 2킬로그램 남짓, 쌀 한 됫박의 지금 시세는 얼마나 될까?

한 됫박은 무게가 아닌 부피를 말한다. 도량형은 시대에 따라 달라졌는데 일제강점기에 쌀의 수탈을 위해 가마니를 들여왔고 쌀 한 가마니를 무게로 환산하면 80킬로그램, 지금까지 기준으로 이어졌다. 쌀 한 가마니는 10말, 1말은 10되, 한 되는 열 홉이다. 20킬로그램 쌀 한 포대 가격이 최고 가격이 8만 원이 넘는데 그냥 8만 원으로 하면 한 되 정도의 가격은 만 원이 되지 않는다. 벼 한 포기 꽂을 수 있는 논배미 하나가 없었으니 쌀을 사야 하는 것은 물론, 그 품삯으로 아이들 고무신도 사 주고 잡기장도 사 주어야 했다.

70년대 시월유신과 함께 시작된 새마을운동, 아버지는 특별한 직업도 없이 마을의 이장이며 새마을지도자였으니 가장으로서의 역할은 엇나갔다. '10월 유신'으로 일컬어지는 박정희 정권하의 '7차 개헌'은 지난 1972년 10월 17일 국민투표로 시도되었다. 초등학교 3학년 때였던가, 담임 선생님이 가정 방문으로 집집마다 찾아다니면서 학부모들에게까지 국민투표 찬성을 독려하던 시절이었다. 선생님의 가정 방문은 그때가 처음이자 마지막이었다.

긴급조치 등의 어두운 그림자가 한 시인의 표현대로 '겨울 공화국'이었지만 어린 나의 눈과 귀에는 그 모습이 보이지도 크게 들리지도 않았었다. 신동우 화백이 그려 내던 수출 100억 불, 국민소득 1,000불의 화려한 포스터는 미래의 청사진을 독려하듯 새마을 노래가 아침저녁으로 마을을 떠다니던 시절이었다.

아버지는 물려받은 땅도 없었지만 도통 농사일에는 재미를 붙이지 못했다. 직업을 구분한다면 당연히 농부였지만 그 직업에 충실하지 못했고 지아비로서의 역할도 마찬가지였다. 할아버지 회갑 때 쌀 닷 말을 꾸어다 술을 담갔는데, 이자가 장리로 불어나 서 마지기 밭을 넘겨야 했다. 당시 이자는 엄청난 고리였으니 이자가 또 이자를 눈덩이처럼 굴려 갔다. 송아지 한 마리를 받아다 키워 어미 소가 되면 송아지를 갖고 어미는 주인에게 돌려주어야 했던 시절이었다.

부자는 더욱 부자가 되고 가난한 이는 그 가난을 쉽게 뛰어

138

넘을 수 없었다. 쌀 한 말을 팔아다 놓으면 삼시 세끼 꽁보리밥을 먹어도 금세 바닥을 들어냈다. 집안 어른이 안면도에 간척 사업을 하다가 재산을 탕진하고 북으로 갔고, 할아버지는 살던 마을을 떠나 이웃 마을에 터를 잡았지만 집터조차도 남의 땅이었으니 일 년에 콩으로 다섯 말 값을 '도지'로 내야 했다. 도지라는 말은 일 년에 땅을 빌려 쓰는 임차료를 지칭하는 말이었다.

외할아버지는 엄마를 학교에 보내지 않으셨다. 위로 언니 둘, 당연히 아들이기를 바랐을 것인데 그건 어머니의 의지로 바뀔 수 없는 것이었다. 외할아버지는 아들을 낳겠다는, 시대적인 사유야 타당했을지라도, 불순한 듯 후처를 들였다. 엄마가 태어나면서 집안 분위기는 뒤숭숭해졌다. 위에 언니와 동생들은 당시 소학교는 다 마쳤는데 어찌 엄마는 보내시지 않으셨다. 당시 그런 경우가 흔했다지만 엄마에게는 태어날 때부터 어두운 그림자가 어른거렸다.

엄마를 낳은 후 외할머니는 젖이 말랐다. 당시야 병원에 가서 진단을 받아 보기보다는 미신을 기댈 수밖에 없었다. 동티가 나서 그렇다고 진단하고 그렇게 무당을 불러 굿을 하는 등으로 대처했다. 요즘처럼 분유로 모유를 대체해야 한다는 형편도 되지 못했으니 그나마 쌀로 암죽을 쑤어 갓난아기의 목

139

으로 넘겼을 것이다. 더 이상 키울 수가 없어 개울가에 내다 버리다시피 포기한 적도 있었다지만 기적적으로 생명의 끈을 이어 갈 수 있었다.

요즘엔 대안학교라든가 특별하게 부모가 직접 학습에 참여하는 경우도 있다지만, 의무 교육도 아니었고 그 당시는 가정 형편 때문이었다. 그 당시야 그런 경우가 많았지만 학교 갈 나이에 학교에 가지 못했다면 할 일이라곤 자질구레한 집안일밖에 없었다. 어른들을 따라 빨래를 하고 땔감을 주우러 다니고 호미를 들고 밭을 매러 다녀야 했다.

마을의 또래 아이들이 학교에서 돌아와 고무줄놀이 등을 하며 놀이를 할 때에도 끼워 주지 않았다. 한 마을에서도 윗말 아랫말 등으로 서로 패가 갈리던 시절이었다. 학교에 다니던 또래의 아이들이 소풍이라도 가는 날이면 어린 마음에 멀리서 부러운 듯 그네들을 바라보아야 했다.

그렇게 어린 시절을 보내고 서울로 올라가 남의집살이를 하다가 시집갈 나이가 되어 다시 고향으로 돌아왔다. 맞선을 보고 만난 총각은 아무것도 가진 게 없는 농촌 총각이었다. 외할머니가 반대했지만 엄마의 은근한 동조가 있었으리라. 아버지가 보낸 편지글이 진솔하다고 느꼈던 듯, 확신보다는 반려자로 그만하면, 생각했을 것이다. 그저 운명이려니 받아들였으려나.

위로 시숙은 돌아가시고 손윗동서가 재가를 하는 바람에 중학교 초등학교에 다니는 조카들이 두 명, 남편은 비빌 언덕이 없었으니 늘 곁돌았다. 농촌에 살면서 농사일이 취미가 될 수 없겠지만 영 취미가 없었다. 첫째인 내가 태어났지만 산모 대접을 제대로 받을 수 없었다. 아버지는 살갑게 아이를 한 번이라도 안아 주거나 돌보는 것은 생각할 수도 없었다. 아이가 잠투정을 한다고 어이없게도 걷어차기도 했다.

집 안에 우물이 없었으니 빨래는 개울이나 공동우물에 나가 했다. 엄동에도 얼음을 깨고 기저귀 등을 빨았으니 얼음장같이 차가운 물이었다.

지친 몸으로 집 안으로 들어섰을 때 집 안이 조용했다. 아이들은 허기에 지쳐 잠들었던가. 아버지는 기다렸다는 듯 먼 길을 다녀온 엄마를 떠다박질렀다. '품을 팔러 가지 말라는 데 맘대로 갔다'는 이유였다. 살아갈 날들이 아득했다. 농사를 지어 땟거리도 만들지 못하고 밖에 나가 돈을 벌어 오는 것도 아니고, 품을 팔러 다니는 아내의 외출도 못마땅해했으니 분란은 그칠 날이 없었다.

엄마 자신도 마냥 순종하는 것도 아니었지만 나름의 요령을 챙기지 못했다. 어두운 부엌에 등잔불을 밝히고 수제비 반죽을 해 설움처럼 한 줌 한 줌 떼어 넣었고 허기에 지쳐 잠든 아이들을 깨웠다. 세 살 터울로 그렇게 아들 하나를 낳고 막내로 딸을 낳았을 때였다.

마을 뒷산에는 미군들이 주둔하는 부대가 있었고 그 골짜기에는 '해수화'라 했던 하수오라는 약초가 흔했을 때였다. 마을 아낙네들과 어울려 가곤 했는데, 찾아내는 데 익숙하지 않아 바구니를 제대로 채울 수가 없었다. 출발할 때부터 문제가 있었다. 먼 길이다 보니 도시락을 챙겼는데, 아버지는 그 도시락을 꺼내 내던져 버렸다. 놀러 가는 것도 아닌데 그 이유를 알 수 없었다.

다시 집을 빠져나와 산길을 올라 허기를 참고 그 풀줄기를 찾아다녔다. 익숙하지 않은 것이라 남들만큼 따라가지도 못했는데, 욕심이야 버릴 수도 없으니 같이 갔던 이들의 바구니를 넘겨다보며 아쉬움은 떨쳐 버릴 수가 없었다.

집으로 돌아오던 길에는 벌에 쏘여 어지러운 발걸음에 집으로 돌아왔을 때 아버지는 또 그렇게 또 떠다밀었다. 그것으로 그친 것이 아니라 그나마 어렵게 캐 온 몇 뿌리의 하수오를 똥통에다 집어 던져 버렸다. 쉽게 살 수도 없었던, 아침에 쭈그러뜨린 양은도시락이 엄마의 운명처럼 그렇게 원망스러울 수가 없었다.

동네 이장은 관에서 주는 급료는 없었고 벼와 보리 수확 철에 마을의 가구당 한 말씩을 수고비 조로 받았다. 보관하던 볏 가마니에 쥐구멍이 나는 사례는 예삿일이었으나 그것으로도 구박을 받곤 했다. 벼르고 벼르다가 견딜 수가 없어 보따리를 쌌다. 이제 걸음마를 시작한 막내 아이는 옆집에 사정을 부탁했다.

황망스럽게 집을 나와 장항선 비둘기호 막차를 탔다. 가야 할 곳은 막연했고 용기도 그랬으니 숨어들 듯 찾아간 곳이 영등포에 살던 이모네 집이었다. 보퉁이를 들고 들어서는 엄마에게 '웬일이냐?'고 물으며 추궁할 뿐, 엄마의 사정 따위를 헤아려 줄 깜냥이 아니었다. 언니가 알고 지내는 이가 머물 곳을 알려 준다고 했지만 억장처럼 짓누르는 고민은 던져 버릴 수가 없었다. 어린 딸이 눈에 밟혔다. 아버지가 올라오고 고모가 와 달랬다.

"타고난 승질이 그러니 어떡한다나."

못 이기는 척 그렇게 다시 집으로 돌아왔다.

봄이면 풀럭거리는 바람을 등에 지고 냉이며 쑥을 뜯고 개울에서 돌미나리를 뜯고 캐 모아 머리에 가득 이고 광천장에를 갔다. 아버지는 직장을 가지기도 했지만 한 달 생활비를 받아 든 적은 없었다. 자질구레한 집안일을 하면서 품을 파는 일은 일상이었다. 보리밭에 서걱거리던 서릿발이 차분해지면 보리밭을 매기 시작했다. 제초제가 없던 시절이었으니 잡초와의 싸움이라는 말은 생겨나지도 않았을 시절이었다.

'봄볕에는 며느리를 내놓고 가을볕에는 딸을 내놓는다.'는 말은 자외선이 많고 메마른 봄바람에 그을리는 일을 경계하기 위한 여인들의 마음이었다. 게다가 봄바람에 들썩거리며 흔들리는 마음도 경계한 것이었으리라. 온종일 쪼그리고 앉아 호미를 들고 밭고랑을 오르는 일은 지금이라면 엄두도 내지 못할 일이었을 정도로 고역이었다. 품앗이라도 하면 참이라도 챙겨 먹었겠지만 혼자서 할 때는 물 한 모금 제대로 넘길 수 없었다.

유월 망종이 지나 보리를 베고 타작을 할 경우에도 마찬가지였다. 뜨거워지는 한낮에 까끌거리는 보리를 베는 일은 고역이었다. 보리를 베는 것도 그랬지만 베어 묶은 보릿단을 집 안으로 옮기는 일도 그랬다. 대부분 남정네들이 지게로 져 날랐지만 머리에 이고 날라야 했으니 말이다. 일을 해도 함께하는 재미가 없었다. 집 안에는 늘 온기가 없었던 것도 그랬다.

유신의 어두운 그림자와 함께 시골 마을에는 새마을운동의 바람이 불어닥쳤다. 와중에도 부녀회장직을 맡았다. 한글을 따로 공부하지는 않지만 당시 정부 시책에 따라 구판장을 운영하고, 지금 생각해 보면 배고픈 시절에 '절미운동'으로 부뚜막에 끼니마다 한 숟가락씩 모으는 운동도 했던 것이다. 마을 입구에는 꽃동산도 만들었다. 경제적으로야 쪼들렸지만 보람을 느낀 시절이기도 했다.

아버지가 군청 산림과에 임시직으로 근무하시면서 형편은 조금 나아졌지만 집안 분위기는 편안해지지 않았다. 여전히 집안일을 하고 모내기 등 철 따라 품을 팔고 계절마다 자연의 것들을 채취하여 돈으로 바꿔 살림을 했고 아이들을 키웠다. 겨울에는 나무를 해 머리에 날랐다. 머리에는 항상 무언가 짐이 얹어져 있었다. 손에서 일을 놓으면 큰일이라도 날 것처럼 손에다 일을 붙이고 살았던 세월이다.

아이들의 장래를 위해 뭔가를 해 준 것이 없었음을 고백해야 하겠지. 그저 몸으로만 기도하듯 온갖 노동을 감내하였을 뿐이다. 나는 실업학교를 선택했고 별 도움이 없이 공부하고 대학에도 진학했다가 장교로 군에 입대했다.

어쩌다 시골 생활을 정리할 때가 되었던가. 아들이 군에 가고 서울로 이사 가던 날, 이웃들이 모두 나와 보아주었지만 뭔가 챙겨 갈 것을 두리번거렸으니, 서운한 마음은 피할 수 없었다. 낯선 곳으로 떠난다는 두려움 때문인지도 몰랐다. 강남에서도 근래에 최고층 아파트가 모여 있는 대치동이었다. 물론 집을 구해서 온 것은 아니었고 처음엔 지하 셋방에서 살았다.

80년대 중반이었다. 처녀 적에 서울에 올라왔을 때도 남의

집살이를 했는데, 오십 대가 되어 다시 서울로 올라와서도 남의집살이었다. 어린아이를 돌보기도 했고 집안 살림을 도와주기도 했다. 행복한 시절이었던 듯, 아들이 직업군인으로 근무하던 시절이었다. 아버지는 건설회사를 하던 친구의 도움으로 현장에서 일을 하고 있었다.

서울에서 자리를 잡는 것이 힘들었던지 아버지는 안산으로 이사했다. 엄마의 의견이 개입될 여지가 없었다. 안산으로 와서는 아파트 청소 일을 하러 다녔다. 그 일은 고향으로 내려갈 때까지 계속되었다. 오고 가면서 교통사고가 세 번이나 났다. 버스에 부딪쳐 몸이 떠밀려 넘어질 정도로, 단순한 사고가 아니었다. 역시 엄마의 운명이었을까? 모진 시련이었지만 엄마는 그대로 버텨 나갔다. 인간적인 대접은 체념한 것이었을까. 병원에서의 치료 과정이나 보상금을 처리하는 과정에서도 마찬가지였다.

늘 뭔가 의미를 추구하듯, 세상 사람들의 인정을 갈구하듯 아버지는 집안일보다는 바깥일에 더 열성이었다. 무슨 일이든 독단적으로 결정하고 처리했다. 70대 중반을 넘어선 나이, 아버지는 연어가 모천으로 돌아옴을 「귀거래사」를 읊듯 고향으로 돌아갈 것을 도모했다.

엄마에게 아버지는 항상 남보다도 못한 존재였지만 또 다른 면으로 의미에 몰두하는 특이한 존재였다. 늦은 나이에 떠난 고향으로 다시 돌아간다는 것은 엄청난 변화를 도모하는 것이었다. 아버지에게 아내와 자식들은 스스로 존재하는 것이 아닌 그림자일 수밖에 없었다. 오랫동안 정들었던 도시를 떠나 낯선 듯 고향 근처였다. 엄연히 다른 마을이었기 때문이었다.

고향 사람들과는 좋은 관계를 유지했지만 집안사람들과는 대개 적대적이었다. 정서적 기호에 맞지 않았을 터다. 오랜만에 돌아온 고향이라고 별다른 감흥도 없었을 터다. 다만 외할아버지의 유산처럼 텃밭을 일굴 수 있는 작은 동산이 있었다. 그곳은 오랫동안 방치되어 쓰레기더미들이 뒹굴고 손도 댈 수 없는 척박한 땅이었다.

오랫만에 엄마의 본분을 되찾은 듯 척박한 땅을 일구기 시작했다. 노년의 둘도 없는 놀이터였다. 나무들이 자라고 철 따라 곡식들이 자랐다. 내가 제일 먼저 들러 한 '대단하다'는 그 말이 세상의 그 무슨 말보다 따뜻했고 마음의 위로가 되었을 것이다. 근처에 아직 개발되지 않은 빈 땅이 있으면 억척스럽게 가꾸었다. 가끔 자식들이 내려오면 가꾼 곡식들을 보아줄 때의 보람은 숨길 수 없는 것이었다. 돌아갈 때 빈손으로 보내지 않는 즐거움은 또 어떠한가.

한번은 그런 일이 있었다. 텃밭에 가서 연장을 정리해 놓고 오라던 남편의 말에 내키는 않는 발걸음으로 밭으로 향했다.

내키지 않는 마음에다 급하게 계단을 오르다가 미끄러졌는데, 팔에 심한 통증과 함께 이상이 생긴 듯했다. 병원에 가니 골절이었다. 하지만 의료원에서는 응급 치료만 하고 더 이상 치료가 불가하다며 서울로 갈 것을 권유했다. 서울로 와 치료를 받았다.

이제 긴 노동의 시간은 마침의 시간을 향해 가고 있었다. 아들네 집에서 보낸 삼 개월여는 생애 가장 행복한 시절이었다. 나와 아내는 퇴근하고 돌아와 엄마와 함께 마을을 한 바퀴씩 산책했다. 산책하면서 노래도 부르고 옛이야기도 풀어냈다. 아버지는 전화로조차 안부를 물어 주지도 않았다. 겸사하여 한 번 올라와 볼 수도 있을 텐데, 그렇게 무지막지하게 살아온 세월이었다.

그렇다고 혼자 지내는 남편의 걱정을 피할 수 없었지만 둘째가 가까운 곳에 있으니 억지로 마음을 다스렸다. 부부란 게 그런 게 아니던가. 치료가 끝나고 다시 집으로 돌아가야 했다. 여자가 없던 집안은 온기가 없었다. 오랜만의 만남이었지만 자식들 앞에서 그나마 어색한 형식의 해후였다. 텃밭에 올라가 보니 숫제 풀밭이었다.

해가 바뀌고 남편은 화장실 출입이 불편해졌고 천안의 한 병원에 입원해야 했다. 모든 건 자식들 몫이었다. 병원 생활을 견디지 못한 남편은 추가적인 진료도 거부한 채 집으로 돌아왔고 대부분의 시간을 거실에 누워서 보냈다. 몸이 심하게 불편한 중에도 남편은 따뜻한 말 한마디 눈길도 마찬가지였다. 마음에 온기가 없으니 정성이 가지 않았다.

더 이상 집에서 치료하기가 어려웠고 근처 요양병원을 알아보아야 했다. 뭔가를 주도적으로 하지 못했으니 자식들에게 맡길 뿐이었다. 누구나 피할 수 없이 가야 하는 길이지만 안타까운 마음과, 자식들에게도 더 이상 짐이 되지 않았으면 하는 이중적 혼란은 피할 수 없었다.

아버지에게도 참 힘든 한세월이었을까? 가난한 집에 태어나 자신이 마음먹은 대로 하나도 할 수 없었던 한 많은 세월을 뒤로 두고 가쁜 숨을 밀어내다가 더 이상 삼키지를 못했다. 그렇게 아버지는 저승으로 갔다. 엄마에게 평생의 노동은 지아비가 이승을 떠남으로 끝이 난 것일까?

아버지의 아들

"너도 자식을 가진 아버지잖아,
그런데 왜 네 글엔 아버지 이야기가 하나도 없어?"
오랜만에 모임에서 만난 친구가
자리 앉자마자 툭 던진 질문이었다

무슨 말인가 싶어 고개를 갸웃거리자
친구는 다그치듯 말을 이었다
"아무리 그래도 그렇지,
네가 쓴 수필집엔 어머니 이야기는 구구절절 써 놓고
아버지 이야기는 단 한 줄도 없잖아
궁금해서가 아니라 어이가 없어서 묻는 거야."

그 말투엔 마치 본인이 무슨 억울함을 당한 듯한
나지막하고도 단호한 울림이 있었다
그 말에 뭐라고 대답해야 할 것 같았지만,
말은 입안에서만 빙빙 맴돌 뿐 끝내 나오지 않았다

아마 그 말이라는 건 이런 것이었을 것이다

"나의 아버지는 늘 나를, 가족을 불편하게 했어

집 안에서 큰소리로 어머니를 구박했고,

자식들을 윽박지르곤 하셨지."

별다를 것 없는 이야기였지만,

그 평범함조차 쉽사리 입 밖으로 나오지 못했다

친구의 힐난 같은 질문은

한동안 잊고 지냈던 아버지를

불쑥 이 자리로 불러내었다

이제는 이 세상에 존재하지 않는 아버지

만약 꿈속에서라도 마주한다면,

나는 아버지께 무슨 말을 할 수 있을까

....

　한번은 그런 일이 있었던 게, 아버지가 책을 한 권 사다 주신 적이 있었다. 오래전의 일이라 당시 내가 어떤 상황이었는지 기억이 흐릿했다. 그 책이 발간된 해를 확인해 보니 2004년이었다. 한 번도 그런 적이 없었으니 신선한 충격이었다.

책의 제목은 『대한민국에서 장남으로 살아가기』였다. 장남인 저자가 역시 장남인 나도 공감할 것이라며 그런 말을 했을 것이다.

"우리 시대 장남이란 고개 숙인 한국 남성의 표상이다. 제사라는 굴레를 아내에게 씌우는 남편으로서, 동생들을 보듬어야 할 능력 없는 큰형으로서, 또 조만간 생계 능력을 상실할 부모를 모셔야 할 큰아들로서 이중삼중, 책무만을 지닌 존재일 뿐이다. 이미 파탄이 난 결혼 생활을 접지도 못하고, 그렇다고 훌쩍 떠나 새로운 삶을 시작할 수도 없는, 그야말로 빼도 박도 못하는 현실의 포로인 것이다. '왜 나는 장남으로 태어났을까!' 살면서 스스로에게 가장 많이 던진 질문이었다."

아버지가 서점에서 그 책을 직접 구입했는가는 확실하지 않지만 서점에 가신 것으로 하고, 그 책을 골랐던 이유가 무엇이었을까? 장남인 나에게 행여 장남의 역할을 잘하지 못한다거나 하는 이유보다는 어깨를 두드려 주시듯 격려의 방편이었을 것이다. 큰아버지가 젊은 나이에 돌아가시고 장남 역할을 하게 되면서 겪어야 했던 고충을 자식과 공유하고픈 것이었는지도 모를 일이었다.

어린 시절에는 말할 것도 없이 부모님은 자식들에게 갈등을 그대로 노출하시곤 했다. 갈등(葛藤)은 칡과 등나무를 비유하여 만든 말이다. 칡은 오른쪽으로 등나무는 왼쪽으로 감아 오르니 서로 엉킬 수밖에 없음을 내포한다. 농담처럼 '갈라서지 못하고 등을 맞대는 모습'의 줄임말이라면 더 가깝게 그 의미가 다가올 듯도 싶다.

아무리 장남이라도 두 분 사이의 일은 남의 일일 수밖에 없었다. 자식의 눈에 향상 아버지는 어머니를 함부로 대하신다고 보였었다. 그 시절 대부분이 궁핍한 생활이었다고 치고, 생활비를 주지 않으면서도 함부로 어머니를 힘들게 하셨던 것이다. 나의 외갓집, 어머니의 친정을 한 번도 마음 편하게 가시는 걸 보지 못했다. 그때는 혼자 그 슬픔을 달래며 가출을 꿈꾸곤 했다. 직접적으로 아버지와 부딪치거나 하지는 않았기에 외형적으로는 부자간의 관계는 별문제가 없는 듯 지나갔다. 아버지가 사회적인 활동을 하시고 건강하셨을 때까지도 그랬다.

칠순이 넘어가면서도 아버지와 어머니의 갈등은 이어졌다. 늘 살얼음판 같은 긴장 관계를 지속하셨던 두 분의 관계는 내가 어른이 되어서도 변함이 없었다. 늘 불편한 관계를 유지하면서 부자간의 관계도 어쩔 수 없이 그 흐름에 빠져들었다. 아버지 입장에서는 오히려 내가 어머니를 옹호한다고 더 틀어졌던 것 같다. 몸이 불편하셔서 병원에 입원했을 때도, 퇴원하고서도 마찬가지였다. 화장실 출입도 자유롭지 못하면서도 어머니 도움의 손길에도 냉담하셨다.

언젠가 화엄사를 들머리로 지리산을 오르던 길이었다. 그런 마음의 일단이었을 것이다. 그날따라 생수를 준비하지 않았기에 산중의 옹달샘까지 갈증을 참아야 했다. 산이 숨어드는 곳이기도 한 것은 옹달샘이 있기 때문이듯 두 손에 모은 한 모금의 물이 달콤했다.

갈증을 채우고 다시 어두운 산길을 걸어 오르기를 얼마였을까? 멧새들도 아침잠에서 깨어나지 않은 시간, 순간 비어 있는 주머니가 황당했다. 물을 마시고 옹달샘 가에 휴대폰을 놓고 온 거였다. 일행도 있는데 오른 길을 다시 내려가야 한다니 잠시 갈등이 일었지만, 옹달샘으로 가 보는 것 외에 다른 선택의 여지가 없었다.

지나온 길을 곱씹으며 되돌아가는 길에서 늙은 아버지의 모습을 보려 했던 건, 성찰이라기보다는 나름의 연민이었다. 아버지, 당신의 속을 알 수 없었다는 것은 나 자신도 내 아들의 속을 알 수 없었거나 없을 거라는, 그러면서 아버지를 허물을 찾아내려는 술수에 지나지 않았다.

젊은 날의 좌절과 상실로 채울 수 없던 욕망의 허기를 이유로 집안에 관심과 애정을 채워 두기보다는 집 밖에 더 많이 그

것들을 놓아두었을 것이다. 허업이었기에 이제는 돌아가더라도 다시 되찾을 수 없는 것들에서 건방지게 아버지의 허망한 모습을 떠올렸던 것은 두고 온 것 어찌 챙겨 볼까 되돌아가는 영락없는 내 모습이기도 하다는 것을. 잠시 잃었던 것을 찾아 들었지만 나에게서도 이제는 찾을 수 없는 것들이 얼마나 많은 건지도.

아버지도 그랬으려나? 초등학교만 나온 데다 물려받은 재산도 없었으니 가정을 이루고 가장으로 살아간다는 것이 쉽지는 않았으리라. 그럼 자식을 기우는 깃은 어쩌셨으려나? 내가 사내아이들 둘을 키우면서 고민했던 것만큼 고민했으려나? 그건 알 수 없을 것이었다. 가치관과 시대적 환경이 바뀌어 왔으니까.

나는 몇 해 전에 환갑이 지났다. 과거 농경 시대 환갑을 맞는 것은 자기 삶의 대단한 축복의 범주에 속하였지만 이제는 단순한 통과의례에 불과할, 그야말로 숫자에 불과한 나이가 되었다. 누구나의 삶이 그렇듯 우여곡절이 있었지만 직업군인에 이어 공직에 근무하다가 퇴직했다.

쉽지 않은 일이었지만 퇴직 후에 인력사무소에 나갔던 적이 있었다. 안정된 직장에서 내물리듯 한동안 방황하다가 인력사무소를 통한 노동에 종사하면서 손발을 움직여야 하는 노동에 대해서 새삼스럽게 인식하게 되었던 것일까? 월급날만 되면 어김없이 통장에 입금되던 안정된 생활에서 손발을 움직여야 하는 노동 현장에서 어린 시절 사랑방 예배당에서 전도사가 전해 주었던 인간의 원죄, 노동에 대해서 생각하는 계기가 되었을 것이다.

암으로 투병 중이시던 아버지가 돌아가셨다. 꽃다운 청춘 시절로 두 분이 만난 지 육십여 년, 내 나이보다 조금 더 많았을 세월이었다. 대다수의 사람들이 그렇듯 생에 대한 애착을 버리시지도 않으셨지만 가야 할 길은 하나뿐이었으니 피할 수 없는 길이었다. 외피와 동시에 성정도 두 분에게서 온전히 비롯된 것이었을 테니 나름의 잣대로 평가한다는 것은 지극히 건방지거나 불효의 지경일 것이다.

아무튼 끝내 자식들의 눈에 관계의 불편함을 지우고 가시지는 못했다. 상극(相克)은 동양 철학적인 표현의 범주이려나, 일반적인 관념으로 두 분이 그랬다. 하지만 후천상생이라더니 투병 중에도 따뜻한 눈길을 피하셨던 어머니의 품에 안겨 집에서 돌아가셨다. 나는 아버지를 잘 모시지 못한 회한에서 온전히 벗어나지는 못했지만 요양원이나 병원에서 임종을 맞지 않으신 것에 감사하고 있었다. 코로나 감염으로 장례의 절차도 없이 먼발치 망자를 보내야 한다는 보도는 끔찍했다.

이제 홀로 남겨진 어머니를 어떻게 해야 하나, 약간의 치매기가 있어 혼자 생활하는 것은 문제가 있었고 처음에는 요양원에 모시는 것을 생각했고 근처에 요양시설도 알아본 뒤였다. 아무튼 아버지의 장례를 치르고 안면도 한적한 바다가 내려다보이는 암자에 49재를 위해 영정을 모셨다.

고향 근처에 아우가 살고 있었지만, 우선 어머니를 모시고 서울로 올라왔다. 아버지가 돌아가시기 전 집을 장만해 이사를 하면서 홀로 지내셨던 장모님도 모시고 왔는데 두 어머니를 함께 모시게 된 상황이었다. 전혀 계획된 것이 아니었다. 한 분의 어머니를 모시는 경우야 있겠지만 잠시가 아닌 두 분을 모시는 것은 좀처럼 찾기 어려운 경우였다. 아니, 그 누구도 생각할 수 없는 현실이었다.

아내도 직장을 나가고 있었기 때문에 혼자 계시는 것보다 오히려 잘된 것이라고 어려운 상황을 다독였지만 현실은 녹록지 않았다. 날마다 새로운 숙제를 받는 듯 사소한 문제들이 생겨났던 것이다. 아내의 출근 시간 때문에 내가 설거지를 하고 있으면 어머니는 은근히 불편한 표정을 감추지 않으셨다.

두 분이 서로 다른 과거나 현재의 환경 등에 대한 비교로 인한 갈등도 생겨났으니 누구보다 이해심이 많았던 것 같은 아내와의 다툼도 많아져 갔다. 아들인 내가 집 밖을 나갔을 때 "시어머니가 어머니에게 함부로 한다."는 것도 이유 중의 하나였다. 장모님은 장모님대로 "다시 방을 얻어 나가시겠다."
며 당신도 불편함을 드러내시곤 했다.

전혀 생각지 못했던 일들이 생겨나자 어떻게 문제를 풀어
가야 하나 고심하며 어머니들의 옛 모습을 떠올려 보았다. 일
제강점기에 태어난 두 어머니의 삶은 다른 듯 같은 것이었으
려나. 전쟁통에도 살아남았고 전후의 가난은 시대적 상황이었
으니 비슷한 것이었다. 그러나 그 후의 삶은 철저하게 다른 행
로였으리라.

병원 등을 오고 가는 것마저 자신의 의지대로 할 수 있는 게
없었으니 스스로 위축될 수밖에 없는 나이였다. 두 어머니가
비슷한 모습이었으니 마치 거울을 보듯 또 다른 누군가를 마
주하는 것이 유쾌할 수가 없을 거라는, 나의 어머니 입장에서
혼자 계신다면 아들이건 며느리건 더 많은 관심을 받을 수도
있는 건데 사돈 때문에 그렇지 못하다고 생각할 수도 있는 것
일까? 은연중 경쟁 관계라도 되는 것처럼 서로의 장점을 살펴
격려해 주기보다는 건강 상태 등 상대방의 약점을 들여다보기
라도 하는 듯했다.

자식 된 입장에서도 나의 어머니가 아내의 어머니로부터 무
시당한다는 느낌을 가져야 하는 경우 유쾌할 수가 없었다. 사
소할 수도 있는 것들이 쌓이니 아내와의 사이에도 갈등의 요
소가 늘어 가는 것은 피할 수 없었다.

고향에 가는 길이면 먼저 어머니를 생각했듯이 가까이 모시는 게 더할 수 없는 기쁨과 반가움이었지만, 어머니는 차츰 당신이 살아오신 시간들을 잊어가는 듯했다. 자신은 물론 다른 이들의 노동을 생각하면서 어머니가 감당해야 했던 노동의 시간들, 어쩌면 나의 삶은 어머니의 노동으로 이루어진 조각이랄 수도 있었다. 어머니의 삶은 노동이었고 노동은 그 자체로 어떤 지식을 전해 줄 수 없는 어머니의 입장에서의 기도, 특히 더 그랬다.

일하기 싫으면 먹지도 말라

강박 같은 관념이었을까
막연한 습관처럼 여겨졌던
'문화생활'이란 것이 꼭 그랬다
한 달에 한 편 정도,
영화관에 가는 일을
나름의 문화생활이라 자위했을지도 모른다

그러나 코로나 19라는 전대미문의 역병은
두려움과는 별개로
그 최소한의 문화생활마저 억압하며
더욱 얄밉게 다가왔다
그 와중에,
미국이라는 나라를 통해
우리 영화 두 편이 주목받았다
《기생충》과 《미나리》

《기생충》은 가난한 자와 부자의 갈등을

'냄새'라는 감각으로 드러냈다

반상으로 나뉘던 완강한 신분제 사회가

사라진 지 이미 한 세기가 지났건만,

우리는 다시 새로운 신분 사회로

회귀하고 있는 것만 같다

서로의 모습을 마주하며 불편해하는 현실은

더 이상 피할 수 없는 우리의 일상이다

반면《미나리》는

미국 땅에서 살아남기 위해

고군분투했던 한국 이민자 가족의 이야기다

고된 생존의 서사는

지금은 먼 과거의 기억처럼 느껴진다

그런데도《기생충》은,

오히려 현재진행형처럼

점점 더 깊어지는 현실을 비추고 있다

....

《미나리》라는 영화를 보면서 주인공인 제이콥(스티븐 연)

이 이민자 가장으로 살아가는 모습에 공감으로 다가왔음이다. 제이콥이 아칸소 농장에서 농사지을 준비를 하면서 아내와 함께 병아리 부화장에 나가 암수 감별 '아르바이트'를 한다. 이민 1세대라고 해야 하나, 이민자들은 손발을 움직여야 하는 세탁소나 접시 닦기, 정원 관리 등의 단순노동을 업으로 해야 했다.

하지만 한국인 이민자들은 이 같은 단순노동을 직업으로 여기지 않는 경향들이 있었으니, 어제와 내일의 상황이 별로 다르지 않을 단순노동을 꿈의 실현을 위한 중간 과정쯤으로 여겼다. 제이콥이 농장에서 농사를 지어 아내가 3년 후에는 부화장에 더 이상 나갈 필요가 없는 목표를 가졌듯이 한국 이민자들은 대체로 더 나은 삶을 살려는 꿈과 야망을 가졌던 것이다.

영화 《미나리》의 시대적 배경은 1980년대이지만 그 이전, 반상으로 구분된 신분제가 존재하던 시절 생소하도록 노동력을 팔기 위한 이 땅에서 최초 이민의 역사가 시작되었음을 알고 있었다.

극도의 정치적 혼란과 민생도 당연히 피폐할 수밖에 없었던 구한말에 생소하지만 최초의 노동이민이 시작된다. 설탕 수요가 급증하면서 1900년대 하와이 개발을 추진했던 미국은 먼저 들어와 있던 일본인 노동자들이 임금 인상을 요구하며 불만을 표출하기 시작하자 대체노동자들을 고려하던 상황이었다.

당시 미국 북장로교회에서 파송한 의료선교사이며 17년간 주한 미국공사였던 알렌이 추진한 미국 이민 공고가 나붙기 시작한 것이다. "나뭇가지에도 돈이 피어난다"는 선전 문구도 있었다는 게 어이없는 현실이었다. 당시 조선인들은 조상이 묻힌 고향을 등지고 떠난다는 것은 죄를 짓는다는 오랜 관습적인 억압에 쉽게 이민자 지원에 응모하려 하지 않았을 것이다. 하지만 선교사들을 통해 교회를 중심으로 지원자가 생겨났고 하와이 사탕수수밭 농장주들은 1903년 1월, 한국 이민자들을 받게 된다.

이민자 102명을 태운 미국 증기선 갤릭호가 인천 제물포항을 떠나 일본 나가사키항을 경유하여 하와이 호놀룰루항에 도착했다. 최초의 미국 이민이었다. 이후 이민이 중단된 1905년 4월까지 하와이에는 7,843명의 동포들이 이주했다. 근로계약이라는 말 자체도 없었을 테고 계약노역제도를 만들어 이주한 노동자들을 착취했을 것이다. 주거 환경은 말할 것도 없고 농장주들이 감시하고 식사와 숙소 등 후생복지도 마찬가지였을 것이다.

어찌어찌 세월이 흘러 노비 문서와 다름없었던 기한이 만료되었지만 일제강점기로 이어졌으니 귀국하는 것도 그랬으려나. 그들은 캘리포니아 등 본토로 이주하기 시작했고 수레를

끄는 등 최하층의 생활을 감내해야 했다. 당시는 귀화하는 것도 금지됐던 현실이었다. 어쨌든 그 이전에 노동은 신분에 따른 일이었고 사고파는 것도 아니었는데, 드디어 이 땅에서 사고파는 노동의 역사가 시작된 셈이었다.

'일하기 싫으면 먹지도 말라'듯 인간은 생애는 노동, 즉 일이 주를 이룬다. 봉건군주 국가에서는 신분에 따라 주어진 역할이 정해졌었고 노동도 마찬가지였다. 그러나 신분제가 붕괴되면서 노동은 마치 능력의 차이나 선택의 차이처럼 각양각색의 모습으로 생존하는 모습을 보인다.

저마다 살아가는 모습 또한 마찬가지다. 인간은 저마다 태어나서 취업이나 자영업을 하기 전 노동을 준비하는 기간과 일하는 노동자로 그리고 은퇴 후 노년의 생애로 구분할 수 있다. 나를 기준으로 자신과 가족들의 밥을 벌기 위하여 십여 년이 넘는 교육과 최소한 1년 가까이 취업을 준비하는 데 시간을 썼다. 하루를 맞고 보내는 것도 잠을 자고 또 일을 하고 휴식을 한다.

그렇다고 삶의 목표가 단지 밥을 벌기 위한 것이 아니라는 거다. 하지만 왜 일을 해야 하고 무엇을 위해 일하는지 묻는다면 대부분 막연하다. 누구든 힘든 일은 피하고 안정적인 직장을 원하는 것이 인지상정이지만, 요즘 청년들은 손발을 움직여 하는 일은 대부분 회피하고 공무원이 되기 위하여 몇 년을 공부하거나 진입장벽이 낮은 알바성의 일을 찾는다.

특히 코로나 19로 인해 예정되어 있던 채용마저 취소되는 빙하기가 도래했으니 청년 체감 실업률은 25%로 지난해 네 명 중 1명은 사실상 일자리를 찾지 못한 셈이었다. 또한 대학 졸업 후에 취업까지 걸리는 평균 기간은 10.7개월, 평균 근속 기간은 1년 5.9개월, 대졸 신입사원 1년 내 퇴사율은 30%에 가까웠다. 이러한 취업과 퇴사, 실업, 재취업이라는 악순환의 고리는 심화될 조짐이라는 거다.

'허리띠를 졸라매고 피땀 흘려 일한다.'는 말은 이제 진부한 말이 되었다. 젊은이들의 노동에 대한 의식을 대변하듯 목돈이 생긴다면 대부분 '건물주'를 꿈꾼다. 신조어처럼 '영끌'이라는 말이 회자되는 세태, 2020년 코로나 19 이후 주택 가격과 주식 가격이 폭등하자 2030세대들을 중심으로 이전의 저축을 통한 부의 축적이 아닌 대출을 통해 자산에 투자하려는 현상을 빗대 생겨난 말이다.

영끌이란 '영혼까지 끌어 모은다'를 줄인 말로 '영끌 대출', '영끌 투자'라는 식으로 많이 사용된다. 할 수 있는 모든 수단을 동원해 대출을 받아 부동산이나 주식에 투자하는 것으로 '빚내서 투자한다'는 빚투의 또 다른 표현이다. 최근에는 비트코인이라는 암호화폐에 투자하는 젊은이들이 늘어났고 이에 대한 후유증은 심각하다.

캥거루족이란 말도 그렇다. 아직 경제적인 여유가 되지 않아 부모님과 여전히 동거하는 청년들을 일컫는 말이다. 그 상황이 마치 캥거루 새끼가 어미 캥거루의 주머니 품속에 있는 것과 같다는 데서 비유한 말인데, 하지만 취업에 성공하지 못한 청년들은 여전히 부모님의 도움을 받을 수밖에 없으므로 캥거루족이 되고 마는 것이다. 그렇듯 이제는 노동, 일 자체를 회피하며 부모에 얹혀사는 젊은이들도 늘어난다.

일할 의지조차 없어 무직자로 또는 아르바이트로만 생계를 이어 가는 젊은이들이 늘어 가는 세태는 노동에 대한 정당한 가치를 부여하지 못한 기성세대의 문제이기에 그네들 자신의 시대의 문제이기도 한 것이다. 어쩔 수 없이 일하는 것이라는 의식, 이는 결국 우리 삶을 누추하게 한다는 것을 나의 화두처럼 가둘 수밖에 없었다.

인력 시장, 박씨 이야기

오늘은 어떤 친구가 올까

작업량이 일정하지 않아,

정규직 직원 외에도 가끔은

지역 인력사무소를 통해 일손을 충당한다

소규모 조경업체를 시작한 지도

어느덧 8년이 넘었지만,

인력사무소에 일용직 파견을 요청한 아침이면

어김없이 묘한 긴장감이 스민다

가볍고 설레듯, 조금은 조심스러운 기분

이제는 갑의 입장이라고 해야 할까,

학창 시절 단체 미팅을 위해

음악다방에 앉아 누군가를 기다리던

그 시간들이 불현듯 떠오르곤 한다

상근 직원 외에,

이른바 '막노동'이라 불리는 일을 함께할 이들을

하루하루 다르게 맞이하면서
나는 그저 필요한 인원을 채운다기보다
'막다르게 노동해야만 하는'
그 존재 자체를 생각하게 된다

'인력 시장' 혹은 '인력사무소'
어떤 이는 이곳을 '막장 같은 곳'이라 부른다
막장이란, 석탄을 캐는 탄광의
갱도 끝, 더는 나아갈 수 없는 지점이다
갱도의 지상부를 지탱할 동바리조차 없는 공간,
삶의 현장으로 치자면
미래가 불확실하고 불안정한 현실의 벽,
그 막다른 지점일 것이다

그래서일까
'막장 드라마'니 '막장 인생'이니,
이제는 희화화된 말들이 되어 버렸지만
그 단어엔 뿌리 깊은 서사와
고단함이 서려 있다

그리고 '노가다'

여전히 일용직 노동자를 가리킬 때

습관처럼 쓰이는 말

사실 이 단어도 일본어의 잔재다

표준국어대사전은 '노가다'를

'막일, 막일꾼'이라 적고 있다

막일이란, '이것저것 가리지 않고

닥치는 대로 하는 노동'을 뜻한다

그러니 이 말을 대신할

단어를 찾고자 해도

그리 쉽지만은 않다

그 말 너머의 사람들을

어떻게 부르면 좋을까

....

3월이지만 이른 아침의 날씨는 여전히 쌀쌀했다. 일용직 노동자와 만날 시간과 장소는 인력사무소 소장에게 전달된다. 시간은 대개 오전 6시 반경, 장소는 작업장과 가까운 곳이나 차로 이동할 경우 인력사무소에서 가까운 지하철역이다. 오늘의 주인공인 듯 입력되지 않은 번호로 전화가 왔고 만날 시간과 장소를 확인하는 전화였다. 그는 일당 15만 원, 8시간 정도의 노동력을 제공하며 낯선 자를 하루의 주인으로 섬겨야한다. 물론 15만 원에는 인력사무소에 내야 하는 10%의 수수료가 포함돼 있다.

앞서 인력사무소를 통해 노동력을 파는 이들을 막장 인생이라 했듯, 그곳을 통해 자신의 노동력을 파는, 팔 수밖에 없는 이들은 결과적으로 인력사무소 대표의 인맥을 활용할 수밖에 없는 사람이랄 수 있다. 조직을 포함, 타인이 필요로 하는 다양한 영역의 기능이나 기술을 가지지 못했거나 반대로 그런자를 고용할 수 있는 자본이 없는 이들이다. 물론 개인이 가진인맥도 빠지지 않는다.

뭐, 예외적으로 밑바닥 체험을 즐기듯 아니면 학생 신분으로 방학 동안 학비를 벌기 위한 방편 등 한시적인 필요로 그곳을 활용하는 이들도 있겠지만 말이다. 일용직 근로자들은 다는 아니지만 고시원 등 열악한 환경에서 생활하는 이들이 많았다.

누구나의 삶이 그렇진 않겠지만 그도 한 굽이 구부러진 길을 걸어왔다. 이제는 멀어진 옛일처럼 한국전쟁 이후 평화를 구가했지만, 수십 년이 지나 우리 사회는 또 한 번 미증유의 위기에 직면한다. 1997년에 닥친 IMF 구제금융 신청은 우리네 삶을 뿌리째 흔들어 놓았다.

크든 작든 제각각 나름대로 내일의 희망의 끈을 이어 오다가 졸지에 그 끈이 끊어져 버린 참담한 상황, 그 누구도 그런 살벌한 시간들이 도래하리라고는 누구도 예상하거나 생각하지 못했을 초유의 일이었다. 하루아침에 직장에서 쫓겨난 자가 속출하고 기업들은 파산했다. 막다른 길에서 쫓기듯 돌아서지 못하고 생을 포기하는 사람들도 부지기수였다. 가정이 해체되면서 노숙자로 한뎃잠을 자는 사람들도 많아졌다.

그도 이를 피해 가진 못했다. 잘나가던 직장에서 하루아침에 쫓겨나듯이 나와야 했다. 곁에서 보증 문제나 부도가 나그런 경우를 목격한 경우는 있었지만 한 번도 생각해 보지 못했던 현실이었다. 워낙 파장이 크다 보니 원망할 대상도 마땅치 않았다. 술이 없이는 견디기 힘든 나날, 자신을 저주하듯 극단의 칼날을 자신에게 들이대려고 시도했던 것도 여러 번이었다.

밑바닥에서의 노동으로 재생의 발판을 만들었다고 해야 하나. 아무튼 손발을 움직여야 하는 노동판에서 그는 겸허의 지혜를 체득했다고 해야 하나, 인간에게 지혜는 한시적인 지경의 문제였기 때문이었다. 아침이면 아내에게는 도서관에라도 가는 척 인력사무소로 나갔다. 가장이라는 무거운 짐이 시대적 상황으로 가벼워질 수는 없었다.

관리자로 직원들을 부리던 자가 현장에서 '박씨'로 불리며 등짐으로 자재를 옮기고 작업장을 청소하는 일은 견디기 힘든, 스스로 불러들인 모욕과도 같은 것이었다. 겸허의 '허'가 빌 허(虛)이듯이, 늘 세상과 타인에 대한 원망과 분노로 술이 없으면 잠들지 못한 밤들이 지나갔다. 분노로 뭉쳐졌던 몇 번의 계절을 지나갔고 막노동을 하게 되면서야 형편없이 망가진 몸이 건강해져 가며 감사한 마음이 돌아와 있었다.

그것은 마치 자신을 보호하듯 두꺼운 껍질이 깨지고 부서져서야 자신이 참으로 보잘것없는 존재라는 걸 받아들일 수 있었다는 새삼스러운 안도감이었다. 후에 지면에서 본 내용이지만 언젠가 우리나라에도 다녀가신 교황 요한 바오로 2세가 하셨다는 말씀, '일을 통해 사람은 더 사람다운 사람이 된다.'는 말은 그에게 위안이 되는 말이었다.

개인의 성향이 다 다르지만 빈둥거린다는 듯 그 무엇으로도 채워지지 않는 시간은 상황에 따라서 공허로 공포스럽게 다가오기도 한다. 생존한다는 것은 곧 무언가를 한다는 것과 궤를 같이한다. 처음 직장에서 쫓겨 나오듯, 한 달쯤 빈둥거리듯 지낸 적이 있었다. 처음 며칠은 구속받지 않는 듯 자유로움이 달콤했지만 시간이 지나면서 쉬는 것 자체가 구속이 되듯 일이 되어 갔다. 주말은 5일 동안 일을 마쳤을 때 의미가 있는 것이었다.

지나친 여가는 인간을 공허하고, 무료하고, 빈둥거리고 낭비하게끔 만든다. 노동을 없애는 것이 구원이 아니라 노동의 질을 바꾸는 것이 구원이다. 일에서 벗어나야 구원이 있는 것이 아니라, 일을 즐길 수 있어야 구원이 있다. 수행하는 삶이 괴로운가? 수행을 안 하는 게 구원이 아니라, 재미있는 수행을 하는 게 구원이다. 사람을 만나야 하는 게 괴로운가? 사람을 안 만나는 게 구원이 아니라, 재미있는 사람을 만나는 게 구원이다.

　직업으로서의 일을 개인의 성향대로 찾는 깃은 쉽지 않다. 그렇다면, 젊었을 때 적성에 안 맞고 재미없는 일을 참아 가며 해서 큰돈을 번 뒤, 여생을 여가를 즐기며 느긋하게 살겠다는 계획은 근본적으로 문제가 있다. 적성에 맞고 재미없는 일이라면, 그저 돈 때문에 해야 하는 노동이라면, 과정 자체가 불행할 것이다. 그러한 과정을 통해 결국 돈을 모으지 못해도 불행하지만, 계획대로 큰돈을 벌어 긴 여가를 누리게 되어도 불행하다. 긴 세월 그를 기다려 준 것은 정작 뭘 해야 할지 모르는 긴 여가일 터이므로. 인간은 일을 하며 살아야 한다.

　구약성경 창세기에 카인은 야훼가 규정한 제물을 미이행하듯 절대자와 갈등이 야기되고 동생을 해하는 야만을 저지른 것으로 나온다. 그 이전에 그의 부모들은 낙원에서 추방되었으니 이미 노동의 징벌을 받은 셈이었지만 카인에게 새롭게 노동의 징벌이 부과된 셈이었다.

아무튼 원시 부족들이야 단순한 수렵 채취로 생을 영위하였다지만, 일정한 공동체가 형성되고 신분이 구분되면서 노동은 인간에게 피할 수 없는 것이 되었다. 그는 대기업의 중견 관리자로 직원들을 관리하다가 맨 밑으로 다시 내려와 인력사무소에 적을 두고 일용직 노동자로 일하게 되면서 노동의 의미를 다시 생각해 보는 계기가 되었던 것이다.

과거, 왕조 시대 반상으로 구분되는 농경 중심의 신분제 사회에서 노동은 팔고 사는 게 아니었다. 서양에서는 노예에서 농노로 노동을 하는 자와 하지 않는 자가 구분되었듯이 이 땅에서는 하인들과 상민들의 몫이었다. 심지어 정치적인 형벌이랄 수도 있는 유배 기간 중에도 일을 하지 않았다는 것은 그의 기준으로 어이 상실이었다. 그것은 단지 격리였을 뿐 최소한의 정화도 이룰 수도 없었다는 의미였다. 당시 지식인이랄 수 있는 유배자들이 어떤 것이든 노동을 해야 했다면 우리 역사는 변화가 있었을 것이다.

이 땅에서 노동을 재화와 바꾸기 시작한 역사는 그리 오래되지 않았다. 앞서 말한 대로 구한말에 하와이의 사탕수수밭에 인력을 파견한 것이 처음이었을 듯싶다. 동시에 신분제가 무너지면서 양반가에서도 하인을 부릴 수 없었고 대신 '머슴'

이라는, 요즘 말로 치면 '새경'이라는 연봉식의 임금이 시작되었다. 노동이니 근로라는 말도 일제강점기부터 생겨난 말이었다.

이제는 사라져 가는 말이지만 품앗이라는, '품'이라는 말이 있었을 뿐. 품은 표준국어대사전에서도 두 가지 의미로 구분하여 표기하고 있다. 하나는 '두 팔을 벌려서 안아 주는 가슴'이라는 것과 '어떤 일에 드는 힘이나 수고' 등으로다. 흔히 '발품을 판다'라는 말을 생각해 보면 이해가 쉬울 듯도 싶다. 자료를 찾다 보니 20세기 초반, 그 당시 인기 대중소설이었던 고소설『열여춘향수절가』에도 그 말의 존재성을 드러내 주고 있다.

> "이애, 그만 내리려무나. 백사만사가 다 품아시가 잇
> 난이라. 내가 너를 업었으니, 너도 나를 업어야지. 애
> 고, 도련임은 기운이 세어서 나를 업었거니와 나는 기운
> 이 없어 못 업것소."

이야기의 지문과 일상적인 대화는 당대 농민 등의 독자층을 겨냥해서 19세기 후기 전라도 방언인데, 여기에 이 도령이 말한 '품앗이'라는 말에 주목했다. 표준국어대사전에는 "힘든 일을 서로 거들어 주면서 품을 지고 갚고 하는 일"이라고 표현한

다. 이외에도 여러 문헌 자료에서도 '품'에 관한 이야기가 언급되어 있다.

신체적인 부위로서의 품은 두 팔을 벌려서 안아 준다는 행위를 암시하듯 몸을 쓴다는, 각기 다른 의미는 그렇게 맥을 같이하는 것으로 말이다. 품앗이는 '품을 빼앗는다'는 것에서 돌려주어야 하는 것을 전제한다는 것도 마찬가지다. '발품을 판다'라고 예를 들었듯이 품은 나누거나 팔고 사는 것이었다. 노천명의 「장날」이라는 시에서도 마찬가지다.

대추 밤을 돈사야 추석을 차렸다
20리를 걸어 열하룻장을 보러 떠나는 새벽,
막내딸 이쁜이는 대추를 안 준다고 울었다(후략)

대추나 밤을 판다는 말 대신 '돈을 사다'라고 표현했다. 팔고 사는 것에 익숙지 않았기에 무엇이든 판다는 말에 거부감을 가졌을 것일까도 생각해 본다. 품도 마찬가지였다. 새로운 집이나 땅을 구할 때 '발품을 판다'라 하듯이 돈을 받고 노동력을 파는 행위를 '품을 판다'라고 했던 것이다. 이제 만나게 될 인력사무소에서 나오는 일용직 근로자는 '날품팔이'가 되는 것이다. 그는 오늘 만나야 할 날품팔이를 기다리면서 자신이 처했던 그때의 일들을 떠올렸다.

새벽 5시 반이면 출근하듯 인력사무소로 나갔고 한 시간여를 기다렸는데도 일감을 받지 못해 그냥 돌아오는 날도 있었다. 막노동판의 하루는 날마다 낯선 현장과 주인을 만난다는 것이 마음의 부담감으로 왔지만 노동의 의미를 다시금 음미해 보는 나름 소중한 기회였다.

주로 신축이나 리모델링을 하는 공사 현장이었다. 현장에서 공사 자재를 옮기는 일이나 청소, 작업 보조를 하는 일이었다. 하루 동안 주인으로 모셔야 하는 자들은 인간적으로 대해 주는 자들도 있었지만 '야'로 시작하는 막말을 하는 경우도 있었다. 한때 대기업의 중견 관리자에서 맨 밑바닥으로 추락한 자괴감도 내던진 셈이었다.

매일 새벽 5시 30분, 인력사무소로 나가기 시작했고 많은 사람들을 만났다. 새로운 사람을 만난다는 새로운 도전이자 기회의 의미와도 같았다. 많은 사람들이 '보증을 잘못 서서', 또는 '사람을 잘못 만나서'라는 이유를 들이대기도 하지만 결국은 자신이 자초한 결과일 뿐이 아니겠는가? 결국 자신의 허황된 욕심이 그 속에 들어갔다는 것이다.

그렇게 한 달여의 인력사무소 소속의 일당직에서 고정 근무 제의를 받은 게 서울 외곽의 농원에 나갔던 날이었다. 이른 새벽 인력사무소에 출근하는 일도 유쾌한 일도 아니었고 하루의 주인을 만나기 전에 인력사무소 사무실에 가는 것도, 대표를 만나는 것도 마찬가지였다.

농원은 지방의 농장에서 재배한 초화나 관엽류를 구입하여 매장에 내거나 네덜란드 등에서 수입한 구근으로 직접 키운 꽃을 대형 마트 등에 납품하는 곳이었다. 그곳에 상주 직원은 대표를 포함한 사무실에서 근무하는 4명과 이주 노동자 6명이었다.

우리의 노동 환경은 변화했고 여전히 변화하고 있다. 주로 나이 든 이들이 텃밭을 일구듯 전원농장 수준을 제외하고는 손발을 움직여야 하는 대부분의 노동은 외국인 근로자, 이주 노동자들에 의해 충당되고 있는 현실이 그곳이라고 예외일 수 없었다. 태국과 네팔에서 온 노동자들 여섯이 그곳에서 일하고 있었다.

다음 날 농원에 출근했고 당시 인력사무소 대표에게 농원의 일을 배워 보고 싶다고, 미안한 마음을 전했던 건, 결국은 인력사무소에서 적을 빼겠다는 말과 같았다. 대표에게 사정을 이야기했지만 그는 다짜고짜 비난을 퍼부었다. 그런 제의를 한 농원 사장에게도 마찬가지였다. 그에게는 당연히 그럴 만한 이유가 있었지만 솔직히 당황스러웠다.

그에게는 한 곳의 거래처를 잃는 거나 마찬가지고 일당마다 수수료를 챙길, 인력사무소에 소속된 자도 마찬가지였다. 그런 입장을 살폈기에 일정액의 벌금(?)도 감수할 예정이었는데, 더 이상 좋게 타협할 여지가 없어 보였으니 농원 사장에게 하루 임금은 그에게 보내 주라고 했다. 그 돈에서 수수료를 제하고 그에게 보낼 수도 있지만 그러지는 않을 것이다.

인력사무소라는 게 내일, 또는 내가 필요로 할 때 일자리를 확보해 줄 것이라는 기대치가 있는 곳이고, 그런 기대가 필요 없다면 굳이 거기에 머물 필요가 없다고 생각했기 때문이었다. 날마다 새로운 현장과 낯선 사람들과 일한다는 것이, 일견 부담의 가벼움으로 다가오기도 했지만 대단한 압박이었던 셈이다.

서울 외곽에 농원에 처음 갔을 때, 속을 감추듯 줄지어 서 있는 비닐하우스는 병영의 콘센트 막사나 급조된 수용소처럼 낯설게 다가왔다. 그린벨트가 해제되고 뉴스테이 조성을 앞두고 있던 지역으로 특별한 이주 대책 없이는 그곳을 떠날 수 없다는 입주자들의 살벌한 구호들도 펄럭거렸다. 입간판도 없이 대로에서 곧바로 들어오는 좁은 진입로는 들고 나는 것이 불친절했고, 입구에 줄지어 심어져 있는 산수유나무는 마치 관련 기관 직원이 택지개발지역 정보를 미리 빼낸 듯 보상 목적으로 빼곡하게 심었다는 버드나무처럼 어색했다.

처음 찾아갔을 때 입구를 찾아 한참을 두리번거리는데 농원을 알리는 간판 대신 '보안구역'이라는 위압적인 입간판만이

서 있었다. 낯선 자를 경계하듯 날카로운 송곳니가 드러난 얼룩덜룩 불개 두 마리가 굵은 쇠줄을 흔들며 날카롭게 짖어 댔다. 도시 한복판도 아닌데 한참을 헤매다가 찾아든 곳이었다.

농원의 대표 역시 곡절이 있는 듯했다. 정식이랄 수는 없지만 같이 근무하게 되었는데, 사무실에 근무하고 있는 직원은 물론 같이 일하게 된 이주 노동자들까지도 소개도 없었고 보수 등 근무 조건에 대해서도 말해 주지 않았다. 그게 이상했지만 정식 직원처럼 정착하여 근무하는 것만으로 만족하였기에 별다른 말을 하지 않았을 것이다.

농장은 네팔에서 온 20대 청년이 현장책임자처럼 일을 주도하고 있었다. 사장이라는 말이 어색했던 건 농원 대표가 직접 작업 감독을 하지 않았기 때문이었다. 뭔가 일반적인 형식에서 벗어난 시작이 애매했지만 그러려니 했다.

지방의 농원에서 재배한 초화류나 관엽류가 트럭에 실려 오면 하우스 안에 들인 다음 다시 분갈이를 했다. 상품성을 높이기 위한 방편이었을 것이다. 하지만 초화류의 경우 농원에서 올라온 비닐 포장을 벗기고 새로운 포장을 씌우는 경우도 있었는데, 이는 포장물을 쓰레기로 처리해야 했으니 좀 과도한 듯했다.

분갈이를 해야 하는 것이 생소한 것은 아니었지만 상토를 꽉꽉 눌러 채우지 않는다고 마치 상급자처럼 네팔 청년에게 지적을 받았다. 오랫동안 숙달된 젊은 그들을 쉽게 따라 하기가 쉽지 않았다. 물을 주는 것도 물뿌리개로 위에서 뿌리는 게 아니라 저장된 물에 화분을 담그는 방식이었다. 개화된 꽃에 영향을 미치지 않기 위한 것이었을 텐데, 저수조에 화분을 담갔다가 다시 제자리로 돌려놓는 일이 보통이 아니었다.

화분에 채워진 물이 흘러내리기 때문에 발에 물이 흘러들어 갔다. 장화를 신었어야 했는데 장화를 신는데 익숙하지 않은 편이었으니 발에 습기가 머무니 걸음을 옮길 때마다 생긴 상처가 쓰라리고 아팠다. 그렇다고 내색을 할 수 없었다. 시간이 더디 갔다. 20대의 네팔리언들이 삼촌이라고 불러 주며 친근하게 지낼 수 있으니 그나마 위안이었다.

농원의 하루 일과가 끝나는 시간은 정한 시간이 없었다. 아침 일과 시작은 통상 오전 8시쯤이었고 점심은 제공되지만 이주 노동자들은 아침은 대부분 거르는 듯했다. 저녁은 태국팀 네팔팀으로 구분하여 자체 취사를 하는 듯했다. 한 번도 그 장면을 보지 못했으니 상상만 할 뿐이었다. 그는 오후 6시가 되면 퇴근했다.

이주 노동자들이 일하는 환경은 각기 다를 것이다. 사람 사는 곳이려니 할 만한 곳일 테지만 그렇지 못한 곳도 있을 것이다. 한때 회자되었던 '염전노동자'처럼 막장의 노동 현장은 없을 테지만 열악한 환경에 처한 것은 사실일 것이다.

181

외국인 노동자, 이제는 '이주 노동자'라고 한다. 어디를 가든 쉽게 만날 수 있는 사람들, 농촌이나 중소기업이 밀집해 있는 곳에 가면 어디든 빠지지 않고 있는 그들을 만날 수 있다. 우리도 한때 그런 시절이 있었다. 구한말에 하와이의 사탕수수 농장, 강제성이 있었던 일제강점기의 징용, 독일에 파견되었던 광부와 간호사들, 70년대 중동 건설 현장까지.

그들은 단지 자국에서보다 더 많은 임금을 받기 위해 말도 설고 물도 설은 낯선 곳에 둥지를 틀었다. 물론 취업비자를 받는 것도 쉬운 일은 아니었다. 이주 노동자들을 위해서 일하는 분의 인터뷰 내용이었을까?

"평등하게 보지 않는다는 점이죠. 이주민도 나랑 똑같은 인간이고, 똑같은 권리를 갖고 있고, 감정이 있고, 행복하고자 하는 욕구를 가진 사람이라는 걸 인정하지 않는 것이 가장 큰 문제예요. 그걸 인정하고 내가 행복하고 싶은 것만큼 이 사람도 행복하고 싶겠구나, 라고 생각하면 다음 단계로 갈 수 있는데, 그게 잘 안 되고 있어요.

내국인의 일자리를 이주민에게 다 빼앗기고 있다고요? 웃기는 X소리예요. '이주 노동자들이 일하는 곳에 가서 일할래요?'라고 물으면 아마, 모두 안 간다고 할

거예요. 이주 노동자들의 일자리는 그만큼 안 좋으니까
요. 노동 환경을 개선하지 않아 한국인들이 일하러 오
지 않으니 정부나 기업은 외국인을 고용하는 거예요.
우리나라는 한국인이 일하고 싶어 하는 일자리를 절대
이주 노동자에게 주지 않아요. 안 좋은 일자리만 주면
서 이주 노동자에게 일자리를 빼앗겼다고 하는 건 다 거
짓말이에요.

　한국은 예상보다 빨리 인구가 감소하고 있어요. 그래
서 이주민을 늘릴 수밖에 없는 상황에 처했어요. 한국이
괜찮은 사회, 괜찮은 나라가 되려면 이주민과 평등하게
공존하려는 노력을 해야 해요. 그렇게 하지 않으면 감소
하는 인구 문제를 감당하기 힘들어져요. 공존하려는 노
력을 지금보다 훨씬 많이 해야 해요. 공정하지 않고 민
주적이지 않고 인권이 보장되지 않는 사회에서는 이주민
뿐 아니라 한국 사람들도 살기 힘들잖아요."

돈을 받고 일한다는 것은 '프로'이기 때문이라는 말은 이주
노동자들에게 적확한 말이었다. 그는 하루이틀 이주 노동자들
과 일하면서 다시금 인간과 노동에 대해 고민했던 것 같다. 인
간다운 삶을 유보한 채 오로지 주인의 눈높이에 맞게 최선을
다하는 것처럼 보였기 때문이다. 이제 손발을 움직여야 하는

단순 노동을 감당할 수 있는 이들은 겨우 나이 든 이들만 있고 젊은이들은 그러한 노동주권이라고 해야 하나, 우리 스스로가 그들에게 넘겨준 셈이었다. 물론 그 이면에는 노동에 대한 지독한 혐오가 바탕이 되었을 것이다.

'선비정신'이라는 말은 이 시대를 살아가는 사람들이 옛 정서를 그리워하거나 명문 집안의 후손들이 옛사람들을 치하하거나 누추한 현실을 모면하거나 위로하는 수단으로 인용하기도 하지만 노동과는 무관한 일이었다. 결국 선비정신이란 것은 정서상 보편성을 가진 말이 될 수 없다는 게 나의 견해였다. 독일의 사회과학자 막스 베버는 서양과 동양을 다음과 같이 구분한 것처럼 말이다.

'서양은 자신들의 의식주를 해결하기 위해 자연을 착취했고 그 이유로 과학과 기술을 발달시키게 되었으며 동양은 그 반대로 자연의 착취에는 눈을 돌리지 않았고 인간을 착취했다'라는 것으로. 인간을 착취하려니까 권력이 필요했고, 그 권력으로 권력이 없는 농민들의 생산물을 수탈한 것이고, 먹고 먹히는 윷판처럼 서로 편을 갈라 집요한 권력 투쟁을 일삼았던 것으로도. 그 근저에는 편하게 호의호식하겠다는 욕망이 있었던 것이다. 중세 유럽을 암흑시대라 칭하기도 하지만 그들은 신분별로 분명한 역할이 정해져 있었다는 것과 대비되는 것으로도.

구한말 주변국의 침탈이 횡행하면서 내부적인 자각의 일단처럼 과거제가 폐지되고 단발령이 내려지는 등의 신분제가 흐트러지면서, 노비의 진화된 모습으로 머슴이라는 직업이 생겨났다. 산업화 이전으로 업종이 단순했으니 직업의 구분도 단순했고 3D 업종이라는 말도 없던 시절이었다.

머슴은 노예와 다름없던 '하인'이라는, 직업이 아닌 신분에서 직업으로 진화하는 과정에 있던 것이었다. '새경'이라는 연봉으로, '일 년에 쌀 열 가마' 하는 식으로 품삯이 주어졌으니 말이다. 일자리가 부족했기 때문에 노동 시간이 지켜지거나 임금이 제대로 계산되지 못했던 시절이었다.

산업화 시대가 도래하면서 머슴은 진즉 직업군에서 사라졌지만 '을(乙)'이라는 약자가 등장하기 전 머슴은 요즘 말로 '을'의 대명사였다. 그렇다고 머슴의 입장에서 주인에게 저항하기 위한 표현이기보다는 단순히 희화화하거나 체념의 의미가 담겨 있던, 온갖 이해관계가 대립하는 현장에서 근래에 생겨난 말이었다. 갑(甲)과 을(乙)이라는 말, 강자와 약자를 분명하게 가르는 말로 사람 사는 동네면 쓰이지 않은 곳이 없을 정도가 되어 버렸다. 그만큼 이해당사자 간에 충돌과 갈등이 많다는 증거이기도 했다.

조선 시대 양반이 세습으로 누렸던 특권은 여러 가지였다. 과거에 응시할 수 있었고 이런저런 역량을 바탕으로 얼마든지 높은 관직에 오를 수도 있었다. 병역도 면제 대상이었다. 조선 초기에는 징병제처럼 남성은 누구나 병역에 종사할 의무가 있었지만 제도적으로만 그랬지, 뇌물과 권력의 개입으로 유명무실해졌다. 담당 관리들이 부패하도록 만든 것은 양반이었고 결국 용병제화하였다.

상대적으로 양반의 지위를 유지하기 위한 조건의 유지는 까다로웠다. 상민의 신분을 가진 처자가 양반집 가문에 정식 혼인을 하여 며느리로 들어앉힐 때는 그 며느리에 대해서만 양반의 범주에 끼워 주었다. 그러나 그 아들은 양반의 범주에 들 수 없었다.

양반은 국민으로서 가장 기본적인 세금도 지조(地租: 토지의 수익으로 걷는 세금)를 제외한 모든 세금을 면제받을 수 있었다. 그리고 공동체의 일, 부역을 면제받을 수 있었고 또한 양반은 죄를 지어도 형벌에 특혜를 받을 수 있었다. 심지어는 사옥(私獄)을 만든 세도가도 있었다.

위에 언급한 내용은 상징적인 내용이었으니 그 외에도 말할 수 없는 횡포를 가졌다. 국가의 기본 규칙과 상식이 지켜질 수 없었다. 울창한 산림이 있으면 좋은 묏자리라 하여 우선 가묘를 써 놓고 상민들이 가꾸어 온 나무들을 팔아먹는 횡포도 부렸던 것이다. 그렇듯 양반이라는 자들은, 재산과 권력을 가졌던 자들은 그것을 도구화하여 자신에게 불의하거나 불리한 것들을 뛰어넘었다. 사회지도층으로 모범을 보이거나 희생의 도덕적 틀을 가지지 못했다는 것이다.

현실성이 없는 낡은 주의와 이념으로 무장하여 대립하고 편을 갈랐을 뿐이다. 그 이면에는 왕조 국가라 하더라도 자주적으로 국가의 틀을 만들어 가겠다는 의지가 없었다. 대국이라는 중국의 이념 아래 편입된 조직처럼 굴종하며 살아왔던 것이다. 중장기적으로 해결해야 할 본질적인 문제에 천착하지 못했으니 그러한 연장선상에서 일본에 강점되었고 해방도 건국도 외세에 기댈 수밖에 없는 운명이었다.

그러면 그러한 신분제의 후유증은 무엇이었고 오늘날 우리에게 숙제처럼 남겨진 것은 무엇인가? 인용한 사설에 날짜가 나와 있지는 않았고, 1986년도 독립신문의 사설 내용의 일부는 이렇다.

"조선 사람들이 밤낮 하는 소리가 살 수 업다고 하되 살 수 업는 까닭은 일을 안 한 까닭이다. 속에 양반의 맘이 있은즉 지게를 지고 짐다든지, 담배 목판을 메고 가로에서 판다든지…."

이 기사를 작성한 이의 이름은 나와 있지 않지만 당시 조선의 사람들은 일을 하지 않는다고 단정 지었을 만큼 일하기를 싫어했다는 것을 인지할 수 있다. 아니, 일을 한다는 것을 거북스럽게 생각하고 마치 저주라도 받은 것처럼 생각했다는 것이다. 그래서 일하는 것을 보면 당연한 것이 아니라 '욕본다', '애쓴다' 따위의 욕된 말을 인용하게 되었다는 것도.

홍길동처럼 아무리 공부를 해도 가문과 출신에 따라 차별을 받을 수밖에 없었던 현실, 이러니 도전의식이나 아예 학문에 관심을 가지지 않는 계층은 당연한 것이었다. 또 신분에 따라 집의 크기, 가산의 한계, 심지어는 가구며 식기, 의류, 신발까지도 차별을 가져야 했으니 도대체 동기 유발 요소가 없었다는 것이다. 상민이나 천민이나 그런 이유에서 도전적으로 개척정신을 가질 수도 없었고, 양반 계급에서는 누군가 관직에 오르면 그에 묻어가려는 의식에 있었기에 그들 역시 일할 필요가 없었다는 것이다.

그 같은 현상과 인식은 극심했던 신분제도와 계급의식에서 온 것임은 말할 나위가 없다. 그러니 반상으로 신분을 구분하였던 통치의 정체성은 배타성을 농축시키는 기제가 되었고 편을 가르는 것을 내재화했다. 편을 가르는 것은 '백성'으로 비루하게 존재하던 시대에는 파벌을 구축하는 데 유리했고 '국민'의 권리를 가진 시대에는 '우리가 남이가'로 대변되듯 표를 결집하는 데도 유효한 것이었다. 오늘날의 모든 문제도 거기에서 기인한다고 그는 생각했던 것이다.

이주 노동자들과 친해졌지만 그들의 생활을 다 들여다보기는 어려웠다. 그들의 숙소는 비닐하우스 안의 컨테이너, 그 안을 속속들이 들여다보지는 못했다. 다만 기혼자도 있었는데 남녀가 혼숙을 한다는 것이 큰 충격이었다. 그네들에게 의아함을 드러내었더니 그 불순함을 간파하였던지 '우리는 패밀리'라는 것으로 이해 내지는 설득하려고 했다.

아무튼 그들의 주거 환경은 당국의 간섭에도 불구하고 열악함을 벗어날 수가 없었다. 작업은 대부분 하우스 안에서 이뤄졌다. 작업은 따분하고 지루했다. 시간이 말할 수 없이 더디 흘렀다. 그는 일단 한 달을 참아 보기로 했다. 거친 노동 속에 더디 가던 시간에서도 그의 마음은 조금씩 정돈되어 가는 듯했다.

우연히 돼지 사육 농가에서 일하던 이주 노동자를 만나 이야기를 나눴던 일이 떠올랐다. 예전에 소나 돼지를 키우는 것은 한두 마리, 소규모였기 때문에 집안 식구들의 일손으로 해결이 가능했지만 이제는 규모가 커지면서 고용된 노동력을 필요로 했다. 대표적인 3D 업종이라고 해야 하나, 일부 기계화가 이뤄지기도 했지만 축산 농가에서 일하는 대부분의 노동자는 이주 노동자들이다.

지난해 기준으로 농축산·어업 분야에 종사하는 이주노동자는 6만 명에 가깝다. 그러니 축산 농가에서 "이주 노동자가 없으면 돌아가지 않는다."는 이야기가 나온 지 오래됐다. 코로나 19 확산 이후 이주 노동자들이 상당수 입국하지 못하면서 농축산 업계는 일손 부족이 심해졌다. 한때 안방극장의 인기 드라마에 등장했던 탤런트가 돼지 농장에서 일당 10만 원에 일한다는 기사가 관심을 끌기도 했으니 이른바 3D 업종인 셈이었다.

1년에 쉬었던 날은 손가락으로 꼽을 정도, 한 달에 한 번이라는 공식적인 약속도 없었다. 살아 있는 짐승이다 보니 한밤중에도 깨워 농장 일을 시켰다. 임금은 최저임금 수준, 근로계약서에는 근무시간을 밤 7시까지로 규정했지만 1~2시간 잔업은 예사였다. 병에 걸려 죽은 돼지를 처리하지 않고 먹는 일도 있었다.

그를 만났던 이주 노동자는 연천의 한 돼지 농장에서 일하고 있다고 했다. 3년 전 E9 비자(비전문취업)로 한국에 왔고 처음부터 돼지 농장에서 일했다고 했다. 아침 일과는 돼지 분뇨 청소를 하고 사료를 주면서 시작한다. 거세며, 농장시설 용접도 그의 몫이다.

그는 "거세를 할 때 손을 많이 다친다."고 했다. 한 달에 폐사하는 죽는 돼지를 치우는 일도 피할 수 없는 일이었다. 근로계약서에는 '양돈'으로 국한되었지만 밭농사에 투입되는 경우도 다반사라고 했다. 식사도 숙소도 제공되지만 한 달에 버는 돈은 190만 원. 20만 원 정도 용돈으로 쓰고 나머지는 네팔의 가족들에게 송금한다.

이렇게 저렇게 만난 농장주들은 대부분 그랬다. "잘해 주면 잘해 줄수록 이용만 하려 든다."고 그랬듯이 "본인들이 일요일에 딱히 갈 데도 없고 해서 하는 것이고, 쉴 때도 있다."고.

고된 육신의 고통을 감내하던 노동 현장에서 당시의 단상으로 중국의 문화대혁명 당시 등소평 등의 하방(下防)의 모습이 떠오르기도 했다. 하방(下防)이란 게 우리에게서는 유배라고 해야 하나, 하여튼 당시 중공이라는 나라에서 중앙 또는 상급기관의 권한 또는 인원을 지방 또는 하급기관에 내려보내는 것을 의미했다. 권한의 하방은 정부의 기능 조정과 관련하여 반복적으로 나타나는 현상이고, 인원의 하방은 주로 정치 운동과 관련하여 나타나며, 특히 문화대혁명 시기에 대대적으로 이루어졌다.

예나 지금이나 독재자들은 갖가지 운동을 주창하는 게 다를게 없었다. 대약진 운동은 공산 혁명 후 근대적인 사회주의 건설을 목적으로 1958년부터 1960년 사이에 마오쩌둥이 전개한 중국 공산당의 농공업 대증산 정책이었는데, 그러나 대약진은커녕 오늘날의 북한 경제처럼 깊은 침체의 수렁에 빠지게 된다. 모택동은 자신의 정치적 입지가 약화되자 이를 탈피하고자 북경대에 주자파를 몰아내자는 대자보를 붙이게 하여 이른바 '문화대혁명'이라는 소용돌이 속으로 빠져들게 하였던 것이다.

문화대혁명은 공산혁명의 기본이론인 변증법, 즉 '대혼란 후에 질서 회복'이라는 정치 전술로서 오로지 마오의 통치 권력 유지를 위해 만들어진 것이며 1967년부터 1977년, 자신이 죽기까지 약 10여 년 기간 동안 지속되었다. 이 기간 동안 수많은 지식인들과 자산가들이 핍박을 당하고 고전과 유교 서적이 불태워지는 현대판 분서갱유며 재산이 몰수되는 등의 고난을 겪었다.

중국 개혁개방의 상징이었던 덩샤오핑은 정적들에 의해 주자파(자본주의 노선을 주장하는 파벌)로 몰려 1969년 난창(南昌)의 한 트랙터 공장으로 하방을 당했다. "내 일생 중 가장 고통스러웠던 시기"라고 그는 당시를 회고했다. 마오쩌둥을 향한 처절한 편지글로 구애 끝에 덩샤오핑은 1973년 특별열차를 타고 베이징으로 돌아올 수 있었다.

시진핑 주석도 그런 경우였다. 1969년 시 주석의 부친 시중쉰 부총리가 숙청되면서 당시 15세였던 시 주석도 산시성 북부 량자허(梁家河)촌이라는 오지에서 7년 동안 토굴 생활을 해야 했다. 그는 토굴에서 벼룩과 싸우며 9전 10기 끝에 공산당에 입당했다. 1975년 칭화대에 입학해 가까스로 베이징 입성에 성공했다.

　그들에게는 숙청 내지는 유배와 다름없었고 우리 왕정 시대의 유배와 다른 점은 노동 현장이었다는 것이다. 우리의 유배는 단지 서남해안의 섬이나 함경도의 오지 등으로 단순히 정치적인 숙청을 위한 격리를 꾀했다는, 노동을 배제했던 것이다. 이는 오늘날 이 땅의 정치인들이 입으로만 정의를 외치는 것과 무관하지는 않다는 것이 당시 노동 현장에서의 그의 생각이었다. 나름 노동 현장에서 깨달음의 일단을 챙기기라도 한 것처럼.

　노동이란 인간에게 어떤 의미인가? 노동은, 특히 손발을 움직여 하는 노동은 인간에게 고통스러운 것이고, 그리하여 인간은 가능한 한 노동을 회피(回避)하려고 한다는 것이 우리의 심정적 상식이다. 성경에 기록된 대로 낙원에서 신의 계율을 어긴 징벌로서의 노동이었을까? 아니면 신의 노여움으로 끊임없이 바위를 밀어 올려야 하는 형벌을 받았던 시시포스의 일화와도 같은 것일까?

　그러나 다른 한편으로 노동이 반드시 고통스러운 것만은 아닐 수도 있다. 인간을 자유롭게 한다고까지 할 수 없지만 그것이 삶이고 인생을 의미 있게 하는 것일 수도 있다는 것이다. 찰리 채플린의 영화 《모던 타임즈》는 산업화 시대 인간이 직면했던 고통을 드러내 준다.

"컨베이어 벨트에서 나사를 조이는 일을 하는 주인공은 오직 쉬는 시간을 제외하고 나사를 조이지만, 잠깐 사이에 모든 작업이 엉망이 되는 등 심각한 과로에 시달리게 된다. 급기야는 간부급의 농간인 '밥 먹여 주는 기계' 때문에 고초를 겪기도 한다. 기계적인 행동만 반복하는 팍팍한 생활 속에서 동그란 것만 보면 나사처럼 조여 버리는 극심한 편집증에 시달리기도 하다 난동 후반에는 윤활유를 공장 직원들뿐 아니라 사장에게 뿌리다가 결국 강제 해고되고 정신병원에 입원하게도 된다."

몰입도가 높은 게임도 끊임없이 되풀이해야 한다면 고통스러울 것처럼. 춤을 추는 것이 즐겁다 하더라도, 하루 종일 춤을 춰야 한다면 그것은 고통일 것이다. 그러나 현대 산업 사회에서 물질적 재화를 생산하는 대부분의 노동이 고통스러운 것은 엄연한 사실이다.

하지만 예술가의 작품 행위나 과학자의 연구 행위는 반드시 고통으로만 치부하지 않는다. 마찬가지로 주말에 시골에 가서 작물을 가꾸는 일은 삶을 윤택하게 하는 방편으로도 선호한다. 노동의 고통은 그것이 생산한 가치로부터 노동이 소외(疎

外)되어 있다는 점에 있으며, 그리하여 착취의 제거와 생산 수단의 국유화야말로 노동의 문제를 해결할 수 있다는 이론은 사회적 현실에 의하여 지지(支持)를 받지 못했다.

언젠가 친구들과 만났을 때 노동에 관한 이야기를 나눈 적이 있었다. 직장 생활을 하던 이가 60대가 지나면 사회봉사를 하거나 손발을 움직여 하는 노동보다는 금융 소득으로 살 수 있어야 한다는 이야기는 신선하면서도 자괴감을 가질 수밖에 없는 이야기였다.

작금의 시대는 금융시장이 실물시장을 지배하는 시대라는 것은 알 듯 모를 듯 애매한 지경이다. 다만 현금이 없어도 카드 하나로 생활하는 데 불편함이 없다고 생각하면 될 것도 같은데. 다만 주식시장에서 한순간의 폭락으로 하루아침에 수십조 원의 자산 가치가 사라졌다는 보도는 흔한 일이지만 많은 사람들에게 이는 현실감이 없는 사실 아닌 사실이었다.

실물시장에서는 크게 달라진 게 없는데 그 많은 자산은 어디로 증발한 것인가? 이런 신기루 같은 금융자산의 변동성을 보면 인간의 노동에 대해 생각하게 된다. 실물시장에서 인간의 노동을 통해 창출된 생산물의 가치야말로 부(富)의 본원적 근간이 된다는 사실은 아무도 부인하기 어렵다는 것도.

진부한 말인 듯 인간의 노동은 신성한 것이고 노동으로 생산된 가치야말로 부의 원천이라는 것은 공감하는 내용이다. 2

차 세계대전 당시 나치가 만든 아우슈비츠 강제수용소 정문 위에는 다음과 같은 구호가 아직도 붙어 있다.

'Arbeit Macht Frei(노동이 인간을 자유롭게 한다).'

나치가 강제노동을 정당화하는 구호로 쓰기는 했지만 노동의 가치를 잘 표현한 말인 듯싶은데, 많은 사람들에게 공감을 주기는 어려운 듯도 싶다. 노동에도 여러 분야가 있겠지만 육체적인 노동으로 한정하고, 육체노동이 직업이 아니거나 아니었던 자가 하는 노동이라는 거다. 육체적인 노동은 인간을 겸허하게 하고 재화를 귀중하게 한다. 그런 의미에서 직업이 아닌 한시적인 육체노동은 인간이 스스로 들이는 축복이기도 하다는 게 그의 생각이었다.

하지만 시간이 지나면서 고정적인 일자리가 생기고 마음의 안정이 생기면서 스멀스멀 사람을 부리고 싶다는 생각이 돌아왔던 것이다. 그것은 마치 조지 오웰이 『동물농장』 이야기에서 하고 싶던 말이었을 것이다. 돼지들이 주인이 되었을 때 똑같이 인간들의 흉내를 부렸듯.

예전에는 국가나 지역별로 차이는 있었겠지만 주인과 노예 등으로 노동을 하는 자와 노동력을 착취하는 자로 구분되었다. 근래에는 노동력을 사는 자와 파는 자로 구분된다. 노동이 상품처럼 사고파는 대상이 되면서 자본가에 대한 부정적인 인식이 확산되면서 사회주의 사상이 태동되었을 테지만, 오히려 과거로 회귀하듯 모순을 드러낸 것은 역시『동물농장』바로 그것이다.

자영업자도 마찬가지다. 곡식을 생산하건 가축을 키우는 것도 물건을 팔거나 만들거나 그 행위 속에 자신의 노동력이 포함되었다는, 사고파는 행위의 주체가 동일인이라는 의미가 있을 뿐이다.

육체적으로는 힘들었지만 죽어 가던 마음결에 새살이 돋듯 치유되는 것도 느끼며 한 달이 지날 무렵, 아침에 출근하니 같이 일하던 '차이'라는 태국 출신의 노동자가 보이지 않았다. 말을 통할 수 없었지만 서로 마음을 열어 가던 친구였다. 그는 새벽에 농원을 나갔다고 했다. 한 달 만이라고 했다. 떠나기 전날이 월급이었고 그는 동료에게도 사정을 말하지 않고 숙소를 나갔다. 그는 어디로 떠났을까? 일이 힘들었을까? 아니면 봉급이 작았을까?

아침 출근한 사장의 얼굴에 약간 당황한 빛이 전해졌다. 그는 자신의 결핍을 들여다보는 대신 월급을 한꺼번에 다 준 것을 후회하고 있었다. 한 달 치 월급을 한꺼번에 다 주지 않고 남겨 두었더라면, 그가 야밤에 도망치듯 나가지 않았을 거라는 말을 변명하듯 내뱉고 있었다.

　점심은 근처의 식당에서 배달하여 먹었다. 늘 비슷한 메뉴에다 음식도 그랬다. 한번은 배달하는 이에게 주문 사항을 전달했더니 그는 불쾌한 듯, "먹기 싫으면 다른 식당에서 시켜 먹으세요." 퉁명스럽게 답했다. 근처에 배달해 주는 식당은 그곳뿐이니 배짱인 듯싶었다. 냉장고도 있고 주방 공간도 있으니 자체 취사를 해도 될 것 같은데, 경제적인 이득과 번거로움을 피하겠다는 의도인지도 모를 일이니 더 이상 말을 하지 않았다. 육체적 노동은 힘들었지만 마음은 맑아지는 듯했다.

　정착하듯 일하기 시작한 지 한 달쯤이었을 때 사장이 다가왔다.

　"일은 할만 해요? 이번 달은 그냥 넘어가고 다음 달부터 임금을 지급하겠소."

　일방적인 통보였다. 의견을 묻는 것도 아니었다. 처음 일을 시작하면서 조건을 정하고 일을 시작한 것이 아니었으니 그럴 수도 있겠지 싶었지만 그건 아니다 싶었다. 그렇다고 그 자리에서 따질 상황도 아닌 것 같았다. 육체적으로 힘든 노동이었지만 처음부터 조건을 말하지 않고 일을 시작했으니 작금의 상황은 그가 감수해야 할 일이었다. 다음 주에는 개인적인 일이 있어 나올 수 없다는 이야기를 했다. 그에게서는 아무런 답변도 없었다.

밑바닥에서 다시 시작해 50대 중반에 들어서야 작은 규모의 조경업체를 운영하기 시작했다. 다시는 사업을 하지 않겠다고, 성치 않은 이가 갈리도록 돌처럼 단단한 결심을 했던 게 멀지 않은데 다시 그 길에 들어섰던 것이다.

익명의 사내를 만나기로 한 곳에 차를 세우고 사방을 두리번거릴 때 한 사내가 다가왔다.

"안녕하세요, 대표님이세유?"

"네 맞아요. 어서 오세요. 차가 지저분하네."

트럭은 승용 공간을 갖춘 차였다. 그는 그다지 낯섦을 드러내지 않았다.

"성함이?

"네 강해성유. 잘 부탁드려유."

"강해성 씨는 무슨 일을 하셨었나요?"

그건 의미 없이 던진 말이었다.

"네, 정부미를 먹었어요."

차 안에 있던 다른 직원들의 시선이 잠시 그에게로 쏠렸다. 그 의미를 알아서인지, 아니어서인지는 알 수 없었다. 정부미라는 말은 이제 쓰지 않는 말이기 때문이다.

정부미(政府米)는 정부에서 관리하던 쌀, 이중곡가제도 의미하는 쌀이었다. 산업화시대 상대적으로 어려움을 겪는 농민들을 보호한다는 명목으로 '매상'이라는 구매 절차를 통해 시세보다 약간 비싸게 구입하여 비축했던 쌀. 현재는 우루과이 라운드 등으로 그러할 수가 없지만 농민들에게 시세보다 비싸게 구매하여 소비자에게 그보다 저렴하게 팔거나 기초수급자 및 재난 구호 목적과 국공립시설 등에 제공되는 쌀로 정부양곡 또는 나라미라고도 했다. '일반미'와 대비되는, 유사시를 대비한 비축 등으로 창고에서 몇 년을 보관하는 등으로 상대적으로 질이 떨어지는, 질보다는 양을 우선했던 쌀을 의미하는 말이었다.

그리고 보니 오래전 '정부미'라는 개성 있는 얼굴의 코미디언이 기억난다. 그는 택시 기사를 하다가 평범하지 않은 외모(?) 덕분에 1979년 MBC에 발탁되어 코미디언이 된 케이스였는데, 그가 썼던 예명인 정부미가 하필 정부미의 안 좋은 이미지를 대중에게 보여 준다고 80년대 출연 정지를 당한 흑역사가 있었던 것이다. 그처럼 정부미는 질이 좋지 않다는 쌀의 대명사였다.

최근에야 가장 선호하는 직업군으로 공무원이 뽑히기도 하지만 쌀이 귀하던 시절에는 그렇지 않았다. 일반 대기업에 비해 급여나 복지 혜택 등의 대우가 상대적으로 좋지 않았기 때문이다.

"그럼 어디에서 근무했어요?

"그건 비밀입니다."

그는 웃으며 단호하게 답했다. 하루 동안 잠시 스쳐 만나는 사람에게 시시콜콜 신상에 대해 묻는 것도 유쾌한 일은 아니었다.

  "나무에 대해서도 잘 알아요?

  "네, 숲해설가 과정도 이수했거든요. 하지만 실제 현장에서 수목 관리는 잘 모를 거여요."

  "해성 씨, 나와 함께 일해 볼 생각 있으세요?"

  즉흥적인 제의였다. 그는 조금 당황한 듯 박씨를 한참 바라보았다.

  조경 사업 현장은 주로 아파트 단지였다. 대한민국은 영락없는 아파트 공화국이다. 새로운 신도시가 생긴다는 것은 성냥갑 같은 아파트 단지의 밀집을 뜻하는 말이 되었다. 우리나라 국민 10명 중 6명이 아파트에 산다는 통계는 해마다 증가하는 것으로 바뀔 것이다.

  『아파트 공화국』의 저자 발레리 줄레조는 1990년 한국을 처음 방문했을 때 서울의 대규모 아파트 단지는 충격 그 자체였다고 했다. 그녀가 프랑스에 가서 한국의 항공사진을 보여 주었을 때 한 친구가 그 사진 속의 아파트 단지를 보고 "이거 무슨 병영 막사나 전쟁할 때 필요한 방어벽 같은데…."라는 말을 했다는.

이 땅의 아파트 단지는 그러한 기이한 모습뿐만 아니라 현실의 가파른 삶과 정치와도 맞물려 있다. 가파르게 치솟은 수도권의 아파트값은 민심을 흉흉하게 만들었다. 아파트를 사기 위해 젊은이는 영혼까지 끌어온다는 '영끌'이라는 말은 흔한 게 되었고 단순한 거주 공간이 아니라 마치 신분을 가르는 부의 상징 같은 것이 되었다. 개인의 능력, 재산의 잣대다. 개인의 신분을 드러내는 신분증명서와 같다.

울과 마당이 있는 집들이 사라져 가고 아파트로 모이면서 이웃과 소통하던 장면들은 옛이야기가 되었다. 주거의 안전과 편리함 그리고 재산적 가치는 이웃들과 소통하며 살아가는 등의 모든 가치에 앞서고 말았다.

오늘날의 아파트 단지들은 대부분 지하에 주차장을 두고 공원화하였으니 조경 관리는 별도의 인력을 배치하거나 조경회사로 하여금 관리를 위임하고 있었다. 요즘 아파트 조경의 주요 수목은 소나무였다. 숲에서 사는 나무들이 도시의 아파트 숲으로 하산이라도 한 듯, 고급 아파트일수록 밑동이 굵고 기품 있는 소나무들이 자리를 잡았다.

그날의 과업은 동탄 신도시에 있는 아파트 단지 내 죽은 나무를 보식하고 추가적으로 단지 내의 회양목을 심는 일이었다. 삽질을 하거나 곡괭이를 드는 힘든 일은 아니지만 하루 내내 손발을 움직여야 하는 일이었다.

일일이 작업 지시는 하지 않았다. 누구에게든 잔소리가 되지 않도록 유의했다. 정규 직원이 모두 네 명이었다. 넷 모두가 60대 중반을 넘어섰다. 인력사무소 파견 직원인 해성은 그런대로 작업에 적응했다. 무슨 일이건 서로의 역할을 존중해주고 서로 손발을 맞추는 게 중요했다. 서로 마음이 맞지 않으면 일을 할 수가 없다. 많은 인원은 아니었지만 70대는 물론 저마다 60대였으니 살아온 이력들이 다양했다. 그들이 살아온 삶은 말 그대로 노동의 역사인 셈이었다.

원양어선, 천씨 이야기

첩첩한 산골 마을에서 자랐으니
배를 타고 바다에 나가 고기를 잡는 일은
어릴 적엔 상상조차 어려운 일이었다
더구나, 먼바다까지 나가는
원양어선을 직업 삼는다는 것은
감히 생각해 본 적도 없던 세계였다

그런데 고향 친구 중에
실제로 원양어선을 탔던 이가 있었다
서로 다른 길을 걸었기에,
그가 어떤 상황에서 그 배를 타게 되었는지는
나로선 알 길이 없었다
낯선 세계에 대한 호기심과 도전이었을까
아니면 신산한 현실에서 벗어나기 위한
절박한 탈출구였을까

그 선택의 배경은 모르지만

그가 품었던 바다의 무게가

문득 궁금해지곤 했다

바다는 한때

탐험과 정복의 대상이기도 했지만

누군가에겐 생계를 위한 현장이자

상생과 공존의 터전이기도 했다

우리나라의 원양어선은

가장 멀고 위험한 바다에서

가장 오래 머물며 고된 시간을 견뎌야 했던,

치열한 삶의 최전선이었다

그 고향 친구를 다시 만난 건

반세기가 지나, 서울의 일터에서였다

그의 얼굴에선

세월의 바람과 파도를 지나온 흔적이 묻어났다

그를 마주한 순간

잊고 있었던 소년 시절의

아련한 기억들이 하나둘

마음속 깊은 곳에서 돌아오고 있었다

....

출가가 아닌 가출이 희망 사항이었던 적이 있었다. 베갯잇을 적시며 잠드는 밤에는 꼭 꿈을 꾸었다. 가출, 몰래 집을 나가는 꿈이었다. 채 흘러내리지 못한 눈물을 담고 상상의 나래를 펼쳤다. 꿈이라고는 했지만 멋진 미래를 설계하는 꿈이 아니었고, 잠 속에서 꾸는 꿈은 아니었으니 절실한 바람일 뿐이었다.

잠이 들어서는 실제로 꿈을 꾼 적이 있었다. 그 꿈은 오지도록 달콤해서 새벽녘까지 이어지곤 했다. 장항선 완행열차를 탔고 낯선 도시를 기웃거렸다. 허연 입김이 떠다니던 차가운 방 안, 아침잠에서 깨어나면 쥐들이 천장에서 뛰어다니고 흙벽이 드러난 차가운 방 안이었다. 결국 꿈속에서만 나는 행복했다.

예나 지금이나 세상의 많은 10대들은 가출을 꿈꾼다. 이상을 위해서거나 꿈을 위해서 가출을 꿈꾸는 아이도 있겠지만 당시 깡촌에서 태어난 10대의 가출은 자신의 환경이 싫어서 자신을 옭아맨 가난의 사슬이 싫어서 가출을 꿈꾸었을 것이다. 1977년 2월, 나는 드디어 가출했다. 이불 보퉁이를 메고 고교 입학을 위해서였으니 온전한 가출은 아니었다. 초라하기 그지없는 용기 없는 가출이었다.

내가 태어나고 자란 곳은 50여 가구의 작은 마을이었다. 당시 나와 같은 학년 또래들이 무려 열여섯이나 되었다. 일견 좋은 일일 수도 있는 상황이다. 그러나 우리나라의 그 무서운 경제 성장의 속도와 자본에 비례하여 우열을 따지는 정신세계는 한동네 같은 또래의 우정과 신의를 짓밟기에 충분한 사연들을 만들어 냈다.

어머니는 남의 집 품을 파는 일로 생계를 책임졌다. 나는 그런 집을 하루빨리 벗어나길 기다렸다. 이미 초등학교만 마치고도 대처에 나가 공장에 다니는 친구들도 있었다. 마을 사람들은 그 친구들이 가다마이(그때 우린 그렇게 불렀다)를 빼입고 선물세트를 하나씩 싸 들고 고향에 내려오면 부러움의 눈길을 보냈다. 아니, 내 자식은 왜 가출도 하지 않나?

하루 열네 시간, 열다섯 시간의 노동은 보통이라고 했다. 잠이 안 오는 타이밍이나 명랑을 먹고 일을 해야 했다. 밤새 일하고 잠깐 눈 붙이고 또 똑같은 일을 반복했다. 공장 반장의 목소리는 절대명령이었다. 그의 눈 밖에라도 날라치면 당장 해고되어 길거리의 부랑아가 되기 십상이다.

반장은 편한 일을 시켜 준다며 열여섯 열일곱 여자아이들의 치마 속을 넘보기도 했고 다음 달 갚는다고 월급을 빌려 가 입을 닦기도 했다. 대들 수가 없었다. 항의할 수가 없었다. TV에 나오는 자랑스런 대한민국은 나날도 발전했고 그 첨병 노릇을 하고 있으니, 그리고 고향에는 철모르는 동생들이 대학 공부까지 하겠다고 눈을 초롱초롱 뜨며 누나를 반기거나 병든 아버지 할아버지의 천식 기침 소리가 꿈결까지 따라오는 상황이었다.

그에 비하면 나는 축복받은 아이였다. 등록금은 면제받을 수 있었지만 부모님은 나를 공주의 실업학교까지 갈 수 있게 해 주셨다. 지금도 마찬가지일까, 그리 성숙한 인격을 가지지 못했다. 가끔 고향 집에 다니러 왔다가 거리에서 인문계 고등학교에 다니는 아이들을 보면 괜한 주눅이 들어 뒷골목으로 돌아가거나 땅을 보며 그들을 스쳐 지나갔다.

기숙사의 환경은 형편없었다. 추웠고 배가 고팠다. 물론 집에서도 추웠고 배가 고팠다. 그러나 그곳에는 식구가 있었다. 이 세상 그 어떤 생명도 어머니의 자궁 안에서는 10개월을 기생한 뒤 세상에 나오게 된다. 그 아늑하고 포근했던 기생의 추억은 한 인간이 죽을 때까지 사라지지 않는다. 나의 가출 아닌 가출은 어머니를 그리워하면서 서서히 그 생기를 잃어 갔다.

사월이어서 식목일이었다. 식목일이어서 나무를 심으러 산에 가야 했다. 물론 학교에서 강제로 권하는 노동이었다. 그런데 그곳에서 우연히 병승이를 만났다. 고향을 떠나온 지 일 년 만이었다. 병승이는 초등학교를 마치고 정규 중학교가 아닌 재건중학교를 다녔다. 그래서인지 다른 또래들과 어울리지 않았다. 그가 보기엔 내가 선택받은 아이로 보였을 것이다. 나는 인문계에 다니는 아이들에게 주눅이 들어 있었다.

병승이는 나보다 한 살 위였지만 학교를 늦게 들어가 같은 학년이었다. 그렇게 공주에서 우린 만났다. 재건중학교를 마치고 직업훈련소에 다니면서 고등학교 다니는 학생들을 부러워하는 소년과 실업고등학교를 다니며 인문계 고등학교를 부러워하는 소년이 우연히 만났다. 우리는 식목 행사가 끝나고 집으로 돌아가라는 선생님의 말을 어겼다. 우리는 여전히 그 산에 남아서 먼 하늘을 보며 이야기를 나누었다.

"어디서 지내니?"

"기숙사. 너는?"

"기숙사."

병승이는 담배를 꺼내 물었다. 몽실몽실 피어오르는 담배 연기가 편안했다. 나도 한 대 피워 보겠다고 했다. 그리고 기침만 콜록대다 비벼 끄고 말았다. 우리는 친한 사이가 아니었다. 그냥 한동네서 자랐고 같은 초등학교를 다녔고 그리고 이미 서로의 갈 길은 달리 정해졌다. 그래서 해거름의 거먹구름이 몰려오는 걸 보고 산에서 내려왔고 그냥 그길로 헤어졌다. 서로 잘 살거나 말거나였다. 무엇을 꿈꾸고 어떻게 희망하는지 우리는 알지 못했다. 답답하고 지겹게도 긴 사춘기였다.

그날 밤 나는 12시만 되면 불을 끄라는 독사 사감 선생의 말대로 불을 껐다. 물론 평소에도 그랬다. 그러나 평소처럼 잠이 오지 않았다. 낮에 만난 병승이 때문에 초등학교 시절이 소록소록 피어올랐다.

16살 소년의 추억은 긴 밤을 새우고도 남을 만했다. 외로워서 그랬다. 앞으로 내 앞에 어떤 세상이 펼쳐질지 모르는 두려움에서 그랬다. 벌써 외로워서 추억을 떠올리며 잠을 이루지 못하는 소년이 되고 만 것이다. 삼시 세끼 꽁보리밥으로도 배를 채울 수 없었던, 소풍날도 삶은 계란 한 알 품고 갈 수 없도록 가난한 초등학생이었다.

'조국 근대화'의 외침이 온 동네를 울렸다. 유신의 시대였고 나는 초등학생이었다. 마을회관 앞으로 국기봉과 나란히 선 깃대에 걸린 새마을기가 큰 소리를 내며 밤낮으로 펄럭였다. 유신 독재의 야만과 억압의 체제를 체감하기보다는 초가집도 없애고 마을 길도 넓히며 새마을을 만들던 모습이 새롭고 마을 사람들의 마음을 사로잡았다.

어느 날 나는 학교 대표로 백일장에 나가 장려상을 받았다. 부상은 심훈의 소설 『상록수』였다. 나는 그 책을 밤새워 읽었다. 그리고 내가 처음 꾼 미래의 꿈이 바로 농촌운동가였다. 소설 속의 박동혁은 농촌 계몽 운동을 하면서도 채영신이라는 아름다운 여자 친구도 있었다. 뭐 그렇게 살면 잘 사는 일이 아닌가? 어차피 어떻게 부자가 되는 줄 몰랐고 뛰어나게 공부를 잘해 학교나 집안에서 판검사가 될 아이로 점 찍히지도 않은 인생이었다.

초등학교 시절, 유신헌법 국민 투표를 앞두고 담임 선생님은 마을마다 가정 방문을 다녔다. 학습 지도나 가정 환경 파악을 위한 것이 아닌 10월 유신을 홍보하는 비중이 더 큰 일이었다. 당시 선생님은 가난했던 나의 아버지와 어머니를 만나 무슨 말로 유신을 찬양했을까? 험난하게 넘어야 했던 보릿고개에 10월 유신은 반듯한 고속도로 같은 길을 만들어 풍요로운 세상을 만드는 것이라고 말했을까? 유신이 아니면 공산당이 쳐들어온다고 말했을까?

영화관에서는 애국가가 나오면 기립해야 했고 이어서 대한뉴스가 방영되었다. 유신의 홍보용으로 만든 만화들이 내가 살던 산골 마을까지 밀려들었다. 인상 좋은 화가 신동우 씨는 〈풍운아 홍길동〉을 들고 전국 마을 곳곳에 곧 다가올 아름답고 풍요로운 미래를 그려 냈다. '수출 백억 불, 국민소득 천 달러'의 벅찬 상상을 주문하며 그가 그려 내는 그림은 장밋빛 미래가 화려하게 펼쳐져 있었고 가파른 보릿고개를 넘던 이 땅의 백성들에게 행복해지는 꿈을 꾸라고 강요해 댔다.

초가지붕을 걷어 내고 돌담을 허물었다. 읍내에만 서 있던 전봇대가 우리 마을에까지 이어지면서 산골 마을 사람들도 그가 그려 내는 그림을 믿을 수밖에 없었다. 결과는 훌륭했다. 80년이 오기도 전인 77년에 수출 백억 달러를 돌파했다. 그러나 그 과정을 눈여겨본 사람은 드물었다.

아니, 많았을지도 모른다. 다만 어디론가 잡혀가서 그 모습을 드러내지 않는 것인지 몰랐다. 그 비밀의 과정에는 똥물을 뒤집어쓰며 자신들의 인권을 주장한 동일방직이 있었고, 대학생 친구 한 명 없는 것을 원망하며 노동법을 공부했던 전태일이 죽는 과정을 눈여겨본 사람은 드물었다.

그리고 세월호가 침몰한 2014년 우리의 국민소득은 2만 달러가 넘었고 수출은 천억 달러가 넘어섰다. 그런데 크게 달라진 것은 없어 보인다. 세월호의 침몰은 성장 제일을 추구하고 황금만능의 물신을 숭배하면서 오로지 앞만 내다보고 더 많이 가지고 더 잘 먹고 잘살겠다는 야망으로 달려온 세월이 얼마나 어리석은 세월을 써 내려온 것인지 잘 보여 주고 있다.

사람들은 잠시 멈추어 좌우를, 그리고 뒤를 돌아보는 것을 꺼렸다. 그것은 허튼 몸짓이었다. 개인의 인격도, 공동체에서 가져야 할 공공의 선(善)이 싹을 피우지 못했다.

내가 병승이를 다시 본 것은 삼십 년도 더 지난 가을날이었다. 나는 직업군인으로 근무 중에 있었고 추석을 맞이하여 고향 집에 잠시 다니러 왔었다. 초등학교 동창들이 체육대회를 연다는 소식을 알려 왔다.

나는 집을 나오면서 병승이에게 전화를 했다. 집에만 있지 말고 운동장으로 나오라고 했다. 병승이는 학교에 다닐 때도 외톨이였듯 고향에서도 마찬가지인 듯싶었다. 읍내에 있는 직업소개소에서 알선해 주는 날일을 하거나 집에 있는 서너 마지기의 밭뙈기를 일구며 지낸다는 소식이었다.

그는 열 살에 초등학교에 입학했다. 예전에 시골 마을에서는 태어난 직후 호적에 올리는 것이 아니라 돌이 지난 다음에 호적에 올리는 것이 다반사였다. 돌림병 같은 병으로 신생아의 사망률이 높았기 때문이었는데, 병승이가 취학 연령이 지나 초등학교에 입학한 것은 몸이 약하고 또래에 비해 야무지지 못했던 이유도 있었을 것이다.

배움이 무엇인지 모르는, 삶의 진정한 멋이 무엇인지 모르는, 오직 먹고사는 일이 노동으로부터 나온다고 믿는 촌부였을지라도 초등학교조차 보내지 않으려 한 것은 아니었을 것이다. 이유가 어찌 되었건 그것은 결국 병승이가 오랫동안 외톨이로 지내야 하는 고립의 단초가 되었다.

면사무소 서기가 다녀가고 병승이가 학교 다니는 또래 아이들을 보고 울음을 터뜨렸다. 그러고서야 학교에 입학할 수 있었던 병승이는 이미 나이가 열 살이었다. 그러고 보니 초등학교에 다니면서부터 마을의 또래 아이들과 잘 어울리지 못했다. 그리고 중학교에 들어가면서까지 겉도는 생활은 더욱 심해졌다.

그리고 병승이는 1년 과정의 직업훈련원에 입소했다. 그 일 년을 마치고 공장 생활을 했다. 그것은 우리나라의 산업화의 최일선에서 비지땀을 흘리는 자랑스러운 일이었다. 그러나 우리는 그들이 만든 옷과 가방을 들고 다니면서 그들을 공돌이 공순이라고 놀려 대는 얄팍하기 그지없는 인간들이었다. 다른 아이들은 정규학교를 다니는데 자신은 직업훈련원 과정을 다니고 있었으니 그 열패감이란…. 사춘기 시절의 열패감은 평생의 트라우마로 작용되기 십상이다.

그가 대처에 나가 공장 생활을 하고 고향에 잠깐 돌아온 적이 있었다. 바로 대한민국 남자들이 모두 거쳐야 하는 군 복무 때문이었는데, 말은 사실이 아닐 수도 있었다. 일부 상류층, 권력층의 군 복무 실태를 보면 이 말은 수정되어야 한다. 그는 고향에 돌아와 방위 생활을 했다. 그리고 다시 대처로 떠나갔다. 그와 아버지 사이는 더 벌어진 상태였다.

그리고 삼십여 년이 지나 고향에 다시 돌아왔다. 원양어선을 타면서 얻은 무서운 육신의 병으로 몸도 마음도 한없이 쇠약해져 있었다. 그가 그렇게 집에 돌아왔을 때, 아버지는 지병으로 입원 중이었고 닷새 만에 병원에서 돌아가셨다. 그런 그를 내가 불러냈다. 오랜만에 친구들도 만나고 술이라도 한 잔하자고.

　초등학교 시절 넓게 보이기도 했던 운동장은 그대로인데 너무나 작아진 모습으로 다가들었고 오 학년 때 심었던 운동장 가의 측백나무는 내 키보다 더 커져 있었다. 흘러간 세월만큼 모습이 변해 버린 친구들, 그는 얼마 전에 나무를 베다가 나무가 몸 쪽으로 쓰러져 다리를 심하게 다쳤다며 절뚝거렸다. 그래도 나와 준 것이 고맙고 반가웠다.

　점심시간이 지나고 그 친구는 집에 할 일이 있어 돌아간다고 했다. 그의 집으로 가는 산길을 같이 걸었다. 그는 미혼이었다. 쉰이 지난 나이였다. 그는 왜 아버지가 되지 못했을까? 그날 나는 그와 그의 아버지에 대한 이야기를 들었다. 소주를 연거푸 들이마셔야 했다.

나는 왜 아버지가 되지 못했는가?

나의 아버지는
꽁생원이면서 지독한 구두쇠였다
구두쇠는 그렇다고 쳐도
아들의 입장에서 아버지를
꽁생원이라고 표현한다는 것은 불효다
그러나 동네 사람들이 거반 그렇게 표현했다

그런데 구두쇠라는 표현은 사실
맞지 않는 표현일 수도 있다
가진 것도 변변치 못했던 살림살이에서
아껴야 할 것도 변변치 못했으니 말이다

아버지는 삼 형제 중에 막내였고
삼 형제 모두 같은 마을에 살림을 차렸다
넉넉지 못한 형편에
고향을 떠난 형제도 없었으니

삼 형제가 혼례를 치르고 분가하면서
차례로 나눈 땅은 겨우 일 년
양식거리나 거둘 만큼의 작은 땅이었다

....

열 살이 되었을 때 초등학교에 입학했다. 출생신고가 늦었기 때문이었고, 정확한 이유는 나 자신도 모르지만 한 해 늦게, 취학 연령이 지나 입학했다. 초등학교 시절은 별 탈 없이 지났다. 공부에 두각을 나타내지 못했고 친구들과 잘 어울리지도 못했다.

아버지는 농사일 외로 집 밖을 거의 나서지 않으셨다. 마을의 경조사에도 특별한 경우에만 참석하셨고 사람들과 어울리는 걸 애당초 싫어하시는 양반이었다. 술은 즐기지도 않으셨다. 어머니와 늘 같이 다니며 농사일을 하셨다. 어머니도 동네 마실을 나다니지 않으셨다. 아버지가 좋아하지 않았기 때문이다. 이웃들과 품앗이도 잘 하지 않으셨다.

여동생이 셋이었다. 나는 귀한 외아들이었지만 내가 그만큼의 몫을 못했던지 나의 존재감은 희미했다. 친구들이 집에 찾아오는 일도 거의 없었고 나도 집 밖을 잘 나서지 않았다. 초등학교를 졸업했을 때, 나의 운명은 어긋나기 시작했다.

읍내에는 두 군데 중학교가 있었다. 정확히는 세 곳이었다. 두 곳은 정규중학교였고 한 곳은 이름도 낯선 재건중학교였다. 정규중학교는 시험으로 선발하다가 내가 입학하기 4년 전쯤에 무시험 추첨으로 바뀌었다. 재건중학교는 학비를 제대로 댈 수 없던, 가정 형편이 어려운 학생들을 위해 지역 유지들이 운영하던 야학과도 같은 학교였다. 학비는 무료였으며 자원봉사 교사들에 의해 운영되었다.

아버지는 나에게 재건중학교에 가라고 하셨다. 학비를 댈 수 없을 만큼의 어려운 가정 형편은 아니었다. 명절 때면 읍내에 한 곳밖에 없던 지방은행의 지점에서 선물을 보내올 정도였으니 말이다. 당시에는 금융기관에 돈을 맡기고 빌리는 것이 흔치 않던 시절이었다. 얼마만큼의 금액인지는 모르지만 분명 은행에 예금한 것이 있었으니 선물을 보냈을 것이다.

아버지의 결정을 이해할 수가 없었다. 물론 초등학교만 마치고 읍내에 있는 목공소에 일하러 간 동무도 있었지만, 그것은 다른 문제였다. 가장의 권위가 엄중하던 시절에 늘 억눌려 살아야 했던 당시의 상황이었다. 더욱이 공부에도 특별한 두각을 나타내지 못했으니 동네의 동무들과 늘 비교의 대상이 되었고 아버지의 핀잔에 익숙해져 있었다. 그러니 아버지에게 저항하거나 반박한다는 것은 생각할 수도 없는 일이었다.

아니, 아버지의 꽁생원 같은 모습에 동화되어 가고 있었는지도 모른다. 그것은 내 인생의 험난한 질곡에 빠져드는 순간이었다. 돈이라는 것은 나에게 늪과 같은 것이었다. 나름의 멋진 삶을 살기 위하여 돈이 필요하다고 생각한 것도 아니다. 단지 내가 무슨 일을 해서라도 돈을 벌어야 한다는 의무감이 나를 지배하기 시작했다. 어리석은 가정이지만 만약 내가 그 때 아버지에게 재건중학교에 가지 않겠다고 저항했다면 분명 나는 다른 삶을 살아가게 되었을 것이다.

교복이야 똑같았지만 모자의 모표는 달랐다. 같은 동네의 아이들과 잘 어울리지 못했다. 초등학교 때도 잘 어울린 것은 아니지만 이젠 아예 등하굣길에도 동무들과 같이 다니는 것을 피했다. 각자의 처한 상황을 이해하고 보듬어 주는 나이가 아니었다. 키가 작다는 것으로도, 집안 형편이 다르다는 것으로도 따돌림이 있었던 시절이었다. 나는 자의든 타의든, 스스로 따돌림의 대상이 되었다. 중학교를 마쳤을 때 고등학교 진학은 이야기하지 않았다.

70년대는 산업화의 시대였다. '기술인은 조국근대화의 기수'라는 대통령이 내린 휘호가 공공건물에 걸렸고, 육중한 돌탑에 새겨져 곳곳에 자리 잡았다. 절대적인 빈곤에서 벗어나기 위한 경제 개발 추진 과정에서 도시화·산업화가 급속하게 이루어졌다. 산업화는 필연적으로 가난에 찌든 농촌의 젊은이들을 불러들였다. 당시 급속도로 진행된 이농이 농산물 정책 등에 의한 농촌 피폐에 있었다는 것도 부인할 수 없는 사실이다. 그것은 공동체의 정서를, 인간성을 피폐시켰다. 그러나 그 평가는 나중에 할 수 있는 일이었다. 당시는 당장 배를 곯지 않는 것이 절실했다.

'공업입국'을 표방하며 공업계학교가 신설되었고 농촌의 학생들이 그곳으로 몰려들었다. 그곳의 학비 감면과 기숙의 혜택은 가난한 농촌의 우수한 학생들에게 충분한 매력이었다. 국제기능올림픽에서 우승하면 거리 카퍼레이드와 포상금이 주어졌고, 회사에서 특별 승진이나 경제적 혜택도 있었다. 직업훈련원도 마찬가지다. 정수직업훈련원은 당시 대통령 내외의 이름에서 유래되었을 정도로 국가적인 관심이었다. 지역마다 1년 과정의 직업훈련원이 세워졌다.

나는 재건중학교를 졸업하고 고향을 떠나 1년 과정의 직업훈련원에 입소했다. 고향을 떠난다는 것이 잠시 두렵기도 했지만 늘 떠나고 싶던 곳이었으니 설렘도 있었다. 기숙 시설이 부족했기 때문에 지역 주민의 집에서 하숙과 같은 생활을 했다. 농기계 수리를 배우고 선반 기술과 틈틈이 용접 기술도 배웠다. 일 년 과정의 훈련원 과정을 마치고 부평에 있는 공장에 취직했다. 방위병으로 고향에 돌아오기 전까지였다. 현실이 답답했지만 그런대로 순응하거나 견디며 생활할 수 있던 시절이었다.

공장 생활이 삼 년이 지나고 있었다. 그 생활에 익숙해져 갈 무렵 입영통지서가 나왔고 고향으로 돌아왔다. 아예 현역병으로 입대하기라도 했으면 좋았을 텐데, 나의 중졸 학력은 현역 군인으로서는 자격 미달이었다. 그리고 그 자격 미달인(人)의 옥쇄는 국가에 충성하며 젊음을 바치는 방위병 시절 내내 나를 가두었다.

이웃집 살강에 숟가락 숫자까지, 많은 것이 노출될 수밖에 없는 시골에서 방위병으로 근무한다는 것은 나를 옥죄는 것이었고, 잠시 벗어났던 아버지와의 싸움을 다시 시작해야 했다. 동네 친구들은 대부분 현역병으로 입대했으니 비교 대상이 될 수밖에 없었다. 아버지는 화가 날 때마다 "너는 인마, 개갈 안 나게 현역도 못 가고 차비만 축내는 겨."라며 대놓고 구박했다.

현역이든 방위병이든 내가 선택할 수 있는 범위 밖의 것이었다. 동네 아이들조차 대놓고 'X도방위'라며 놀리기도 했다. 현역병들이 입는 민무늬 군복과는 다른 얼룩무늬 군복이 그렇게 추해 보일 수가 없었다. 근무지로 나가서도 마찬가지였다. 한두 살 나이도 어린 현역병들에게 하대와 무시를 당했다. 하루라도 빨리 고향을 떠나고 싶었다. 아니, 내 마음속의 감옥에서 탈출하고 싶었다.

어려서도 누구에게도 인정받지 못했고, 중학교에 다니면서도, 이제 다시 고향으로 돌아와서도 마찬가지였다. 고향은 나에게 어머니의 품속처럼 따뜻한 안식처가 아닌 보이지 않는 감옥과도 같은 곳이었다. 공장 생활 중에 보았던 영화 《빠삐용》이 생각났다. 절해고도의 가파른 벼랑 속 감옥에서 벌레를 잡아 허기를 채우며 그가 꿈꾸었던 탈출은 어떤 의미였을까? 나는 나 스스로 감옥을 만들고 그 감옥에서 탈출을 꿈꾸는 바보라고 생각했다.

"네가 아무리 이 섬에서 탈출한다고 해도 네 마음의 감옥에서 벗어나지 못한다면 너는 여전히 감옥 속에 갇혀 사는 거야."

빠삐용의 탈출제의를 거부한 드가(더스틴 호프만 역)가 따라나서지 못하며 자신을 더듬거리듯 중얼거리던 말이었다. 사람들은 현실에서 물리적인 감옥에 갇혀 있지도 않으면서도 빠삐용의 모습을 꿈꾸기도 한다. 마음의 감옥 속에 갇혀 있기 때문이다. 더러는 현실에 안주하거나 비겁하게 순응하며 살아가는 자신의 모습을 감추고 가리려고 노력한다. 그러면서 과연 나는 얼마만큼의 자유를 가진 인간인가 하는 의문을 가지기도 한다. 실제로 인간이 가지거나 누리는 자유는 아주 미약할 수도 있다. 물리적인 한계와 지식과 표현의 한계에 부딪치기 때문이다.

드가의 말처럼 내 마음의 감옥은 어떤 것인가. 아버지와 소통하지 못하는 아픔은 높은 설산의 크레바스처럼 메워질 수 없는 간극이었다. 그것은 누구에게도 결코 드러낼 수 없는 아물지 않는 마음의 상처였다. 자신과도 소통하지 못하고 관계 속에서 소통하지 못하는 단절감, 타인과 비교되는 나의 나약함. 그리고 타인과 비교하여 가지지 못한 것에 대한 좌절감이 견고한 감옥으로 나를 가두고 있었던 것이다. 그 감옥과도 같았던 방위병 생활은 훗날 내가 아버지가 될 수 없었던 이유가 되기도 했다.

1년 6개월의 방위병 생활도 끝나 갔다. 하루빨리 감옥과도 같은 고향을 떠나고 싶었다. 그러나 어디라고 나를 반가이 맞아 줄 곳은 없었다. 다시 공장 생활이 시작되었다. 여자를 만나기도 했지만 가정을 만들어야겠다는 확신이 없었기에 가볍게 스치듯 만나고 헤어졌다. 결국 가볍게 만날 수 있는 여자들이었다. 장남이면서 외아들이었으니 부모님의 성화도 있었지만, 그것은 연애의 걸림돌이 되었다. 내가 부모님을 모실 일은 없을 것이라고 나 스스로에게 다짐을 했지만 여자들은 그런 다짐을 믿지 않았다.

그렇게 세월이 흘러갔고 서른이 지나고 마흔이 가까워지고 있었다. 가끔 고향에 들렀지만 잠시 들러 나왔다. 공장 생활도 시들해져 갔다. 같이 일하던 동료 중에 원양어선을 탔던 이가 있었다. 가끔 그와 술자리를 가지면서 그의 이야기를 들었고, 원양어선을 타야겠다는 생각이 스멀스멀 기어올랐다. 부모님과 상의하거나 주변의 지인들에게 조언을 구할 문제가 아니었다. 그만큼 이 지상의 감옥에서 벗어나겠다는 염원이 절실했으니까 말이다. 바다는 이상향처럼 나의 도피처였다.

부산에 내려가 소개업소를 찾아갔다. 구인광고에는 해운회사에서 직접 선원을 모집하는 것처럼 광고하지만, 소개비를 수수료를 챙기는 소개업소에 불과했다. 그곳에서 여러 부류의 사람을 만날 수 있었다.

물론 나보다 대부분 어린 나이였지만, 나름 굴곡진 인생을 살아온 사람들이었다. 사회의 밑바닥에서 한 계단이라도 올라서기 위하여 몸비딤을 하였지만 결국 그 밑바닥에서 도약하지 못했거나 결혼 생활에 실패했거나 하는…. 그리고 나처럼 스스로 마음의 감옥에 갇힌 사람들이었다. 그네들은 지상의 감옥에서 탈출하기 위하여 배라는 또 다른 도피처를 선택했던 사람들 같았다. 물론 독한 마음으로 목돈을 만들어 보겠다는, 소위 '헝그리 정신' 파도 있었을 게다.

원양어선에 승선한다는 것은 요즘 말로 최악의 3D 업종이었지만 구인난이 심각했던 시절이었다. 그래도 면접 과정은 통과해야 했다. 신체검사는 기본이고 전과 이력을 확인했다. 나는 나이가 많았지만 오랜 공장 생활의 이력으로 그런대로 통과할 수 있었다.

승선이 확정되었지만 곧바로 출항하지는 않았다. 다시 병원에서 검진을 받고 어업훈련소에서 교육도 받아야 했다. 승선해야 할 배를 정비하는 일을 도와주었다. 어선은 60년대에 일본에서 건조되었으니 노후가 심했다. 배의 이곳저곳을 돌아다니면서 다시 빠삐용이 생각났다. 그가 야자수 포대에 몸을 던지던 모습, 그가 꿈꾸었던 자유의 의미는 무엇이었을까? 감미롭거나 허무하거나 처절함이 밴 것은 아니었을까?

어업훈련소 과정 이수가 끝나자 선원수첩이 나왔고 출항 날짜가 정해졌다. 필요한 물품을 사러 자갈치시장에 나갔다. 담배는 당시 군에서 병사들에게 보급되는 면세담배를 살 수 있었다. 88이나 글로리, 한산도 등이었다. 속옷도 여러 벌 사고 세면도구도 샀다. 출항이 내일이었다. 미지의 세계로 탈출한다는 달콤함도 있었지만 뭍을 떠난다는 것이 마음 한구석을 아리게 했다. 잠깐 고향의 어머니도 생각났다.

출항을 앞두고 만선과 무사 귀환을 염원하는 제를 올렸다. 제상 앞에서 시작된 술자리가 밤늦게까지 이어졌고, 그날 밤은 만취했다. 이곳에 와서 몇 번 들렀던 항구다방의 미스 오를 불러냈고 절망스런 육신을 감추듯 그녀의 몸을 탐닉했다. 내가 만났던 여자들은 그렇고 그런 여자들이다. 정상적인 연인 관계에 자신이 없었고 돈이라는 매개체를 노골화하는 것이 편했다. 정상적인 연인 관계라는 것도 결국 돈에 지배당하는 것이라고 생각했다. 그것은 결국 내가 가정을 꾸리지 못했거나 아버지가 될 수 없는 직접적인 이유가 되었을 테다.

출항하던 날 선창가에 항구다방의 미스 오가 나와 손을 흔들어 주었다. 다행이었다. 그녀가 손을 흔들어 주니 초라한 내가 마치 파월장병이라도 된 것 같았다. 꼭 이기고 돌아오겠다며 파월장병처럼 나도 손을 흔들었다. 영진호는 천천히 부산항을 출항했다. 초겨울 된바람이 쌀쌀했다.

원양어선은 선단을 꾸려 출항했고, 선장의 출신학교 지역명이 선단의 명칭이 되었다. 시속 10노트 내외로 24시간 쉬지 않고 항해를 계속했다. 목적지는 우리 땅에서 반대편에 있는, 오래전에 영국과 아르헨티나 간에 분쟁이 있었던 포클랜드제도 근처였다. 이곳은 우리나라와 지구의 반대편에 있기 때문에 계절이 우리와 정반대다. 포클랜드의 성어기는 4월 초에서 7월 말이었다. 7월이면 끝물이었다.

인도양을 거쳐 남아프리카 케이프타운을 돌아 남대서양인 포클랜드까지의 항로였다. 태평양을 통과하는 항로는 선호하지 않았다. 물론 태평양을 통과하는 것이 인도양을 지나는 것보다 5일 정도 빠르기는 했지만 바닷길이 험했다. 뉴질랜드까지는 바닷길이 편하지만 뉴질랜드를 통과하는 순간부터 칠레 남단 푼타아레나스 마젤란해협을 통과할 때까지가 문제였다. 태풍과 같은 거친 파도의 위험에 노출될 확률이 높았다. 중간 기착지인 싱가포르는 쌀과 음식, 선박, 면세유가 저렴했다. 우리가 인도양을 택한 또 다른 이유였다. 게다가 케이프타운까지는 날씨도 순했다.

24시간을 쉬지 않고 날마다 달려도 거의 50일쯤이나 걸리는 먼 거리였다. 그 50일간 해댄 토악질이란…. 거센 풍랑에 의한 멀미는 당해 낼 방도가 없었다. 생존과 멀미 앞에 육신은 참 혐오스런 존재였다. 먹은 것 그대로를 토해 내고도 굶을 수는 없었다. 음식을 입에 꾸역꾸역 집어넣으면 다시 토악질이다. 그러나 인간사 모든 일이 시간의 치유를 받는다고 했던가? 익숙해짐이 인간이 가진 무한한 능력 중의 하나라고 증명이라도 하듯 멀미도 그랬다. 시간이 지나자 견딜 만한 멀미가 되고, 바다와 배의 리듬에 내 몸도 리듬을 맞추는 듯했다.

처음 출항했을 때 적도 해역을 지나던 때를 회상하면 꿈결 같은 아련함이 밀려온다. 호수 위를 지나듯 너무나 평온했던 바닷길, 밤하늘은 무수한 별들이 물비늘을 반짝거리며 흘러내리는 듯했다. 잔잔한 밤바다의 물결을 헤치며 무수한 날치 떼가 배를 따라 수면을 날았다. 항해등을 켜면 날치 떼는 배 위로 날아들었다.

내가 항해하는 곳이 바다인지 밤하늘인지 분간이 되지 않았다. 어린 시절 잠결에 오줌을 누러 나와 올려다본 여름밤 밤하늘의 무수한 별들이 생각났다. 그러자 고향이 생각났고 어머니의 품속이 그리웠다. 적막과 평온 속의 날치들의 뜻 모를 갈망, 우주의 심연이었다.

바람이 숨어 버린 무풍지대를 만나면 습하고 후덥지근한 날씨로 짜증도 났지만, 선미에서 소방호스를 이용하여 샤워하는 맛이 일품이었다. 서로 등을 밀어 주고 아이들처럼 물싸움을 하며 잠시라도 긴 항해의 고통을 잊는 순간이었다.

배 안은 나름의 규칙과 규약이 있었지만 법이 효력을 미치지 못하는 치외법권 구역일 수도 있다. 선장으로부터 말단 승선원까지 엄격한 계급이 있다. 거친 자연환경과 그 거친 환경 속에서 고기를 잡아야 한다는 절대적인 이유가 그 계급의 정당성을 유지시켜 주었다. 항해 중에 강압적인 분위기가 강도와 수위를 더해 갔다. 오히려 군대보다 더하면 더한 곳이었다.

출항 전의 정돈되고 부드러웠던 분위기는 먼 나라의 이야기 같았다. 승선원 간의 폭력은 일상사였다. 실제로 원양어선에서 조선족 선원들이 하극상으로 선장 및 선원들을 살해하고 사체를 유기한 사례도 있었다. 그래도 나는 나이가 있고 나름대로의 처신이 있어 그런 막다른 상황은 피할 수 있었지만 처음에는 적응하기가 어려웠다.

그곳에서 잡는 고기는 오징어였다. 원양어선 하면 대부분 참치잡이를 떠올리는데, 내가 탄 배는 오징어를 잡으러 가는 배였다. 오징어야 동해에서도 많이 잡히는 어종이라고 생각하지만 화장품이나 사료 등으로 용도가 다양하고 그만큼의 수요도 많았다. 그런데 그쪽 사람들은 오징어를 식용으로 하지 않았다. 우리의 배가 먼 거리를 항해해 온 이유였다.

많은 사람들이 평생에 한 번쯤은 크루즈 여행을 동경한다. 그 크루즈선의 낭만을 호텔에 비한다면, 원양어선은 고시원이나 달동네의 쪽방이었다. 방위병 훈련소의 내무반에서처럼 칼잠을 자야 했다. 몸을 뒤척일 공간도 없었다. 항해 중에 배 안에서 치러야 하는 폭염은 상상을 초월한다. 누구 하나 곁에 다가오는 것이 지옥 불처럼 무섭다. 『감옥으로부터의 사색』이란 책을 읽어 본 사람은 단번에 이해가 될 것이다.

"없는 사람이 살기는 겨울보다 여름이 낫다고 하지만 교도소의 우리들은 없이 살기는 더합니다만 차라리 겨울을 택합니다. 왜냐하면 여름 징역의 열 가지 스무 가지 장점을 일시에 무색케 해 버리는 결정적인 사실, 여름 징역은 자기의 바로 옆 사람을 증오하게 한다는 사실 때문입니다. 모로 누워 칼잠을 자야 하는 좁은 잠자리는 옆 사람을 단지 삼십칠 도의 열 덩어리로만 느끼게 합니다. 이것은 옆 사람의 체온으로 추위를 이겨 나가는 겨울철의 원시적 우정과는 극명한 대조를 이루는 형벌 중의 형벌입니다."

먹는 것도 마찬가지였다. 주식인 쌀과 현지에서 잡는 물고기를 제외하고는 전부 냉동식품이다. 싱싱한 야채는 기억뿐이었다. 죄다 얼려진 상태에서 녹아내린 거니 부식의 상태는 형편없었다. 고향에서 어머니가 해 주신 음식은 상상일 뿐이었다. 물은 말할 것도 없었다. 생명수라는 말은 거기에서 비롯된 것이라는 생각이 들 정도였다.

먹는 식수는 해수를 정화하여 사용하는 것이었지만 당시 어선에 설치된 바닷물 정수기는 참 시원찮았다. 그나마 맘대로 써 댈 수가 없었다. 고향의 우물물이 사무치게 그리웠다. 아득했다. 서글펐다. 서러웠다. 식수를 제외하고는 빨래도 목욕도 바닷물로 해야 했다. 비누는 바닷물에 풀어지지 않았고, 샴푸를 이용했지만 씻고 나도 미끈거렸으니 그 찝찝함은 말할 것도 없었다. 그러니 사 온 비누도 아무 필요가 없었다.

그곳에 도착하니 2월이었다. 조업 과정이야 어업훈련소에서 훈련도 하고 경험 있는 승선원들에게 전해 듣기도 했지만 실전은 달랐다. 오징어잡이는 흔히 알고 있듯이 아주 밝은 집어등으로 오징어를 배 주위로 유인하여 조상기라는 기계를 이용하여 낚아 올리는 조업 방식이다. 낚싯줄에 야광찌를 묶어서 수심 100에서 200m까지 내려 오징어를 낚아 올렸다.

올라오는 낚싯줄이 엉키고 오징어는 마지막 발악으로 먹물을 쏘는 통에 우린 서로 뒤엉켜 오징어와 사투를 벌여야 했다. 그러나 오징어와 엉킨 낚싯줄과의 사투는 집어등의 열기에 비하면 아무것도 아니었다. 오징어를 유인하려고 켜는 집어등은 강한 열과 자외선을 뿜어 대 얼굴이 녹아내릴 정도였다. 3개월간의 조업 기간 동안 세 번이나 뱀처럼 얼굴의 허물을 벗어야 했다.

우리나라 동해에서 주로 여름이 오징어 철이듯이 그곳에서도 4월에서 7월까지였다. 겨우 석 달 정도 고기를 잡으려고 두 달 가까이 그 먼 길을 달려왔다. 그리고 그곳은 그만한 가치가 있었다. 물 반 오징어 반이었다. 많게는 하루에 100톤의 오징어를 잡았다.

오징어는 가지런하게 정리하여 쇠로 만든 용기에 넣어 급속 냉동을 시킨다. 그리고 다시 다섯 시간 정도 지나 냉동된 것을 꺼내 어창에 넣었고 어창이 꽉 차면 운반선이 와 이를 옮겨 갔다. 이를 전제라고 한다. 그렇게 일련의 작업이 한 번 끝나면 전제비라는 명목으로 얼마간의 돈이 지급됐다. 전제비가 지급되면 잠시 휴식과 함께 술도 마실 수 있었다. 이렇게 반복되는 나날이 세 달 동안 이어졌다.

잠시 짬이 날 때면 중학생 때 도서실에서 빌려 읽었던 『노인과 바다』의 스토리가 생각났다. 노인은 왜 끝까지 포기하지 않았던 것일까? 나는 스스로 열패감에 젖어 젊음을 보냈고 지금도 마찬가지다. 산티아고 노인이 끝까지 포기하지 않았던 것은 자존감이 아니었을까?

나는 죽음과도 같은 이 고통스런 생활 속에서 내가 도달하고자 하는 특별한 목적지도 없이 하루하루를 보내고 있다. 자존감이 없다. 그러나 산티아고 영감은 나와 같은 처지이면서도 끝까지 도전하고 목적지에 이른다. 자존감이다. 희망이다. 자신에 대한 믿음이다.

내게 뭍은 감옥과도 같은 것이었다. 나는 그곳을 탈출하듯 원양어선을 탔다. 어린 시절 돈에 집착하여 자식 교육을 '나 몰라라' 하는 아버지를 원망했다. 내겐 왜 그 흔한 사랑의 추억이 없을까? 사랑이 없는 인생은 단절이었다. 타인과의 단절. 고립. 내가 원양어선을 탄 것은 세상천지에 나 혼자뿐이라는 것을 스스로 확인하는 자학과도 같은 것이었다.

원양어선을 타는 사람들 대부분은 돈이 절박한 사람들이다. 그것 말고는 생지옥 같은 생활을 견딜 이유가 없었다. 나 역시 돈이 절박한 이유였지만 나는 그들과 또 다른 이유가 있다고 생각했다. 그것은 결핍이었다. 뭍, 땅 어디에서도 나의 존재를 나의 의미를 찾을 수 없었다. 그렇다고 바다에서 내 존재의 의미를 찾겠다는 생각은 아니었다. 그냥 자학이었다. 세상을 향한 욕이었다.

그리고 사실 그 모든 것은 명확하지 않았다. 어떤 이유였든 간에 그토록 떠나고 싶던 곳이었지만 시간이 지나면서 그 뭍의 일상들이 그리워졌다. 늘 똑같은 사람, 똑같은 풍경 속에서 외로움과 그리움의 싹은 피어났다. 내가 아는 사람들이야 손에 꼽을 정도였지만, 미친놈처럼 그 사람들의 허상을 불러다 놓고 이야기를 나누기도 했다.

더위와 고된 노동, 외로움으로 지쳐 갈 무렵, 뜻하지 않은 사건이 생겼다. 그 사건은 나에게 더할 수 없이 치욕적이었다. 내 가슴에 주홍글씨를 새긴 일이다.

뭍에서 공장 생활 할 때 업소에 종사하는 여자들과 가끔 관계를 가졌었다. 내가 승선한 어선은 일본에서 노후된 어선을 구입한 것이었고, 30년 가까이 바다에 떠다녔으니 수명이 다 된 상태였다. 기계적인 노후에다 무리한 조업의 영향이었던지 엔진이 고장 나는 사건이 발생했다. 자체 수리를 시도했지만 결론은 뭍에서 정비를 해야 했다.

원양어선이 뭍에 닿는 경우는 거의 없었다. 어장으로 이동하는 것과 바다에서 고기를 잡는 것이 전부인 일이었다. 그런데 어쩔 수 없는 정비로 인해 뭍에 닿아야 했다. 배를 독(dock)에 정박시키고 밀린 빨래와 청소를 했다. 예부터 바닷가에는 특히 배를 타는 일에는 가려야 하는 금기가 많았다. 배를 탄다는 것은 생명을 담보로 한다는 것이었고 그만큼 자연을 경외했다는 의미다. 그 금기 중의 하나가 여자를 태우지 않는 일이다.

그렇게 청소를 하고 빨래도 하는 데 야한 화장을 한 여자들이 배로 올라오더니 브리지에 가서 항해사와 웃으며 자연스럽게 농담을 주고받았다. 항해사는 알아듣지도 못할 말로 대화를 나누다가 나를 가리켰다. 배로 올라온 일행 중 한 여자가 나에게 다가오더니 덥석 팔짱을 끼었다. 상황 판단이 쉽지 않은 일이었다.

그렇게 머뭇거리고 있을 때 항해사가 나를 불렀다. 달러로 얼마간의 돈을 쥐여 주더니 그 여자를 따라가라고 했다. 선장을 포함하여 사관이라는 신분의 사람들과 좁은 배 안에서 접촉할 기회는 거의 없었다. 업무 구역이 그들의 영역과 확연히 구분되었고 그들은 배 안에서도 선원들과는 다른 세계의 사람들이었다. 영문을 모르는 상황이었지만 난 시키는 대로 옷을 갈아입고 그녀를 따라나섰다.

오랜만에 내딛는 뭍이었다. 거리의 풍경이 이채로웠다. 그곳은 당연히 외국이었지만 바다에 불과했다. 태어나서 처음 외국 땅에 발을 딛는다는 설렘이 일었다. 우루과이의 수도 몬테비데오였다. 남아메리카의 작은 '파리'라는 유럽풍의 오랜 항구도시였다. 웅장한 석조 건물들, 아름다운 해수욕장, 도시를 벗어나면 나의 고향과도 같은 시골 마을이 이어졌다. 초원을 이룬 목장과 포도농장, 잔디 구장이 이색적이었다. 축구는 그네들 삶의 일부인 듯했다. 동네 축구라도 주심과 부심이 있었고 유니폼도 프로선수 못지않았다. 인근 주민 응원의 열기도 마찬가지였다.

말이 통하지 않으니 뭘 묻지도 못했고 그 여자를 따라 걸었다. 얼마쯤을 걸었을 때, 그녀는 서울의 연립주택과도 같은 낡고 허름한 작은 건물 안으로 들어갔다. 낯선 곳이었고 낯선 여자였다. 항해사의 지시라며 얼떨결에 그녀를 따라나서기는 했지만 그녀를 따라 집 안에 들어선다는 것이 쉽지 않았다. 그녀는 해맑게 웃으며 '컴 인'을 반복해서 말했다. 그녀도 그 정도 영어는 알아들을 수 있다고 생각했을 것이다.

거기까지 따라갔으니 이제 어쩔 도리가 없었다. 집 안으로 들어섰다. 가정집처럼 꾸며진 작은 공간에 거실이 있고 방도 있었다. 방 안에 들어선 나는 어찌할 바를 모르고 어정쩡하게 서 있었다. 그녀는 다시 뭐라고 말을 하면서 욕실을 가리켰다. 아마 씻으라고 하는 듯했다.

　욕실로 들어갔다. 옷을 벗고 샤워를 시작했다. 네 달 만에 그야말로 진짜 물로 하는 샤워였다. 바닷물이 아니었다. 이런 호사가 없었다. 마치 짐승 우리에서 빠져나와 이제야 사람 사는 집에 온 느낌이었다. 그 느낌이 너무 황홀해서였을까? 나는 여자와 단둘이 집에 있다는 것을 까맣게 잊을 뻔했다. 그 사실을 상기해 냈어도 나의 남성은 일어설 줄 몰랐다. 금욕 아닌 금욕 생활을 해야 했기 때문이었을까? 오랜만에 여자의 향긋한 체취도 맡고 기분 좋게 샤워도 했지만 나의 욕정을 일어설 줄 몰랐다. 게다가 지금 상황이 어떤 상황인지 쉽게 이해도 되지 않았다.

　나는 어색하게 머리를 숙이며 밖으로 나왔다. 그리고 조금은 편한 마음으로 그녀의 눈을 쳐다보았다. 내가 알고 있는 몇 안 되는 영어로 그녀의 이름을 물었다. 그녀는 웃으면서 '사라'라고 말했다. 그녀가 나를 이곳에 데려온 이유가 무엇일까? 그녀는 매춘부일 거라고 생각했지만 단정할 수는 없었다.

　그녀와 거리 구경을 다녔고 오랜만에 싱싱한 과일을 맘껏 먹을 수 있었다. 같이 요리를 하고 밥도 만들어 먹었다. 그동안 굳었던 근육이 풀리듯 죽어 있던 나의 남성도 살아났고 드디어 사랑을 나누었다. 시간은 너무 빨리 지나갔다. 그녀와 이야기를 나누고 싶은 심정이 절박했다. 가슴이 답답했다.

배의 수리가 끝나고 출항할 시간이 다가왔다. 그녀에게 주고 싶은 게 너무 많았지만 내가 줄 수 있는 것은 별로 없었다. 가불하듯 돈을 구해 그녀에게 주었고 목에 걸었던 목걸이도 건네주었다. 배가 출항하던 날 그녀는 항구다방의 미스 오처럼 항구에 나와 손을 흔들어 주었다. 그 후로 몇 번 더 이국의 항구에 닿았었고 여자를 안았다. 그리고 나는 병에 걸렸다. 치욕적이고도 주홍글씨와도 같은 병이었다.

나는 내가 병에 걸린 것을 비난하지 않는다. 다만 나의 병이 사라에게서 옮겨진 병이 아니길 바랄 뿐이다. 그녀는 나에게 사랑하는 연인을 대하듯 정성을 다했고, 세상에 태어나 사랑이란 단어는 결코 나의 단어가 되지 않을 것이라 믿었던 젊은 이에게 짧은 행복을 안겨 주었다. 사랑이었다. 흔한 사창가의 일회성 정분이 아니었다. 다시 배는 어장으로 돌아왔지만 나는 선상 생활에 쉽게 적응이 되지 않았다. 한동안 나는 꿈속을 헤매듯 뭍을 두리번거렸다. 시시때때로 엘리자베스에게 달려가고 싶은 충동을 억눌러야 했다.

유월 중순, 오징어 철이 끝나 가고 있었다. 원양어선의 창고, 즉 어창은 3구역으로 나누어져 있는데 마지막 1번 어창까지 꽉 채워졌고 급냉실과 심지어 부식 창고까지 모두 오징어로 채워졌다. 이제 오징어는 진절머리가 났다. 다시는 오징어를 쳐다보지도 않으리라 생각했다. 그 무게로 갑판까지 바닷물이 차오르고 다시 흘러내리고는 했다. 회항하는 동안 배가 기울 것 같아 밤에 잠도 제대로 이루지 못하는데 선장을 포함한 사관들은 대수롭지 않은 듯했다. 오징어를 많이 실은 만큼 연료도 꽉 채우지 못했으니 돌아오는 동안 모두 세 군데를 거쳐야 했다.

첫 번째 기항지였던 남아프리카 포트엘리자베스. 한나절을 머물렀고 연료를 채우고 야채며 과일을 구입했다. 기항 시간이 적어 쇼핑할 시간도 얻지 못했지만 항구에 정박한 많은 요트들의 모습에 눈길이 갔다.

두 번째 기항지는 인도양 한가운데 있는 모리셔스였다. 모리셔스는 세이셸, 몰디브와 함께 인도양의 3대 휴양지로 꼽히는 곳이다. 최근에는 몰디브와 이어 새로운 허니문 장소로 부각되고 있는 곳이다. 작가 마크 트웨인이 『적도를 따라서』에서 "신은 모리셔스를 창조했고, 이후에 천국을 만들었다."고 적을 만큼 아름다운 섬이었다. 제주도의 4분의 1 크기인 그곳에 기항했을 때 항구를 벗어나 섬을 둘러볼 기회가 있었는데, 야생 사슴이며 자연 속에서 뛰노는 동물들이 정말 천국처럼 평화로웠고 야자며 파인애플 등 열대과일이 이국적 풍경을 선물했다. 물론 그 열대과일들은 맘껏 먹을 수 있는 것이었다.

마지막 기항지는 싱가포르였다. 그곳에서는 이틀 밤을 잤는데, 한국인이 운영하는 쇼핑센터에서 쇼핑도 할 수 있었다. 이곳에 유학 온 학생들이 가까운 여행지를 승합차로 태워 주는 알바를 하고 있었고, 덕분에 유명한 주롱 새공원이며 식물원도 둘러볼 수 있었다. 저녁에는 마리나 하우스 야외식당에서 그립던 흙내음과 함께 술도 마셨다. 항구마다 나름의 밤 문화가 있듯이 이곳은 겔랑이라는 곳은 공창 지대가 있었다. 한때 이곳의 정치는 법으로 금욕을 강조하기도 했지만 일자리를 찾아 들어온 이주 노동자들의 수가 급증하자, 그들의 성욕을 해소해 주자는 방편으로 겔랑에만 공창을 허용했다고 했다.

이제 싱가포르를 떠나 부산으로 향했다. 어느덧 뱃사람으로 거듭나고 있는 느낌이었다.

부산에 입항해 열흘 정도 교체 수리를 했고, 8월 초순 북태평양으로 출항을 했다. 쿠릴열도 부근이었다. 이번엔 꽁치를 잡기 위해서였고, 꽁치의 성어기는 9월 초에서 10월 말이었다.

꽁치도 오징어처럼 어둠 속에서 빛을 좇는 어종이지만 꽁치의 조업 방식은 전혀 달랐다. 오징어와는 달리 '소나'라는 어군 탐지기가 이용되고 그 '소나'가 어획량에 결정적인 역할을 한다. 배의 하단부에 설치되어 있는 소나돔을 바다에 내려 5㎞까지 어군을 탐지했다. 해가 지고 칠흑 같은 어둠이 바다에 흐르면 천천히 배를 이동시키면서 표층어군이 탐지되면 붉은색으로 표시되었고, 선수와 톱브릿지에서 탐지어군 쪽으로 서치라이트로 바다를 비췄다.

빛을 보고 꽁치들은 날치 떼처럼 뛰어올랐다. 가히 장관이었다. 일단 꽁치들이 불빛을 보고 반응했다면 배를 멈추고 천천히 서치라이트를 배 근처로 이동시키면서 꽁치들을 유인했다. 불빛을 보고 꽁치들이 몰려들면 대형 그물을 내려 꽁치들을 가뒀다. 꽁치 떼를 그물에 가두고 그물을 조인 상태에서 펌프로 꽁치 떼를 갑판으로 빨아올렸다. 그렇게 한 번에 잡아 올리는 양이 어마어마했다. 그렇게 잡힌 꽁치는 오징어와 같이 가지런히 정리해서 급랭하여 어창으로 옮겼다.

이제는 오징어 잡을 때가 천국의 시절처럼 느껴졌다. 오징어를 잡는 것도 주로 밤에 이뤄지고 폭염이었다. 그러나 그때는 쪽잠이나마 잠을 잘 수도 있었다. 그러나 꽁치를 잡을 때는 그럴 수가 없다. 한 번에 50톤을 잡았다면 10kg을 담을 수 있는 박스로 5,000개였다. 밤을 새워 꽁치를 잡고 낮에도 쉴 새도 없이 잡은 꽁치를 박스에 가지런히 담는 작업을 해야 했다. 그리고 나서 밥을 먹고 나면 꽁치를 잡아 올려야 했고 다시 낮에는 박스에 담는 작업, 단 10분간 눈 붙일 새도 없이 3일간 연속으로 이어질 때도 있었다.

극한의 상황이 아닐 수 없었다. 인간의 능력이 어디까지인지 시험해 보는 듯했다. 줄담배를 물고 커피를 페트병으로 들이켜도 쏟아지는 잠은 어쩔 수가 없었다. 그러니 선원들은 사소한 시비에도 폭력을 쓰고 거칠 대로 거칠어졌다. 인간이 서로를 보듬고 신뢰한다는 것은 정상적인 환경에서나 가능한 것이었다. 평화로운 환경에서나 가능한 것이었다. 그 치열한 삶의 현장에서 내 몸이 조금이라도 편하기 위하여 거짓말을 하고 동료를 모함하고 다툼을 만들고 폭력이 난무했다.

나는 그렇게 거친 작업 환경 속에서 인간의 본성에 관하여 생각했다. 성선설이니 성악설을 이야기한 오래전의 중국 사람도 있었지만 극한의 상황에서 발현되는 것이 인간이 본성이라면 인간은 결국 악한 존재일 수밖에 없다. 그것은 강한 자에게는 비굴하고 약한 자에게는 군림하는 권력을 갖는다는 것과도 상통하는 것이다.

남의 일에는 철저하게 방관자의 자세를 갖게 되는 것도 마찬가지다. 나는 승선원들의 평균 나이보다 많았고 오랜 공장 생활에 익숙해 있었기 때문에 내 몫의 일은 해낼 수 있는 여력은 있었고 크게 시비에 휘말리는 일은 없었다. 그러나 바로 옆의 동료가 억울하게 시비에 얽매여 고통을 당하는데도 그 누구 한 명도 나서는 자가 없었다.

북태평양에서의 꽁치잡이는 9월에서 10월까지가 성어기였고 이 시기에 최대한 많은 양을 잡아야 했기에 어장을 이동하면서 잠깐씩 눈을 붙였다. 그러니까 잠자는 시간은 잡은 고기를 얼마나 빨리 처리하느냐에 달려 있는 것이었다. 작업이 끝나고 잠자는 시간이 주어지면 그 자리에서 쓰러져 잤다. 씻고 옷을 갈아입고 잠자리를 구별할 여유도 없었고 필요도 느끼지 못했다. 꽁치 비늘과 지독한 비린내가 진동했지만 잠깐이라도 잠자는 것이 더 중요하고 더 절실했다.

북태평양의 기후는 종잡을 수 없는 잦은 변화와 거센 파도였다. 여름까지는 우리나라 쪽으로 태풍이 잦지만 8월부터는 대부분 일본 동쪽을 통과 쿠릴열도를 따라 베링해로 빠져나가는 이유였다. 높은 파도와 추위로 항상 기상에 촉각을 곤두세워야 했고 폭풍우가 거세지면 일본열도 가까운 곳으로 피항을 하기도 했는데, 뭍이 보이면 그곳에 가고 싶어 몸살이 났다. 이제 바다 생활이 지긋지긋했다.

찬바람이 불고 10월이 지나자, 꽁치 떼는 흔적도 없이 사라졌다. 바다에서의 시간이 지나고 돌아갈 시간이었다. 항구다방의 미스 오가 손을 흔들어 줄 때 파월장병처럼 '이기고 돌아오겠다.'고 했는데 그저 살아서 돌아가는 것이 다행이라는 생각이 들었다.

돌아와서 나는 몇 번 더 출항했다. 선장 등 사관의 범주에 드는 사람들을 제외하면 그런 경우는 흔치 않았다. 열악하고 고단한 생활은 둘째고 사람이 그립고 산과 들이 미치도록 그리운 것을 견딘다는 것이 그만큼 고통스러운 일이었다.

물론 배에서는 돈을 쓸 일이 거의 없기 때문에 한 번 다녀오면 목돈을 만질 수도 있었지만 그리 큰돈이라고도 할 수 없었다. 백만 원도 안 되는 기본급에다 돌아와서 어획량의 실적에 따라 그리고 직급에 따라 주는 인센티브, 즉 보합이라는 것이 주어졌다. 한 번 원양어선에 승선하는 것을 1년 단위로 하고 이를 1항차라고 하는데, 돌아와서 다시 배를 타는 사람은 별로 없었다. 나는, 나는 딱히 돌아갈 곳이 없었다. 고향도 낯선 곳이었고 내가 보듬고 안식을 누릴 가정도 꾸리지 못했으니 말이다.

선원 생활에 대한 이야기는 만나는 이들마다 궁금해했다. 그러나 나는 그 이야기들은 피했다. 그곳에서 같이 생활했던 사람들도 만나면 배 안에서의 일을 입에 올리는 사람은 없었다. 부산은 이제 친근한 도시가 되었다. 배에서 내리면 고향에 다녀오기도 했지만 고향에는 여전히 안락함이 없었다. 동네 사람들과 마주치는 것도 불편했다. 항구다방이 나의 고향이었을까? 그곳에 미스 오는 떠났지만 새로 온 미스 리가 있었다.

고향이 없는 자, 가정이 없는 자는 늘 막연한 두려움을 가지며 산다. 고향이 있지만 고향에서 따뜻함을 느끼지 못하고 부모 형제가 있지만 그들에게서 응원의 말 한마디 듣지 못한 사

람은 그 두려움에 서러움이 더해진다. 나는 두려움과 서러움
으로 나의 젊음을 도배질했다.

그러던 어느 순간, 막연한 두려움이 현실로 다가왔다. 다시
배를 탈 수가 없었다. 신체검사를 통과하지 못했다. 병 때문
이었다. 날마다 술을 마셨다. 술을 마시지 않고는 숨조차 쉴
수가 없었다. 면역력을 상실해 가는 내 몸은 마른 물기가 빠지
며 마른 나뭇가지처럼 말라 갔다.

항구다방의 미스 리는 친구라면 친구였고 연인이라면 연인
이었다. 미스 리는 내가 고향에 돌아가기를 권유하고 때로는
협박처럼 강권하기도 했다. 몸에 물기가 말라 간다는 것은 삶
에 대한 집착이 사라진다는 것과 같다. 눈앞에 죽음이 보였
다. 그러자 고향이 다가왔다.

수구초심이라 했던가? 고향이 생각난다는 것이 화가 났다.
도대체 고향이 내게 해 준 것이 무엇이고 내가 언제 고향을 바
라기라도 했단 말인가? 그러나 현실은 달랐다. 몸에 물기가
빠지고 죽음이 보이는 듯하니 고향이 보였다. 어느새 나는 미
스 리의 권유가 절대적인 내 삶의 명령이기를 바랐다.

중학교를 졸업하고 집을 나와 방위병 생활을 위해 고향으로
한 번 돌아왔고 이제 두 번째 귀향이었다. 이런 몸으로 돌아가
면 안 되는 곳이었지만 돌아갈 수밖에 없었다. 나의 자존심은
고결하지도 않았고 고집스럽지도 않았다. 비루할 뿐이었다.

날이 저물어 있었다. 아버지는 병원에 입원해 계셨다. 아버지는 나의 상황을 알고 계신 듯했다. 못난 아들이었지만 아버지의 임종을 지켰다. 그제야 나는 천륜, 인륜이라는 단어가 떠올랐다. 나는 아버지를 미워했다. 그러나 그 임종 앞에서는 미워할 수가 없었다. 다만 회한이었다. 아무것도 해 드린 것이 없다. 당신이 나에게 아무것도 해 준 것이 없듯이 나 또한 당신에게 아무것도 해 준 게 없다. 그렇다면 그건 공정한 게임이잖은가?

아니었다. 임종을 앞둔 아버지 앞에서 그것은 공정한 게임이 아니라는 것이 드러났다. 나는 울었다. 소리 없는 눈물이 한없이 흘러내렸다. 그것은 증오이기도 했다. 나에 대한 증오였다. 모든 삶은 허무하고 모든 죽음의 길은 혼자다. 아버지는 혼자서 허무하게 가셨다. 그리고 아버지가 느낀 허무함보다 더 짙은 허무함이 내게 남았다.

삭정이처럼 부서질 것 같은 몸으로 아버지의 장례를 치렀다. 장례를 치르고 나자 동생들과 돈 문제가 불거졌다. 아버지가 남긴 유산 때문이었다. 많지 않은 돈이었지만 동네 사람들에게 꽁생원이라는 손가락질을 받으며, 하나밖에 없는 아들을 재건중학교에 입학시키며 아버지가 모아 두었던 돈이다. 여동생은 어머니를 모시겠다며 조건을 제시했다. 동생들에게 면목이 없었지만 나는 반대했다. 결국 동생들과도 등을 돌리게 되고 말았다.

낡은 집을 헐고 새로 집을 지었다. 어머니는 얼마 후에 동생네로 떠나셨다. 아들이 그런 몹쓸 병에 걸렸다는 것도 영향을 미쳤을 것이다. 결국 고향에 돌아왔지만 타향에서도 그랬듯이 나 혼자가 되었다. 명절이 되어도 누구 하나 찾아 주는 사람도 없었고 찾아갈 곳도 없었다. 아버지를 모신 납골당밖에 없었다.

나는 여전히 내 마음의 감옥 속에 갇혀 있었다. 아버지가 돌아가시고 감옥은 더 견고해졌다. 누구 하나 감옥의 문을 두드리지도 않았고, 나 역시 감옥 안에서 그 어떤 소리도 지르지 않았다. 그저 견고한 감옥이 더욱 견고해지기를 기다릴 뿐이었다.

아버지가 돌아가시고 나의 육신이 늙어 가면서 절실하게 다가오는 것은 내가 아버지가 되지 못했다는 것이었다. 그것은 형벌이었을까?

살아 있는 것들의 존재 의미는 무엇일 것인가? '왜 사냐?'고 묻는다는 것과 같은 의미라면 어리석거나 참 미련한 질문인 것 같다. 존재의 원인과 시작은 자신의 의지와는 무관한 것이었다. 그렇다면 종족 보존 역시 자신의 의지와 무관하게 진행되어야 하는 것이 아닐까? 아니다. 인간은 인간 의지의 힘으로 종족 보존의 본능을 무시할 수 있다. 오직 쾌락의 도구로서만 성을 사용할 수 있다. 이는 세대의 영속성을 스스로 끊을 수 있다는 것을 의미한다. 인간만이 자살을 할 수 있다는 것과 같은 맥락이 아닐까?

그렇다면 나는 내 의지로서 아버지가 되지 않은 것일까? 사실 내겐 아버지가 되고픈 큰 욕심이 없었다. 그것은 큰 욕심이어야 했다. 가족의 의미, 부모의 사랑이 한창 필요한 시기에 둥지를 떠난 보잘것없는 들짐승에게 가족과 사랑의 의미는 정상적으로 전달되지 않았다.

그래서 어떤 이들은 종족 보존, 가족 만들기를 외면하고 참 존재의 의미에 천착한다. 때로는 깊은 산중에서, 때로는 광야에서 절대자와의 연결 고리를 찾아내겠다며 자신의 욕구와 본능을 억제하고 인내하며 그 의미를 찾아내려 한다. 그래서 존재의 의미를 찾아냈다고 큰 소리로 외치기도 했지만 대개 개인의 실존만이 위협받고 시기당하고 만다.

그래서 가족 만들기에 실패한 사람들은 비루하고 위축된다. 나는 한없이 쪼그라든 나를 거울에 비추면서 존재의 의미를 상실한다. 세대를 이어 가지 못한 존재의 상실. 나는 구도자의 길을 간 것도 아니었다. 그리하여 나의 가족과 나의 환경을 핑계 삼는다 하더라도 내가 다음 세대를 잇지 못한다는 것은 분명 존재의 이유에 반하는 것이라는 결론을 얻었다.

인간이 영생을 염원하지만 영생은 다음 세대로 나의 유전자가 이어지는 것이다. 나는 아버지가 되지 못했고, 나와 가장 비슷한 유전자들을 가진 형제들과도 소원해졌다. 나는 존재의 의미를 잃은 이미 해 질 녘의 하루살이다.

태어나서 어른이 되면서 장가를 가고 아버지의 땅을 물려받고 농사를 짓다가 다시 자식에게 물려주면서 언젠가는 양지바른 뒷산에 무덤을 두던 그 시절은 아득한 옛이야기가 되어 간다. '잘 살아 보자.'거나 '내 자식을 나 같은 농사꾼으로 만들 수 없다.'며 사람들은 거미줄처럼 찐득찐득한 정들을 잘도 떼어 던지고 떠나는 것에 익숙해지기 시작했다.

그 시절엔 아버지와 갈등은 내면의 문제였지, 밖으로 표출될 수 있는 것은 아니었다. 과거 유교적인 관습 속에서 자란 사내아이들에게 아버지는 대개 억압의 상징이었다. 자식들은 순응하는 것을 당연시 여겼다. 다만 몇몇 용감한 아들만이 아버지의 억압에 맞섰다. 사실 맞섰다는 것은 물리적인 저항보다는 회피했다거나 외면했다는 것이 더 적절하다. 우리 세대에게 아버지는 결코 친구처럼 편한 존재가 아니었다.

프로이트는 아버지에 맞서는 것은 아들의 근원적인 욕망이고 원초적인 권력 욕구의 부딪침이라고 말했지만, 우리 세대에서 아버지의 권위를 넘보거나 쓰러뜨릴 수는 없었다. 그것은 서양과 다르기도 한 점이다. 우리의 아버지는 유교의 질서가 철저히 방어막 역할을 해 주었다. 그래서 요즘의 아버지 역할은 남극의 빙하가 녹아내리듯 추락의 수준이라고 말한다. 그런데 과연 그것은 옳은 일일까? 우리나라, 아니 인류 공영에 이바지할(나는 국민교육헌장에 나오는 이 말을 좋아한다) 일일까?

유교의 윤리개념은 근세 이후 개인과 공동체 규범의 근간이었다. 유교의 근본은 오륜(五倫)이고 정치적 장치로서 삼강(三綱)이다. 오륜은 다섯 가지 이상적인 관계를 형상화한 것이지만 삼강은 권위적이고 가부장적인 권력을 부여하는 장치다. 사람 사는 이곳저곳의 화두는 소통이기도 한데, 왕조 시대, 신하로서 군주와 소통한다는 것은 때로는 목숨을 담보로 해야 할 만큼 무거운 것이었고 자식으로서 아비와 소통한다는 것은 일견 불효의 명찰을 달아야 할 만큼의 두려운 일이 아닐 수 없다.

유교의 기본 덕목으로 오륜(五倫)의 첫 번째가 부자유친(父子有親)이라는 것은 역설(逆說)적이다. 삼강에서는 부위자강(父爲子綱)을 이야기하고 다시 부자유친(父子有親)을 이야기한 것을 말하는 것이다. 섬겨야 한다는 것은 절대적인 권위나 권력의 대상을 말하는 것인데 다시 절대적인 권력과 친하게 지내라 했다. 섬겨야 할 대상과 친함의 관계가 있어야 한다는 것은 동일선상에 있는 것이 아니고 상충될 수밖에 없는 비극이 내재되어 있다.

하루 일을 마치고 저녁을 먹으면서 그가 아버지가 되지 못한 이야기를 들어 주었다. 나의 관심은 그가 원양어선을 탔다는 것이었고 그는 많은 것들은 지워 버린 듯했다. 하루이틀, 일주일도 아니고 몇 개월 동안을 바다에 떠 있으면서 고기를 잡는다는 것, 그의 노동의 흔적을 기록해 두어야 했다.

식모에서 버스 차장, 시다까지,
배 여사 이야기

그 시절,

딸로 태어나 살아간다는 것은

누구보다 먼저 새벽을 열고,

남의 집 살림을 살거나,

버스 차장으로 승객 틈에 끼어 외치거나,

공장 한편에서 시다로 손놀림을 익히는 일이었다

식모에서 버스 차장, 시다까지—

이 땅의 여성들이 감당해야 했던 노동의 이름은

시대에 따라 달라졌을 뿐

고된 몸의 무게만은 여전했다

5월이 지나면

아파트 단지 곳곳에서 예초 작업이 시작된다

현장에서는 이를 '예초'와 '제초'로 나눈다

예초는 기계를 이용해 풀을 깎는 일,

제초는 사람 손으로 하나하나 뽑는 일이다

예초기가 들어갈 수 없는 나무 사이, 좁은 틈엔
손으로 풀을 뽑는 여성 작업자들이 투입된다
그들 대부분은 수원 등 외곽에서 오는 여성들이고
70세가 넘은 노인들이다
허리를 굽히고 손발을 동시에 움직이는 노동.
그것을 감당할 수 있는 건
그들이 살아온 삶의 이력이었기 때문일 것이다

청소, 돌봄, 제초 작업에 이르기까지
여성의 몸이 담당해 온 노동의 자리는
한 번도 비워진 적이 없다
농촌 지역의 파종과 수확철에도
기계를 대신해 밭고랑을 메우는 건
역시 연로한 할머니들의 손이다

그 손이 밭을 일구고, 도심의 풀을 뽑고
버스를 세우고, 옷을 꿰매고
누군가의 집을 정리해 왔다
시대는 바뀌었지만
노동의 자리는
그 손들을 아직도 잊지 못한 듯하다

....

  오늘 여성 작업자는 모두 3명, 한두 번은 같이 작업을 해 본 사람들이었지만 그들 중에 한 명은 새로운 얼굴이었다. 현장으로 이동하기 전 전철역에서 만나 간단한 인사만을 나눌 수 있으니 서로 이야기할 시간이 제한되지만, 그날은 작업장이 문산이었으니 한 시간 가까이 가야 하는 비교적 긴 시간이었다.

  한강과 임진강이 만나면서 철책선이 이어지고 강 너머에는 민둥산 아래 개성시로 편입된 개풍군의 퇴락한 선전마을이 마치 세트장처럼 나타난다. 이런저런 이야기를 나누다 보니 오늘 처음 만난 그 여성은 남도가 고향이었고 이런저런 이야기가 이어졌다.

  다들 가난했던 시절, 초등학교만 마치고 한두 해 집안일을 돕다가 그녀는 고향을 떠났다고 했다. 지금의 사정으로는 상상할 수 없는 무작정 상경. 어린 나이에 부모 곁을 떠나 낯선 도시에서 할 수 있는 일은 식모, 요즘 말로 가사도우미였다.

  읍내에 있는 중학교에 가야 했지만 그저 희망 사항일 뿐이었다. 초등학교 같은 반으로 졸업한 동무들이 70여 명이었던가, 그중에 반쯤은 여자아이들이었을 텐데 중학교엘 간 동무가 단 두 명이었다. 하늘만 동그마니 열어 놓고 사방이 산으로 둘러싸인 빈한한 농촌 마을이었다.

담임 선생님이 두 번인가 부모님을 찾아와 "은옥이는 꼭 중학교엘 보내야 한다."고 되레 사정하듯 말씀하셨지만 아버지에게는 크게 고민할 문제도 아니었고 아예 내키지 않는 일이었을 것이다. 당시의 정서상 아들이었다면 한 번쯤 고민은 해보셨으려나?

어린 시절은 물론 시집가서 아이들을 키울 때까지도 아버지는 원망의 대상이었다. 도대체 경제관념이 없었다. 농사일이며 집안 살림은 죄다 엄마 몫이었다. 자격증은 당연히 없었고 간판도 내걸지 못한 한의원이었지만 아버지의 침술은 근방에 소문이 자자했던 터였다. 그 당시야 당연히 읍내에 변변한 병원도 없었으니 무면허 의료 행위가 자연스럽게 용인되던 시절이었다.

마음만 먹으면 얼마간 치부를 할 수도 있던 직업이었다. 단순하게 주변 사람들에게 '사람 좋다'는 평판에 집착했다기보다는 아버지의 천성인 듯 경제관념이 없었다. 어려운 사람은 막걸리 한 병으로, 좀 있는 사람은 육고기라도 한두 근 끊어 오거나 말거나였다. 그러니 많지도 않은 논밭의 일은 전부 엄마의 몫이었다.

게다가 근방에 잔칫집이 있기라도 한 날이면 장구를 메고 소리를 했다. 소풍을 가면 늘 학급 대표로 나가 노래를 해야 했던 예능이 집안 내력이라는 것은 생각조차 할 수 없었다. 라디오에서 한 번만 들었는데도 노래를 바로 따라 부를 수 있었던 것도 마찬가지였다. 아버지는 술을 잡수신 날에는 집에서도 소리를 했다. 당시에는 엄마의 고생하는 모습만 눈에 들어왔을 뿐 소리조차도 지겨운 것이었다.

어린 시절, 누구에게나 마찬가지였겠지만 꿈이 많던 시절이었다. 노래를 부르는 게 즐겁고 흥이 있었으니 가수를 꿈꾸었던 것도 마찬가지였다. 당연히 중학교 진학도 꿈의 범주에 속하는 것이었는데, 초등학교를 졸업할 무렵 바로 위의 중학교에 다니던 언니마저 집안 형편으로 중도에 포기해야 했으니 중학교에 간다는 것은 언감생심이었다.

또래의 아이들은 눈부시게 흰 윙 칼라의 교복을 입고 학교로 가는데 호미를 들고 엄마를 따라나서야 했고 빨래며 부엌일도 마찬가지였다. 그렇게 몇 달을 고향에서 지냈을까, 먼 친척뻘의 아주머니 한 분이 집에 오셨다가 목포 의상실에라도 취직시켜 보겠다고 엄마를 설득했다.

가난한 살림에 입 하나를 줄여 보겠다는 것은 아니었을 테지만 막연한 기대감도 있었을 것이다. 집안 형편으로는 도모할수 없는 운명의 기회가 주어질 것 같은 막연한 기대감, 대처에 간다는 것이 싫지 않았고 엄마도 마찬가지였을 것이다. 두려움도 없지 않았지만 호기심도 온전히 떨쳐 버릴 수 없었다.

목포는 처음이었다. 고향 마을에서 가까운 영광 바다야 가 본 적이 있지만 항구에 머문 배도, 오가는 배들도 많았고 번화한 거리도 마찬가지였다. 아직 어린 나이였기에 실제 봉제 일을 배우지는 못했고 잔심부름이나 했다. 사전에 품삯을 정한 것도 아니고 그저 밥을 먹고 잠자리를 얻었다고 해야 하나, 그때는 대부분 그랬던 시절이었다. 더군다나 초등학교만 졸업한 어린 나이였으니.

한 달쯤이 지났을까, 머물러 있던 주인댁이 광주로 이사를 했다. 도 교육위원회로 발령이 나 이사를 간다고 했다. 달리 갈 곳이 없었으니 그 집에 딸린 식구처럼 이삿짐에 묻어 가야 했다. 처음에는 의상실에서 일을 배우게 해 주겠다고 하더니 그게 아니었다. 집안의 허드렛일이었다. 연탄을 갈고 청소를 하고 주방 일을 도와야 했다.

겨울철이면 거실에 연탄난로를 피우고 난방과 함께 거기에 물을 데워 사용했는데, 어느 날 아침 사달이 났다. 난로 위에 올려져 있던 작은 솥을 든다는 것이 잡은 손 주위가 너무 뜨거워 솥의 중심이 흔들렸다. 그 위태로운 순간에도 뜨거운 물이 연탄불 위로 쏟아질 걱정이 앞서다니, 연탄불이 꺼지면 주인 아주머니의 불호령이 걱정되었을 것이다. 결국 그 뜨거운 물은 그녀의 다리로 쏟아져 내렸다.

불에 덴 것처럼 견딜 수 없는 통증이 엄습했다. 빨리 병원에 갔어야 했는데 주인아주머니는 오히려 '칠칠치 못한 것'이라고 핀잔이나 내질렀다. 엄마라도 곁에 있었다면, 하지만 눈물조차 흐르지 않았다. 여리고 가는 다리에서는 한동안 어묵 냄새에 밴 듯 진저리를 쳐야 했고 지금까지도 그 냄새에는 고개를 돌려야 했다.

그 상처는 아물기까지 한시적인 상처가 아니었다. 여성으로는 치명적인 흉터를 남겼다. 그것은 몸의 흉터만이 아닌 마음에도 깊은 상처를 남겼고. 내세울 것도 없었지만 내 젊은 날은 그 흉디로 더욱 움츠러들어야 했다. 그 집의 주인이 교육자였지만 어린 소녀에게 야만적이고 가혹한 사람들이었다. 곁에 사정을 말할 수 있는 사람도 없었다.

한번은 또 그런 일이 있었다. 그 집의 아이들이 세 명이었는데, 아침이면 도시락을 준비하던 시절이었으니 소시지나 어묵을 사다 놓곤 했는데, 한두 개가 없어지는 경우가 있었고 역시 범인의 누명을 피할 수가 없었다. 가끔 용돈이 생기는 경우에 숨길 곳을 정하지 못해 뜨개질로 지전이며 동전을 꿰매 두었는데 도둑으로 몰린 적도 있었다.

공부를 하고 싶다는 마음은 사그라지지도 않았으니 그 힘든 일상에서 더 괴로운 것이었다. 어느 날인가 시장에 갔다 오다가 사촌 언니를 우연히 만났다. 서러운 남의집살이에서 친척 언니를 만나는 게 그렇게 반가울 수가 없었다. 이런저런 이야기 중에 화상 이야기를 했다. 그동안 참았던 눈물이 그치지 않았다. 그 와중에도 언니에게 '엄마에게는 절대 비밀이야.'를 다짐해야 했다. 그러잖아도 힘들게 사는 엄마에게 걱정이나 끼치는 딸이 되고 싶지 않다는 생각이었다니.

결국은 엄마에게 이야기가 전해졌을까. 한걸음에 엄마가 달려와서는 꼭꼭 막아 두었던 서러움이 한꺼번에 터지듯 흘러내렸다. 책임을 따지고 누구를 원망한다는 것도 무력했다. 가난한 집의 오갈 데 없는 가엾은 소녀였을 뿐.

이내 말라 버린 눈물을 담아 두고 다시 고향 집으로 돌아갔다. 집안 형편은 변화가 없었다. 도시 생활을 동경했던 것도 상처였을까? 엄마와 같이 지나는 생활이 평온한 듯했지만 시골 생활의 갑갑함은 피할 수 없었다.

농사일에 바쁜 틈에도 엄마는 누에를 쳤다. 유일하다시피 현금을 만질 수 있는 방편이었다. 가을 추수 때나 되어야 돈이 들어오기도 했지만 밑 빠진 독처럼 금세 사라졌다. 돈이 궁했던 그 시절, 누에를 키우는 양잠만큼 돈이 되는 게 없었다. 더구나 봄, 가을 두 번에 걸쳐 목돈을 만질 수 있었기에 엄마의 누에치기는 피할 수 없는 과업이었다.

봄, 가을이면 엄마는 흰색 종이에 누에 씨(?)를 받아 왔다. 까만 빛깔의 고운 모래 같은 누에 애벌레였는데, 검정깨보다

작았다. 아기 누에는 너무도 작고 연약해서 뽕잎을 그냥 주면 너무 커서 잘 못 먹었고 연한 뽕잎을 채 썰어서 주어야 했다. 누에를 키우는 방을 잠실이라고 하는데, 항상 따뜻하게 온도를 유지해 줘야 했다. 봄과 가을의 아침저녁은 쌀쌀한 날도 있었기에, 누에를 키우는 방에는 불을 때곤 했다

누에는 4번 잠을 자는데, 세 잠을 자기 전까지는 쉬지 않고 계속 뽕잎을 먹는다. '사각사각'하는 소리가 끊이지 않았고 세 잠을 자고 나면 시냇물이 흐르는 듯 소리를 내기도 했다. 그때가 문제였다. 밭과 둑성이에 심겨 있던 뽕잎으로는 해결할 수가 없었다. 가까운 산에는 없었고 멀리 산 너머까지 가야 했다.

뽕잎을 따는 것도 쉽지 않았다. 제멋대로 자란 나무들이었기 때문이었다. 위태롭게 나무에도 올라 뽕잎을 훑었고, 가파른 산길을 구르듯 집으로 돌아와 잠실에 풀어내도 게 눈 감추듯 사라졌다. 누에는 까탈스러워 뽕잎에 농약이 살짝이라도 묻었거나 물기가 많은 뽕잎은 줄 수 없는 것이었다.

그렇게 세월은 자꾸만 가고 있었다. 까맣게 그을린 얼굴처럼 그녀의 꿈도 그랬을까? 공부를 더 하고 싶다는 꿈은 점점 멀어져 갔고, 대신 가수가 되고 싶다는 열망이 비 온 봄날의 죽순처럼 비켜 나오곤 했다. 그래 뜻이 있으면 길이 있다고 했으니, 용기도 마찬가지였을까. 아름아름 알고 있던 정풍송 작

곡가에게 편지를 썼다. 이젠 내용을 다 잊었지만 아마 이런 내
용이 아니었을까?

"안녕하세요, 선생님.

저는 전라도 심심산골에 사는 열일곱 소녀예요. 이제
누에가 고치를 짓고 좀 한가해져서 오랫동안 미뤄 두었
던 용기를 찾아내 편지를 쓰게 됐어요.

아직도 어리긴 하지만 노래 부르기를 좋아했어요. 잘
할 수 있을지 자신이 없지만 선생님께 한번 배워 보고 싶
어요. 꼭 기회를 주셨으면 좋겠네요."

꿈은 이루어질 듯 기다리던 답장이 왔다. 그렇게 다시 고향
을 떠났다. 언니가 의상실에 근무하고 있었으니 비빌 언덕이
었다. 막상 서울에 왔을 때, 알고 있던 것보다 세상은 만만한
게 아니었다. 또 돈이라니, 어이가 없었다. 중학교를 가지 못
한 것도, 온전히 감당할 수 없는 수모를 견디며 어린 나이에
남의집살이를 했던 것도, 가수가 되고 싶다는 순수한 그녀의
꿈도 돈의 무시무시한 권력 앞에 쪼그라들 수밖에 없었다. 그
래서 다시 시작한 게 식모였다.

식모(食母)는 말 그대로 '밥해 주는 사람'이라는, 시골에서
무작정 상경하거나 열악한 작업 환경의 공장에조차 갈 수 없

는 처자들이 가질 수 있는 직업이었다. 요즘엔 가사도우미나 파출부 등으로 표현되지만, 식모라는 호칭은 남의 집에서 숙식하며 그 집의 부엌일을 위주로 각종 가사노동을 도맡아 하던 10~20대 정도의 어린 여성들을 이르던 말이었다.

그 당시 서울 등 도회지에 사는 가정에서는 세 끼 밥을 거르지 않을 정도면 식모를 두는 경우가 많았다. 특히 서울은 두 집당 한 집꼴로 식모를 뒀다고 하니 얼마나 흔한 풍경이었던지. 1968년 기준으로 성인 남성의 한 달 담뱃값이 1,500원 정도였는데, 이는 식모 월급과 같았다. 당시에 최저임금 제도는 지정되지도 않았고 근로기준법도 있으나 마나 한 법이었기 때문에 그야말로 집 밥상에 숟가락 하나만 더 얹으면 식모를 둘 수 있었던 것이다.

공지영의 소설『봉순이 언니』는 다섯 살 어린아이의 눈에 보인 그 시절의 식모를 묘사한 작품이다. 어느 날 봉순이 언니가 또 사라졌다는 엄마의 전화로부터 시작되는 이 소설은 짱아, 즉 소설 속 화자인 '나'가 봉순이 언니와 함께했던 어린 시절을 회상하는 것으로 이루어져 있다. 끊임없이 고난과 불운이 반복되었던 봉순이 언니의 기구한 삶의 이야기.

예닐곱 살에 의붓아버지의 폭력을 피해 도망했다가, 다시 숙모에 의해 버려져 짱아네 식모가 된 봉순이 언니. 열일곱에 세탁소 총각과 사랑의 도피를 감행했으나 실패하고, 다시 행복을 꿈꾸게 한 남자와 사랑하고 마침내 헤어지는 그녀, 그리고 또다시 남자에게 순정을 바치고 아이를 낳고 기르는, 평탄하지 않은 봉순이 언니의 삶을 묘사했다.

식모로 일하는 자체가 정당한 계약이 성립하지 않는 경우였고 부모 또는 보호자에게 일정 금액을 지불하고 "숙식의 제공"을 약속한 뒤 데려오는 경우가 대부분이었으므로 임금 지불 자체가 계약 조건이 아닌 경우가 상당수였다. 그래도 인심이 아주 좋은 집에서는 최소한의 임금을 받기도 했으나, 이마저도 대부분 시골 본가로 보냈다. 그렇게 몇 년간 일하다 혼기가 차면 고용인이 선 자리를 주선해서 시집보내거나, 시집갈 때 장롱이나 하나 장만해 주는 게 당시 일반적인 문화였다.

관련된 법 같은 것도 없었고 인권에 대한 인식도 낮았던 시대이기 때문에 식모에 대한 대우는 그야말로 천차만별이었다. 인심 후한 집에서는 좋은 거 먹이고 입히고 하면서 나이 들면 시집도 좋은 곳으로 보내 주어, 식모가 나이가 들어서도 고용주였던 집안과 계속 교류하는 등, 수양딸 비슷한 대우를 해 주기도 했던 반면, 시대가 시대이니 만큼, 학대와 폭력, 성범죄에 노출되는 경우도 많았고 힘들게 식모 생활을 하는 경우도 적지 않다 보니 힘든 생활을 견디다 못해 자살하거나 최악의 경우 살인을 당하는 경우도 있었다.

대개 어린 여자애들이었고, 노동 인권에 대한 인식이 발달하지 않았던 시기였으므로 찬물로 설거지를 해야 한다든지 찬밥을 먹어야 한다든지 하는 등의 처참한 노동 처우는 매우 일상적인 수준이었다. 또한 아무리 학대가 없다고 한들 본인은 심리적으로든 육체적으로든 힘들어하는 경우가 대부분이었다. 또 어린 소녀들이 대상이었으니 본인이 직접 식모로 나선 경우보다 인신매매에 가까운 경우도 있었다. 이 시절 어르신들이 '누구네 집에 양녀로 갔다.'고 하는 표현은 십중팔구는 입양이 아니라 식모로 쓰기 위해 데려간 것이었다.

좋은 주인 부부를 만나 식모로 생활하는 것은 크게 어렵지 않았지만 공부를 향한 열망은 저버릴 수가 없었고, 다행히 좋은 주인을 만나 야학에 나가 공부를 할 수 있었다. 가끔 시내에 나가면서 버스를 타면 버스 차장이 괜찮아 보였고 집에 돌아와서는 '오라~잇', '스톱' 소리 내며 연습도 했다. 어느 날 신문지에 끼워져 온 버스 차장 모집 전단지를 보고 원서를 냈다. 의외로 쉽게 합격했다는 연락을 받았다. 이제 식모 생활을 접을 생각을 하니 마음이 설레기도 했다. 일을 시작하기 전, 버스회사에 들렀다. 생각했던 것보다 사무실은 작은 편이었다.

5 · 16 군사쿠데타 이후 사회 기강 확립을 주문했던 정부는 1961년 8월 시내버스 차장을 전원 여자로 바꾸라고 지시한다.

'혐오를 조장하듯 남자 차장들에 의하여 가끔 발생하는 거슬리는 행동을 없이 하기 위함'이었을 것이다. 전후에 가난은 피할 수 없었고 변변한 일자리도 없었으니 사람은 남아돌았다. 여성은 말할 것도 없었다. 학력이나 이력에 관계없이 쉽게 접근할 수 있었던 게 차장이었다. 고속버스 차장은 그와는 달랐다. 하지만 그만큼 근무여건이나 처우는 열악했다.

앞서 식모라는 직업과 차장이라는 직업은 농촌을 떠나 도시로 흘러간 젊은 처자들이 먹고사는 문제를 해결해야 하는 현장이었다. 그 당시 서민들의 손과 발이 되어 주던 버스 안내양. 주로 차장이라 불리곤 했다. 비행기를 모는 기장(機長)은 긴 장자를 쓰지만 버스 차장(車掌)은 손바닥 장 자를 쓴다. 팔이 떨어질 것 같았다.

운전수가 급커브를 돌았다. 당시에 기사란 말은 없었다. 차가 기우뚱하더니 사람들이 안쪽으로 쏠려 들어갔다. 배로 승객들을 밀면서 황급히 차 문을 닫았다. 사방에서 비명 소리와 함께 욕설이 튀어나왔다. 버스가 속력을 냈다. 차장(車掌)은 차의 손바닥인 셈이었다. 출퇴근 시간이면 버스는 그야말로 콩나물시루였다. 문을 닫지 않고 출발하던 버스에서 여차장이 떨어져 사망하는 사고도 발생했다.

지난 1961년부터 버스 안내원이 남자에서 여자로, 이름도 조수에서 안내양으로 바뀌었지만 시외버스는 남자인 경우가 있었다. 1965년에는 전국적으로 버스 안내양 수가 1만7천여 명에 달했다고 한다. 그러다가 1982년부터 토큰으로 요금을 해결하는 시민자율버스가 생기면서 점차 사라졌다.

버스 안내양은 식모나 여공과 함께 이 시절 대표적 '여성 직업' 중 하나였다. 새벽 4시면 일어나야 했고 5시부터는 버스에 몸을 실었다. 하루 종일 버스에 매달려 목이 터져라고 "오라~잇", "스톱"을 외쳤다. 근무는 고됐어도 버스 안내양은 인기 직종이었다. 별다른 훈련이 필요 없는 데다 다른 직종에 비해 보수도 높은 편이었다. 무엇보다 매력적인 점은 침식이 제공된다는 것이었다.

일자리가 귀하던 시절, 10대 후반에서 20대 초반의 꽃다운 나이의 안내양들은 시골에서 올라와 집안을 돕고 오빠와 동생의 학비를 마련하기 위해 기숙사에서 생활하며 고된 근무를 감내해야만 했다. 그래서 영화나 책의 소재로도 자주 등장했다. 1973년 발표된 조선작의 단편소설을 1975년 김호선 감독이 영화화한 《영자의 전성시대》에서 영자는 버스 안내양을 하다 사고로 한 팔을 잃은 뒤 거리의 여자가 된다.

아동문학가 임길택의 동화집 『우리 동네 아이들』 중 「명자와 버스비」에서 공부를 지지리도 못하던 명자는 버스 안내양이 되어 줄줄이 딸린 동생들을 공부시키는데, 어느 날 버스에 탄 옛날 선생님의 차비를 받지 않는다는 소박한 내용으로 끝을

맺는다.

김수용 감독의 영화 《도시로 간 처녀》, 시골의 세 처녀 문희(유지인), 옥경(이영옥), 승희(금보라)는 도시로 와 버스 차장이 된다. 세태에 물들어 가는 옥경에 비해 문희는 자신의 일을 자랑스러워하며 열심히 일한다. 그러나 근로 환경의 낙후로 차장들은 돈을 빼돌리는 것을 생활화하고 회사는 이를 감시, 수색한다. 문희는 버스 안에서 행상 상수(김만)를 만나 그가 냉동 기술을 배울 수 있게 하고, 상수는 문희와 장래를 약속하고 원양어선을 탄다. 회사의 경영 부실로 차장들에 대한 몸수색이 심해지는 가운데 문희는 남자 감시원 앞에서 알몸을 보이는 모욕을 당하고 이를 견디다 못해 자살한다. 영문을 모르는 문희의 애인 상수는 버스를 타고 종점으로 돌아온다.

새벽 4시에 일어나 5시경 첫차에 올라서 하루 16~18시간을 승강구에 서서 일하다가 밤 12시가 다 돼서 막차에서 내렸다. 차 내부를 청소하고 세수를 하고 합숙소에 누우면 새벽 1시 정도였다. 3시간 만에 아침이 왔다. 요즘 기준으로 하면 대단한 혹사였다. 그러한 격무에도 불구하고 특히 시골 출신 아가씨들에게는 인기 직종으로 꼽혔다.

일반적인 보수가 아니었지만 70년대 초중반 9급 공무원 월급이 4만5천 원일 때 버스 안내양은 8만 원을 받았고, 속칭 '삥땅'이라는 부수입도 있어 안내양 모집 경쟁률이 10대1을 넘기도 했다. 특히 고속버스는 요즘의 항공기 여승무원만큼 인기 직종이었다. 삥땅은 당시 사회문제가 될 정도로 공공연한 비밀이었다. 운전사와 차장이 하루 수입 중 일부를 따로 챙겨 6대4 정도의 비율로 나눠 가지는 비밀스런 관행이었다.

당시 안내양들은 회사단속을 피해 삥땅 요금을 속옷 안에 숨기거나 단골 가게에 맡겼다가 퇴근 후 찾아가곤 했다. 적발되면 사표는 물론 형사 처벌도 감수해야 했기 때문에 운전사와 안내양의 마음이 맞지 않으면 어림없었다. 고약한 운전수들은 차장들에게 담배며 토큰 상납을 요구하는 경우도 있었다. 어쩌다 졸다가 버스에서 떨어지면 무릎에 난 생채기는 빨간약 대충 바르고, 구멍 난 옷은 자기 전에 꿰맸다.

실제로 모 운수회사에서 여차장 두 명이 '삥땅'을 하다 적발된 사례가 있었다. 회사는 경찰을 동원해 여차장 전원을 조사하며 손가락 사이에 만년필을 끼워 비틀며 고문을 했다. 삥땅 혐의를 받던 차장은 한강에서 투신자살한 사례도 있었는데, 열여덟 살이었다.

1969년 삥땅 감시원이 생겨났다. 넘버링(발판 아래 설치한 계수기로 승객들 숫자를 새기는 일)을 해 가며 이들이 얻어 낸 승객 숫자는 여차장들 '센터 까는 데(몸수색을 하는 데)' 이용됐다. 서울시는 시내 여차장 7,000여 명 가운데 50%가 매일

매를 맞고 있다고 발표했다. 일부 회사에서는 삥땅을 막기 위해 지도원을 두었으나 지도원마저 매수돼 삥땅에 동참(?)하기도 했고, 삥땅을 방지한다며 안내양을 몸수색해 사회문제가 되기도 했다.

당시는 대중교통수단이 버스뿐이어서 출퇴근이나 등하교 시간대에는 승객들로 초만원이었고, 안내양이 버스 문에 매달려 가기 일쑤였다. 이 과정에서 차 문을 열고 달리는 차에서 떨어져 중상을 입고 불구가 되는 안내양도 없지 않았다.

그 와중에도 안내양과 승객 사이에 로맨스가 피어나기도 했다. 승객들로부터는 천대받지만 차장들은 감상 가득한 사춘기 어린 소녀들이었다. 우리의 누나이고 언니였다. 교복 입은 고학생이 물건을 팔고 내릴 때면 가끔 차비를 받지 않았다. 어떤 남학생은 회수권과 연애 쪽지를 쥐여 주고 달아나곤 했다. 많은 동료들과 생활했기 때문에 그 시절의 어려움을 이겨 낼 수 있었을 것이다.

4년인가 버스 문짝을 두드렸을까. 그동안 모은 돈은 동생들 학비를 보태고 아버지께도 소를 한 마리 사 드렸다. 그러다가 구로공단에서 공장에 다니는 친구를 만났고 친구의 권유에 봉제 공장에 들어갔다.

1960년대 후반에 생기기 시작한 전국 수출공단이 본격 가동

됐다. 많은 차장 직업을 가졌던 처자들이 공단으로 빠져나갔다. 공단에서는 야간학교도 다닐 수 있었고 벌이도 더 좋았기 때문이다. 하지만 쉬운 일이 어디 있겠는가. 공장 생활은 역시 긴 노동 시간, 잦은 부상과 병, 과로와 영양실조, 재단사의 횡포 등을 겪어야 했다. 일은 아주 호되어서 몇 달만 일을 해도 피부가 다 상하고 병에 걸린 것처럼 보이게 되었다. 아침 8시부터 점심시간까지 죽 재봉틀 앞에 앉아 있어야 했다. 점심시간이 되어도 아무도 움직이고 싶어 하지 않았다.

규모가 있는 방직공장 등은 그나마 대우가 나았지만 취업문이 좁았던 만큼 첫 달 월급부터 상납 형식으로 떼이는 경우도 있었다. 취직 단계에서부터 시작된 착취는 노동 과정 내내 계속되었다. 재단사와 미싱사, 시다(조수) 등으로 구성된 공고한 위계질서 속에서 자기가 담당한 일을 군소리 없이 해내야 했고, 사실상 성과급으로 지급되는 임금을 조금이라도 더 받기 위해 기계와 재봉틀은 쉴 없이 돌아갔다.

좁은 공간에 더 많은 노동자를 들이려는 봉제 공장 공장주들은 다락방을 만들어 1평당 4명의 노동자들을 구겨 넣었다. 어린 시다들은 일이 끝난 후 이 다락방에서 잠을 자야 했다. 이름도 없이 3번 시다로 불리고, 기숙사에서 허드렛일까지 하고서도 남성 노동자들의 절반에도 못 미치는 임금을 감수해야 했다. 산업화의 구체적인 현장이었던 공장과 회사에서의 가족주의는 이들 미혼 여성들을 가장 열악한 위치에 고정시켰다.

당신은 가족에게 충실하고 가족을 위해 일해야 합니다, 라는 슬로건은 공장에 막 취직한 어린 여성들이 처음 접하는 구호였다. 가족의 위계질서를 그대로 모방한 공장에서 사장은 물론이고 관리와 감독은 거의 남성들의 몫이었고, 작업장과 기숙사에는 미혼의 여성들을 통제하고 착취하기 위한 온갖 규율이 동원되었다. 이들은 거시적으로는 노동을 통해 국가에 헌신하는 산업전사였지만, 현장에서는 가부장의 권위에 복종해야 하는 미혼의 어린 소녀로 위치 지어졌던 것이다.

'내 자식은 가난한 농촌에서 더 이상 살지 말기를' 염원하며 농민들은 조상 대대로 발붙이고 살았던 삶의 터전을 뒤로하고 도시로 도시로 떠났다. 점차 서울은 만원이 되어 갔고 그렇게 유입된 값싼 노동력으로 급속한 산업화 단계로 접어들었다. 이는 농경 사회에서 자본주의 체제의 팽창을 도모했고, 농민과 그 자녀들은 다시 힘없는 노동자의 대열에 서야 했다. 빠르게 성장하는 경제 발전만큼 정치적 장치는 물론 사소한 시민 의식조차 그에 따르지 못했으니 자본가의 횡포는 말할 수 없었다.

70년대가 시작되고 그해가 저물어 가던 11월 13일 오후 1시 30분, 서울 청계천 평화시장 구름다리 밑에서 평화시장의 영

세 봉제 공장 노동자이던 당시 스물한 살의 청년 전태일은 온몸이 불길에 휩싸인 채 "근로기준법을 준수하라!", "우리는 기계가 아니다!"라고 외치며 열악하기 짝이 없는 노동 조건에 목숨을 걸고 항의한다.

1970년대 초, 박정희 정권은 유신 체제와 조국 근대화, 선성장 후 분배 논리로 노동자·농민과 도시 빈민 등 기층 민중의 생존권 요구를 억눌렀다. 전태일은 열일곱, 평화시장 봉제 공장 노동자로 채광·통풍 시설조차 없는 열악한 작업 환경 속에서 최저 생계비에도 턱없이 못 미치는 저임금을 받으며 하루 15시간 이상 중노동에 시달린다.

몇 해 뒤 재단사가 된 그는 노동자들의 참상을 세상에 알리고 노동 조건의 개선을 위해 싸우기로 마음을 굳힌다. 평화시장 일대에 밀집해 있는 봉제 공장들의 노동 실태를 꼼꼼하게 조사한 뒤 동료들과 친목회를 꾸린 그는 고용주들에게 근로기준법을 들어 노동 시간 단축, 환풍기 설치, 임금 인상, 건강 진단 실시 등을 요구한다. 그러나 돈벌이에만 눈이 어두운 나머지 고용주들은 들은 척도 하지 않고, 노동 조건이 개선될 낌새는 전혀 보이지 않는다.

1970년 11월 13일 그날, 전태일은 평화시장 앞길에서 동료들과 피켓 시위를 벌이다가 경찰이 강제로 해산시키려고 들자 제 몸에 휘발유를 끼얹고 불을 댕긴다. 그는 병원으로 옮겨지나 "내 죽음을 헛되이 말라."라는 말을 남기고 끝내 숨을 거둔다.

이 사건으로 노동자들이 처해 있는 참담한 현실이 알려지고, 사회 각계는 충격과 분노로 들끓는다. 언론 매체들이 나서 노동 문제를 특집 기사로 다루며 사회적 관심을 환기시키고, 대학가와 종교계에서는 추모 집회, 시위, 철야 농성 등이 잇따른다. 전태일의 뜻을 기려 '전국연합노조 청계피복지부'가 닻을 올린 것은 같은 해 11월 27일의 일이다.

이후 노동 현장은 변화가 있었다지만 그로부터 몇 해 뒤인 1977년 7월, 노동 현장에서 또 하나의 충격적인 사건이 터진다. 일명 '동일방직' 사건이 일어난 것이다. 섬유 제조업체인 동일방직의 여성 노동자들은 회사 측이 대의원 선거를 치르며 저지른 부정과 비리에 반발하고 나선다.

작업복을 벗어 던지고 알몸으로 시위하던 여성 노동자들에게 경찰과 진압대는 무차별적으로 주먹과 곤봉을 휘두르고 똥물까지 끼얹는다. 경찰과 폭력배를 앞세워 여성 노동자들을 짓밟은 회사 측은 시위 주동자와 적극 가담자들을 무더기 해고한다. 이 사건은 비인격적인 대우와 열악한 노동 환경에 시달려 온 노동자들이 더욱 거세게 분노를 터뜨리며 생존권 보장과 근로 조건의 개선을 요구하는 계기가 된다. 그렇게 노동 현장은 변화해 왔고, 무작정 상경하듯 도시로 들어와 직업을 갖는 것도 쉬운 일은 아니었다.

  이제 돌아다보면 흘러간 강물처럼 허무하듯 지나쳐 버린 세
월이지만 그렇게 한 시대의 격랑을 헤쳐 나왔다. 못 배운 한
을 풀려고 밤잠을 줄여 고입 검정고시를 통과했고 공장 생활 3
년 차, 중매로 만난 총각과 결혼하면서 '공순이' 생활을 마감했
다. 결혼 생활은 순탄하지 못했다. 아직 자식들을 도와주어야
했기에 일용직 노동자 생활을 마감할 수 없다고 했다. 아니,
그보다는 집 안에 있으면 하루가 너무 길고 지루하다는 것, 그
녀의 이야기는 그렇게 처음으로 돌아오고 있었다. 그의 삶 속
에 이 땅의 현대사가 함축되어 있는 셈이었다.

기획부동산, 강씨 이야기

그날 아침

중형차 한 대가 현장 사무실 앞에 멈췄다

광이 번쩍번쩍 나는 그 차는

이미 세월을 지난 모델이었지만

여전히 고급스러운 위용을 풍기고 있었다

잠시 후, 운전석 문이 열리고

회색 잠바를 걸친 사내가 내렸다

그는 인력사무소를 통해 오늘 처음 나오는 사내였다

하루 품을 팔기 위해 온 사람이라고 하기엔

차량과 풍기는 분위기 모두 이질적,

그것이 오히려 더욱 시선을 끌었다

"강주성입니다."

간단하게 자기소개를 한 그는

60대 초반쯤 되어 보였고

말투는 서울 말씨였다

낡고 굽은 신발을 신은 그가

번쩍이는 중형차에서 내렸다는 사실은

그 자체로 이미 수수께끼였다

사람들은 대개

몰락은 서서히 찾아온다고 생각하지만

그는 무언가를 꿰고 있었던 사람처럼 보였다

기획부동산 쪽 일을 오래 했었다고,

그는 마치 옛이야기 하듯 흘리듯 말했다

그러나 누가 봐도

그의 과거는 간단치 않아 보였다

....

누구나 그러한 것이지만 처음인 듯, 낯선 현장에서 움찔거리듯 초면일 것처럼 조경 분야의 일은 서툴렀지만 나이에 비해 몸은 둔하지 않았다. 하루 일이 끝나고 철성은 그에게 같이 일할 것을 권했다.

농촌 출신이 아닌 그는 손끝이 야물지는 못했지만 매사에 적극적이었고 사소한 핀잔에도 툴툴거리지 않는 붙임성도 있었다. 손발을 움직여야 하는 단순한 노동 현장에서 붙임성은 관리자의 입장에서 매우 필요한 자세였다. 머슴을 부리던 농경 시대와는 달리 서로의 인격을 존중해 줘야 하는 세태에서 관리자의 잔소리 같은 핀잔에도 견디며 따르는 것은 현장에서 중요한 덕목이었던 것이다.

아침에 만나 장비를 챙겨 현장으로 이동하면서 그는 자연스럽게 그가 살아온 삶을 이야기했다. 그가 인력사무소를 통해 나타난 것과는 상반된 입장처럼 중형차를 타고 왔던 건 뭔가 자신의 이력을 표현하고 싶음을 숨기지 않겠다는 의미와도 같았으리라.

『부자 아빠, 가난한 아빠』, 그 책을 읽은 것은 오래전이다. 생존해 계신 아버지의 아들이기도 하면서 두 아들의 아버지였지만 주로 아들의 입장에서 아버지를 보려고 했을 것이다. 아버지가 할아버지로부터 물려받은 자산이 없다고 해도 단지 그 이유만으로 가난하게 살았을까 하는 불경스럽거나 부질없을 질문을 하지 않을 수 없었다.

물론 가난하다는 것의 기준은 애매한 것이고 상대적인 기준이기도 했다. 60년대 이후 산업화 시대로 접어들면서 부자 아빠가 될 수 있었다는 것은 대부분 부동산에 의한 것이었다. 유산에 의한 것은 어쩔 수 없지만 땅이나 택지. 투자나 투기

276

의 구분은 애매했다. 봉급생활자의 경우 적금으로 돈을 모으거나 저축만으로 부자의 반열에 든다는 것은 불가한 일이었던 것이다.

돈의 흐름이 어디로 흐르는가 하는 것, 이제는 기억도 흐릿해졌지만 국제 경기에서 입상한 젊은 운동선수에게 '꿈이 무엇이냐?'고 물었을 때 '건물주'가 되는 것이라는 답변을 듣고 자신의 정서상 의아해한 적이 있었던 것을 기억했다. 국가 등이 토지를 수용하면서 그 보상비가 풀린다면 역시 그 돈은 대부분 다시 부동산으로 흘러간다. 연예인이나 운동선수만 봐도 돈을 많이 벌면 고가 아파트나 건물을 샀다는 것이 가십거리로 나오듯이 말이다. 주식은 절차가 간단하지만 그만큼 위험부담이 따른다.

부자와 가난하다는 것이 부채와 자산의 문제라면 부채는 갖고 있으면 지출이 발생되는 것이고, 자산은 갖고 있으면 수입이 생기는 것이다. 예를 들면 건물을 구입했을 때, 관리비와 이자 비용으로 돈이 계속 나간다면 부채인 것이고, 대출을 받아 건물을 구입 후 임대를 주어 이자보다 더 많은 수입이 발생된다면 그것은 자산인 것이다. 자동차도 마찬가지다. 유지비용 및 자산가치가 줄어든다면 부채이고, 차를 사서 렌트카 사업을 해서 수입이 들어온다면 그것은 자산이라는 거다.

그런데 대부분의 사람들은 자신이 사고 있는 것이 부채인지 잘 구분하지 못하며 자신의 편의를 위하여 부채를 사 모은다는 것이다. 그러고는 그 부채를 감당하기 위하여 더 열심히 일해야 되는 구조가 된다는 것. 당시에는 쉽게 공감이 가지 않는 내용이었던 건 '부자들은 돈이 자신을 위해 일하게 만든다.'는 것이었다.

'땅은 속이지 않는다. 땅에다 묻으면 손해는 나지 않는다.' 등 진부하도록 땅에 관한 집착은 우리의 정서 속에 남아 있다. 몽골에 갔을 때 내 땅과 내 집의 소유 개념이 없이 목초지를 따라 떠도는 유목인들의 삶이 그러하듯 정착해서 산다는 것은 어떠한 명목으로든지 땅을 필요로 한다.

인류는 오래전 수렵 채취 시대를 거쳐 씨앗을 뿌리고 들짐승을 길들이며 농경으로 정착 생활을 시작했을 때 다툼과 분쟁은 시작되었다. 인간의 기본적인 욕망으로 치부할 수도 있겠지만 땅에 대한 집착은 피할 수가 없었다. 정착 생활을 하는데 안전한 자산이라는 것은 효용성이 높은 자산이라는 것이다.

전쟁의 역사가 오래되었듯 땅은 권력의 상징이었고 투쟁의 대상이었다. 부족국가 시절에 가장 땅을 많이 가진 자가 부족장이었고 땅과 권력은 궤를 같이하는 것이었다. 농경 시대에도 마찬가지였다. 공산주의를 추종하는 자들이 땅의 개인 소유를 금지했던 건 땅을 통해서 권력을 유지하겠다는 속셈이었던 셈이다. 땅이 가장 안전 자산이라는 원칙은 여전히 변하지 않았다. 이는 우리가 의식주를 관련된 모든 재화와 서비스의 근원은 바로 땅이었다.

조선 시대에 부의 소유는 왕과 양반에게 있었다. 즉, 땅의 소유권을 가진 땅 부자인 왕과 양반들이 부의 독점권을 가졌고, 반면에 경작권을 가진 다수의 농민은 가난에 허덕거렸다. 조선 시대에는 왕과 양반만이 대부분의 땅을 소유할 수 있도록 제도를 만들었다. 조선 초기에 시행된 과전법 등은 소수의 기득권을 위한 토지 제도였다. 새로운 왕조가 세워지면, 왕조의 기틀을 다지기 위해서 제일 먼저 하는 것이 토지 제도 개편이었다. 그 개편에 의거해서, 왕과 소수의 귀족들이 땅의 소유권을 가지게 했다.

이렇게 조선 초기에 권리와 명확했던 토지 제도는 임진왜란 이후 토지의 권리 소재가 불명확하고 토지의 권리관계마저 혼란을 겪고 문란해졌다. 결국에 조선 말기에 토지 제도는 일부 양반들의 독점적인 권한을 가지고, 일반 평민은 소작농으로 전락하는 국가 제도의 문제점이 발생했다.

근대화된 토지 제도가 도입된 것은 일제에 의해서였다. 일본 제국주의자들은 1905년 토지조사사업에 착수했다. 그리고 1910년 8월 일제강점기에 조선총독부 임시토지조사국은 본격적인 토지조사사업을 수행하였다. 토지조사사업 이후에 도시 근교나 삼남 지방의 비옥한 토지를 일본인이나 친일파가 소유하게 되었다. 그 시대의 생산 수단은 농경지였다. 많은 토지를 사유한 일제나 친일 지주는 고율의 소작제도를 이용하여 농민이 생산한 대부분의 농산물을 착취하는 수탈이 이루어졌다.

그래서 1945년 8월 광복이 되자, 제일 먼저 소작제도의 개선해야 한다는 움직임이 일어났다. 결국 1948년 11월 농림부에서 농지개혁법안의 초안을 발표한 뒤, 농지의 보상과 상환을 각각 평년작의 15할과 12할 5푼으로 하는 '농지개혁법'이 만들어졌다. 이때부터 토지자원을 효율적으로 이용하기 위해 토지의 등록, 토지의 세제, 토지의 평가, 토지의 거래 등에 관련된 제반 관리제도가 잘 정비되기 시작했다.

그럼에도 불구하고 대한민국 수립 이후에도 제한된 토지가 일부 계층에 편중되었다. 도시에선 산업구조의 고도화와 도시집중화에 따라 토지 가격이 급등하면서 일부 계층이 불로소득을 독점하는 현상이 벌어졌다. 토지 분배의 불공정 상태가 심화되면서, 땅으로 인한 사회적 불평등의 문제가 발생되었다.

정부가 1989년에 '택지소유상한에 관한 법률'을 제정하여 우선 일부 지역부터 택지소유상한제를 실시한 것이 대표적인 사례이다. 또한, 토지의 과다 보유를 억제하기 위하여 종합토지세제도를 신설하였고, 개발 이익이나 지가 급등으로 얻은 불로이득을 환수하기 위해 '개발이익 환수에 관한 법률'과 '토지 초과이득세법'을 제정해서 토지의 불평등을 정책적으로 개선하고자 노력했다.

근대와 현대에 걸친 토지 제도의 변화를 살펴보면 알 수가 있다. 이렇듯 역사적으로, 땅은 인류가 가진 부의 근원이었으며, 인류에게 사회적 계층을 만드는 역할을 해 왔다. 땅을 잘 알고 있는 자는 부자가 되고, 땅을 모르는 자는 빈자가 되었다.

강씨는 소위 기획부동산이라 칭하는 일에 종사했던 이였다. 처음에는 직원으로 일하다가 실적을 올려 부장이 되고 이사가 되고 후에는 자신이 직접 사장이 되었다가 회사가 망가졌다. 그가 타고 온 중형차는 그때의 신분에 대한 보상심리가 실린 것이기도 했을 것이라고 추측할 수 있다.

철성은 강남 테헤란로 등 강남의 요지에 있는 빌딩들이 그런 류의 회사가 많다는 것에 의아해하며 놀랄 수밖에 없었다. 상식적으로 이해할 수 없는 이야기였기 때문이다. 강남 한복판 비싼 임대료는 어찌할 것인가? 넓은 사무실에 화려한 수입 가구로 인테리어를 하고 많은 텔레마케터들에 지불하는 비용은 어떻게 뽑아낼 것인가 하는 궁금증은 그로 인해 풀려 나갔지만 여전히 의문은 가시지 않았다.

누구에게 한 번도 말하지 못한 사실이지만 철성도 한 텔레마케터의 꾐에 빠지듯 현장을 확인하지도 않고 임야를 구입한 적이 있었다. 흔히 SNS라 하는 온라인을 통해 새로운 친구를 사귀듯 알아 가다가 급기야는 한두 번 만나게 되었고, 만나서 밥을 얻어먹고 부담을 가지게 되면서 그런 땅을 구입한 것이다.

많은 사람들이 그런 수순에 의해, 아니면 투자를 목적으로 그런 꾐에 빠져들었는지도 모른다. 물론 투자금이 천만 원 정도였으니 그 정도를 속일 거라고는 생각지 않았을 것이다. 아파트와 땅으로 막대한 이익을 이루고 손해도 불러오는 현실을 보면서 그는 여행차 몽골에 갔던 시절이 돌아 나왔다.

강씨는 사무실에 나타날 때마다 예의 중형차를 타고 나타났다. 차로 현장으로 이동할 때마다 그는 잘나가던 시절의 이야기들을 자랑삼아 늘어놓았다.

과거 평창이 동계올림픽예정지로 확정되면서 주변의 토지와 임야는 기획부동산의 표적이 되었던 시절이었을까? 그는 회사의 이사로 승승장구하다가 자신의 회사를 차렸다고 했다.

그가 일선에서 활동했던 경험은 그대로 그가 회사를 운영하는 데 대부분 그대로 차용되었을 것이다. 강남의 중심지이듯 테헤란로 넓은 사무실을 쓰는 게 대부분이다. 당연히 비싼 임대료에 수입 가구로 최상의 인테리어로 꾸몄다. 텔레마케터를 고용하여 수수료를 지급하므로 드는 비용과 접대 등에 익숙해진 비용은 그렇다 할 수 있겠다. 게다가 유흥비로 지출되는 등의 많은 비용은 결국 사기성의 부동산 매매를 통해 충당될 수밖에 없는 구조였다.

일반적으로 알고 있는 이야기이지만 기획부동산의 대표적인 수법은 개발지역 내 사업용지를 개인에게 쪼개 파는 것이다. 반드시 사업용으로 건축할 수밖에 없는 땅을 개인용으로 개별 건축이 가능하다고 현혹하는 것이다. 주로 개발 호재 지역 인근 맹지를 구입한 뒤, 개발 청사진을 제시하면서 이를 투자자에게 되파는 방식인 것이다. 심지어 개발 사업을 제시하면서 실제 관련 건물까지 지어 놓는 치밀함을 보이며 투자자들을 유혹한 사례도 있었다.

지금은 사라졌지만 서울 시내 곳곳에 '강남 아파트 특별 분양'이라는 문구가 적인 광고지를 심심찮게 볼 수 있었다. 이도 기획부동산의 사기 수법이었던 셈인데, 이것은 택지개발예정지구의 철거 예정 가옥을 사면 강남 아파트 특별 분양권을 받을 수 있다고 유혹하는 방식이다. 이들은 국민임대 단지가 들어설 서초구 우면지구나 강남구 세곡지구 등에 특별 분양권을 배정받을 수 있는 철거가옥을 평당 800만 원 안팎에 사면 수억 원에 달하는 차익을 얻을 수 있다고 주장했던 것이다.

앞서 언급한 평창의 경우 동계올림픽 개최를 빌미로 인근의 땅값이 오를 것이라는 일반적인 기대에 편승하여 개발 계약을 체결한 적도 없고 개발 관련 인허가 신청을 한 적도 없는 땅을 개발계획 인허가 신청을 했다고 속이고 투자자를 끌어들이기도 한다. 기획부동산의 가장 고전적인 수법이다. 주거·상업 지역으로 용도 변경이 불가능한 임야를 용도 변경이 가능해 전원주택을 지을 수 있다고 속이거나, 보전산지로 건물을 지을 수 없는 임야를 전원주택단지로 개발 가능하다고 거짓말하기도 한다.

그런가 하면, 해당 지자체 관련 공무원 명단까지 입수해 자신들의 광고 자료에 등장시켜 투자자에게 신뢰감을 주기도 한다. 심지어 관련 공무원을 매수해 인허가가 난 것처럼 서류를 꾸며 투자자들을 감쪽같이 속이기도 하는 것이다.

사업용지를 개인용으로 속여 팔기 기획부동산의 대표적인 수법은 개발지역 내 사업용지를 개인에게 쪼개 파는 것이다. 반드시 사업용으로 건축할 수밖에 없는 땅을 개인용으로 개별 건축이 가능하다고 속이는 것이다. 주로 개발 호재 지역 인근 맹지를 구입한 뒤 개발 청사진을 제시하면서 이를 투자자에게 되파는 방식이다. 심지어 개발 사업을 제시하면서 실제 관련 건물까지 지어 놓는 치밀함을 보이며 투자자들을 유혹한 사례도 있다.

오래전 일이지만 기획부동산의 창시자라고 해야 하나, 그의 범죄 관련 보도 내용은 참고할 수 있을 듯도 싶다.

"개발계획이 있지만 너무 장기적이거나 각종 제약이 있는 토지를 계열사나 임직원 명의로 사들인 뒤, 개발계획을 부풀리거나 허위 정보를 흘려 투자자들에게 평균 5~6배의 가격으로 팔아넘겼다. 검찰은 '예를 들어 펜션단지로 공동개발만 가능한 땅을 개인별로 개발할 수 있다는 식으로 개발계획을 허위로 내용을 비틀고 부풀려 투자자를 유혹했다.'고 설명했다. 김씨는 또 거액의 성공 수당을 걸고 600~750여 명의 텔레마케터들을 고용해 무작위 투자 권유 전화를 돌리는 방식을 활용했다."

강씨는 손발을 움직여야 하는 고된 노동에도 잘 적응했다. 여전히 현재진행형이지만 기획부동산이라는 실체는 그대로 흘러가고 있다. 강씨는 가끔 화려했던 그 시절을 그리워하는 듯했지만, 그보다는 현실로 닥친 노후를 걱정하는 듯했다.

중동파견기술자, 최씨 이야기

최씨는 오래전부터
햇볕보다 모래바람이 익숙한 사람이었다
땀에 전 작업복과, 사막 바람에 갈라진 입술
이따금 현장에서 찍힌 그의 사진을 보면
언제나 먼지 낀 헬멧과 무표정한 얼굴이 따라왔다

1970년대, 모두가 가난했고
최씨는 가족을 위해 국적보다 생계가 더 중요했다
그는 낯선 땅, 사우디아라비아로 향했다
그곳엔 기름 냄새가 났고
기름을 좇는 자본과 땀 흘리는 사람들이 있었다

그는 기술자였다
그러나 그 기술은 외화를 벌기 위한 자격증이었고,
그의 땀은 "국가 경제 성장"이라는 이름으로 포장되었다
"중동 붐"이라 불린 시절,

최씨 같은 이들이 있었기에
누군가는 집을 샀고,
누군가는 자식을 대학에 보냈다

하지만 정작 최씨에게 남은 건,
몸에 밴 모래 먼지와
잠 못 드는 깊은 밤이었다

....

조경팀에서 가장 연장자는 최 반장이었다. 대부분 60대 이상인 직원 중에 그의 나이는 80세, 해방둥이였다. 날마다 출근하지는 않았지만 그는 아직 현역인 셈이었다. 그는 젊은 시절 중동 건설 현장에서 7년간을 보낸 이였으니, 훈장처럼 그때의 일을 가슴에 달아 두었듯 기억하고 있었다.

오늘날 우리가 누리는 풍요는 그냥 얻어진 것이 아니라는 것, 그 시절 꿈과 열정이 없었더라면 우리 젊은이들도 일본이든 외국 어느 나라일지 품을 팔러 가지 않으면 안 되었을 것이다.

구한말 하와이 사탕수수밭에 이어 산업화 시대를 열어 가면서 독일의 탄광이나 병원으로 어렵고 힘든 노동을 감수하며 자신은 물론 가정과 국가에 이르기까지 이들이 기여한 것은 엄청났다. 하지만 노동 현장의 노동자들이 당면했던 불합리한 노동 현실은 크게 부각되지 않았던 점도 간과할 수 없다. 중동 건설 현장도 마찬가지였다.

독일에 파견된 광부와 간호사들의 송금과 월남전 특수, 일본과의 국교 정상화로 경제 개발 5개년 계획은 나름 순항하는 중이었으나 당시 수출 산업 중심으로 성장해 오던 우리 경제를 뿌리째 흔드는 일이 생겨났으니 이른바 '1차 오일쇼크'였다.

1973년 10월 6일 제4차 중동전쟁이 발발, 이집트와 시리아가 주축이 된 아랍 연합군과 이스라엘 사이에 벌어진 이 전쟁은 이스라엘이 승리했다. 종전(終戰) 선언 닷새 전인 10월 17일, 아랍 산유국들이 일제히 석유 금수(禁輸) 조치를 선언했다. 두 달이 지난 12월 12일 이란 왕 팔레비가 뉴욕타임스 기자에게 말했다.

"유가 상승? 당연하지! 당신네는 밀가루 가격을 세 배 올리지 않았나. 우리 원유를 사서는 정제해서 수백 배 값을 올려 팔아먹고. 이제 기름을 사려면 당신들은 돈을 더 내야 한다. 그래야 공평하다. 한 열 배쯤?"

그해 1월 배럴당 3달러 선이던 원유 가격은 크리스마스 무렵 12달러로 300% 상승했다. 2차 세계대전 이후 성장을 구가하던 서방세계는 혼란에 빠졌다. 중화학공업을 육성 중이던 대한민국은 큰 혼란에 빠졌다.

1973년 3억 519만 달러였던 석유 수입 비용이 1년 만에 11억 78만 달러로 폭증했다. 외환 보유액은 3,000만 달러가 줄었고 소비자 물가는 24.3%, 생산자 물가는 무려 42.1%나 폭등했다. 경상수지 적자는 3억 1,000만 달러에서 20억 2,000만 달러로 천정부지로 치솟았다. 오일쇼크라는 엄청난 한 방에 대한민국은 참담한 그로기에 빠졌다. 고도성장에 의존하고 있던 박정희 정부도 위기였다. 발상의 전환이 필요했다. 세계는 위기지만 중동은 돈벼락을 맞지 않았는가.

1960년 결성된 석유수출국기구(OPEC)가 1973년 10월부터 1974년 1월까지 석유 가격을 갑작스럽게 약 3배 이상 인상함으로써 발생했던 엄청난 파동이었다. '오일쇼크'라 불린 이 기간 동안 물가의 급등, 수출 신장의 둔화, 무역수지 악화, 경기의 후퇴 및 실업 증대 등의 현상이 나타났던 것이다.

1973년에 정부에서 지불한 원유값은 3억 516만 달러였는데 1974년에는 8억 달러가 늘어난 11억 78만 달러를 지불해야만 했다. 경상수지 적자는 일 년 사이에 3억 880만 달러에서 20억 2,270만 달러로 늘었고 자본 대출량도 2억 9,000만 달러에서 19억 9,840만 달러로 크게 증가했다. 정말 막다른 길목이었다. 그렇듯 오늘날 우리가 누리는 경제적인 풍요 속에는 계속되는 위기가 있었고, 예상치 못한 행운 때문에 그 위기가 극복되었다고 볼 수 있었다.

석유파동으로 세계 유가는 1배럴당 3달러에서 12달러로 상승했다. 휘발유 가격 변화가 중요하지 않은 건 아니지만, 세계 에너지 시장에서 더 중요한 것은 석유의 소유 구조 변화였다는 것이다. 이전에 유전을 소유한 곳은 기본적으로 세계 유수의 에너지 기업, 엑슨이나 쉘 등 서방 선진국의 에너지 기업이 유전을 소유하고 있었고, 이들이 이익금 중 일부를 산유국에 주는 방식이었다. 에너지 기업이 주이고, 산유국이 보조였던 것이 석유파동을 계기로 그 위치가 바뀌게 되는 사달이 생겨난 것이다.

이전에는 에너지 기업이 더 많은 이익을 가져갔지만, 석유파동 이후에는 산유국이 이익의 대부분을 가져가고, 그 일부를 에너지 기업이 가져가는 형태로 바뀌었던 것이다. 석유파동 이전에는 석유가 나온다고 해도 그 나라가 큰 부자는 아니었던, 하지만 석유파동 이후에 산유국들은 모두 현금 부자가 되었다는 것이다.

그때부터 사우디 등 중동의 산유국들은 이른바 '오일달러'로 주머니가 두둑해졌다. 도박으로 돈을 한꺼번에 챙긴 사람들이 쉽게 돈을 쓰기도 하듯이 중동의 산유국들도 마찬가지였다.

석유 시설을 직접 지배하면서 엄청난 돈이 들어왔고, 그 돈을 아낌없이 사용하게 된다.

사막의 뜨겁고 건조한 환경에서 의식주를 위한 인위적인 문명에 눈을 돌리지 않았지만 주로 건설사업, 도로나 항만시설에 과감한 투자에 눈을 돌리게 되었던 것이다. 그런데 자국에서는 이러한 건설을 숙련된 인력과 경험이 없었고 그래서 다른 나라 기업에 돈을 주고 발주를 했던, 이것이 소위 중동 특수의 시작인 것이었다.

중동 건설 특수가 열렸다고 하지만, 모든 국가가 적극적으로 참여한 것은 아니었다. 그럴 수 없는 사정도 있었으니 중동 건설 사업에 적극적으로 참여할 수 있는 국가는 몇 되지 않았다. 우리보다 당연히 건설 기술이 훨씬 더 좋은 선진 외국 건설 기업도 많았지만 중동 특수에 적극적으로 참여하는 것은 한계가 있었다

기본적으로 기술도 기술이지만 인부를 동원할 수 있어야 했다. 중동 국가의 현지인들은 이런 경험이 없었고, 이전부터도 힘든 일을 하지 않고도 적당히 지낼 수 있었던 환경이었다. 그 때문에 건설 참여 기업이 직접 인부를 데리고 가야 했다. 그런데 기술력 높은 유럽이나 미국 기업은 기술, 기계는 몰라도 인부까지 자국에서 동원하기는 힘들었다. 서양에서는 중동에 가서 건설 인부로 일하는 고생을 하려 드는 사람이 드물었던 것

이다. 제3국에서 인부를 모집해 중동에 가야 해서 많은 건설에 참여하기엔 한계가 있었다는 것도. 반면 개도국은 인부는 동원할 수 있어도, 해외에서 건설 사업을 진행할 기술은 없었던 약점이 있었다.

우리는 건설 기술이 있으면서, 돈을 벌기 위해 중동에 가려고 하는 사람이 많았던 몇 안 되는 국가 중 하나였다. 문제는 사람이었다. 당시의 일화를 소개해 본다.

당시 경제수석이었던 오원철은 중동 진출에 대한 아이디어를 냈고 박 대통령이 이를 받아들여 중동 진출을 적극적으로 기획하게 된다. 호랑이를 잡으려면 호랑이 굴로 들어가야 하듯, 오일쇼크로 인한 외환위기는 오일쇼크로 부자가 된 중동에서 처방책을 찾아야 한다는 생각에서 진행된 해결책이었다.

1974년 4월 25일 장예준 건설부 장관을 비롯, 부처의 각료급 인사들과 7개 민간업체로 구성된 사절단이 중동에 파견되었다. 직접 중동에 가서 현지를 보고 오라는 대통령의 지시가 있었기 때문이다.

중동 시찰 성과물로 사우디아라비아와 쿠웨이트로부터 긍정적인 경제 협력을 이끌어 내기에 이르렀다. 대한민국에서 소요되는 원유를 사우디아라비아와 쿠웨이트가 장기적으로 공급해 주겠다는 보장을 해 주었고, 사우디 정부와는 경제와 기술 협력에 관한 기본 협정을 체결하기로 합의까지 하였다. 이때, 한국은 해외건설촉진법을 제정했고, 이로써 중동 진출에 대한 국가적 뒷받침이 활발해졌음은 물론 정부의 지원에 힘입어 중동 건설 수주는 활발해졌다. 수주액 또한 1974년 8,900만 달러에서, 1975년 7억5,100만 달러로, 무려 9배나 급격히 늘어났다.

하지만 현대건설의 국제담당 부사장 정인영이 중동 진출에 적극 반대했다는 일화처럼 관료들의 사전 조사 결과도 마찬가지였다. 종교적인 이유 및 사막의 열악한 환경으로 근로자들이 여가를 즐길 수 없는 환경인 데다 식수는 물론 공사용 물도 확보하기 어렵다는 현지 조사 결과였다.

하지만 정주영 회장은 저돌적인 특유의 뚝심을 드러낸다. 술집 등 여가 시설이 없다면 노동자들이 번 돈을 쓰지 않고 모두 집으로 보내면 되고, 사방에 널린 모래는 건설자재로, 사막에서 귀한 물은 길어 나르거나 바닷물을 정수해서 활용하면 된다는 의견을 제시한 것이다.

정주영도 이때 "큰물에 나가야 큰 고기를 잡는다."고 생각하게 된다. 특히 엄청난 투자를 해 울산에 조선소를 지은 탓에 현대건설은 극도로 자금 사정이 악화됐다. 그래서 활로를 찾기 위해서 중동 진출은 필수라고 생각한 것이다.

"돌파구는 중동이다. 오일달러를 벌기 위해서는 호랑이 굴

중동에 가야 한다."

정주영은 중역회의에서 이렇게 강조했다. 그러나 당시 현대
건설 국제담당 부사장이었던 동생 정인영은 극력 반대했다.

"중동은 위험합니다. 지금 중동에는 세계 선진 건설회사들
이 진을 치고 있는데 우리 같은 경험 없는 회사가 가서 뭘 하
겠습니까?"

한 치의 양보도 없는 치열한 의견 다툼 속에 중역들은 전전
긍긍했다. 한쪽에서는 "빨리 중동으로 나가라니까 내 말을 왜
안 들어?"라고 호통쳤고, 한쪽에서는 "내 허락이 떨어지기 전
에는 절대 중동에 갈 수 없다."고 윽박지르니 우왕좌왕할 수
밖에 없었다.

어느 날 정주영에게서 드디어 불같은 호령이 떨어졌다.

"정말 중동에 안 나갈 거야? 당장 나가!"

어쩔 수 없이 권기태 상무는 정인영에게는 보고도 안 한 채
무작정 비행기를 타고 도쿄로 날아갔다. 중동을 가기 위해서
였다. 뒤늦게 권기태의 출국을 안 정인영은 급히 도쿄로 전화
를 걸었다.

"절대로 성급하게 공사를 맡지 말아야 해. 잘못하면 우리
모두 말아먹는 일이 생길 수 있어. 알았지? 그리고 중동에 나
가서 일어나는 모든 일은 회장님한테 직접 보고하지 말고 내
게 하라고. 회장님께는 내가 판단해서 보고 여부를 결정할 테

니까."

이런 우여곡절 끝에 현대건설은 중동에 첫 진출하고 이란의 반다르아바스 동원 훈련 조선소를 8천만 달러에 수의계약 했다. 이 공사는 그렇게 중동 진출을 반대했던 동생 정인영이 직접 가서 계약서에 서명을 했으니 두고두고 현대가의 일화로 남아 있을 법하다. 그 무렵 동생 정인영은 국제담당 사장으로 막 승진한 상태였다. 계약을 마치고 온 정인영은 "그래도 선수금으로 8백만 달러를 받으니 호주머니 속이 뜨끈뜨끈하군." 하고 웃음을 지었다는 뒷얘기가 있다.

열사의 나라로만 알려진 중동 진출은 이렇게 초기부터 쉽지 않은 일이었다. 이후로도 현대건설의 주베일 건설 공사 일화는 한국의 중동 진출에 있어서 빼놓을 수 없는 전설적인 이야기로 남아 있다. "걸프만에 빠져 죽을 각오"로 입찰에 응한 결과로 20세기 최대의 대역사로 불렸던 주베일 산업항 공사를 현대는 수주할 수 있었다. 공사 금액은 무려 9억 2천만 달러(1976년 환율로 약 4,600억 원)였고 이것은 한국 정부 한 해 예산의 반에 해당하는 액수였다. 이 공사의 낙찰은 당시 최악의 외환 사정으로 고통을 겪고 있던 대한민국 정부에도 낭보 중의 낭보였다.

정주영은 중동 진출을 시작하면서 페르시아만 한복판의 바레인섬에 반영구적인 접안 시설을 만들어 중동 진출의 교두보로 삼을 작정이었다. 이 구상과 딱 맞아떨어진 것은 바레인의 아랍 수리조선소 건설 공사였다. 1975년 10월에 착공한 이 공사는 아랍 석유 수출국에서 발주한 1억 3,000만 달러의 큰 공사였다. 한 나라가 아닌 중동 산유국 10개 나라 가운데 7개 나라가 공동출자한 조선소를 건설한다는 것은 한 번의 고무줄 총으로 7마리의 새를 한꺼번에 잡는 것과 마찬가지였다.

정주영은 1975년 9월 하순 현대군단을 이끌고 바레인 땅에 입성했다. 그러나 첫날 현장으로 들어가는 길부터 만만치 않았다. 업자들이 바닷속의 모래를 파내 바다를 메워 놓은 데다 엎친 데 덮친 격으로 큰비까지 내려 길은 푹푹 발목이 빠질 정도였다. 그래서 인부들을 시켜 마른 흙을 실어다 깔아 진입로를 만들면서 현장에 들어갈 수밖에 없었다. 사방을 둘러봐도 끝없는 바다뿐 어디서부터 손을 대야 할지 막막한데 당장 숙소를 마련할 자리부터 마땅치 않았다.

"이봐, 김 소장!"

정주영이 현장소장을 불렀다. 현장소장 김주신이 급히 달려왔다.

"숙소가 마땅치 않지? 우선 이쪽에 천막을 치고 모랫바닥에 합판을 깔아서 잠자리를 마련하자."

그렇게 숙소를 임시방편으로 만든 다음, 식수는 시내에서 급수차로 날마다 실어 날라 마셔야 했다. 이렇게 중동에 교두보를 만들고 정주영은 군대나 다름없는 야영 생활에 동참했다. 마치 사단장이 사병들과 함께 먹고 자는 것과 다를 바 없는 생활이었다. 그러나 그런 것은 아무것도 아니었다. 중동 진출에 성공하지 못하면 그대로 무릎을 꿇어야 하는 마당에 정주영이라고 뒷짐을 질 수는 없는 노릇이었기 때문이다.

이러한 어려움 속에서 마침내 교두보를 완성한 현대건설은 중동에서 그 이름을 드날리게 되었고, 이를 바탕으로 주베일 산업항 공사를 수주하기에 이른 것이다.

당시 대통령에게 전했다는 말, 중동은 1년 내내 비가 오지 않으므로 부지런히 일해 공사 기간을 단축할 수 있다는, 낮에는 더우니까 잠을 자고, 공사는 야간에 진행하면 된다는, 공사할 때는 모래로 콘크리트 시멘트를 만드는데, 사막이 근처에 있으니 흔한 것이 모래이고 물은 유조선을 건조해 비어 있는 탱크에 가득 실어 보내고 복귀할 때 석유를 채워 오면 된다는.

그렇게 365일 공사를 할 수 있으며, 모래와 자갈이 널린 건설 공사에 천혜의 땅이라고 했던 정주영. 50도나 치솟는 낮에는 잠자고 밤에 일하면 된다는 정주영의 긍정의 힘 덕분에 중동 건설은 이루어졌는지 모른다. 아니, 이루어진 것이다. 달러가 귀할 정도로 부족했던 힘든 시절. 30만 명의 일꾼들이 중동으로 나갔고, 보잉 747 특별기편으로 달러를 싣고 돌아왔다.

73년 12월 삼환기업이 사우디의 알울라~카이바르 164㎞ 고속도로 공사를 따냈다. 74년 2억 6,000만 달러를 수주한 한국 기업은 75년 226.3% 늘어난 8억 5,000만 달러어치를 수주했다. 1976년 현대건설이 수주한 사우디아라비아 주베일 항만 공사는 9억 5,800만 달러로 대한민국 예산의 25%였다. 그해 6월 계약 선수금 2억 달러가 입금되자, 외환은행장이 현대건설 회장 정주영에게 전화를 걸었다.

"덕분에 오늘 대한민국 건국 이후 최고의 외환 보유액을 기록했다."

1983년 동아건설이 수주한 리비아 대수로 공사는 39억 달러짜리였다. 6년 뒤 2차 공사는 55억 5,000만 달러였다. 중동 진출은 신화(神話)였다. 그 신화 속에서 노동자들은 사막으로 강림(降臨)한 신(神)들이었다.

1976년 광복절, 가즐란 사막 위에 발전소 공사가 시작됐다. 사우디 최초이자 중동 지역 최대 규모의 화력발전소였다. 70명으로 출발한 현장 인력은 1,000명으로 늘었다. 식당도 짓고, 숙소도 짓고, 새마을회관도 만들었다. 마을 하나가 사막 한가운데 생겨났다.

함께 일했던 미국 벡텔사 현장 사람들은 이해하지 못했다. 이미 선진국 고학력자들은 사막을 기피했다. 기능공도 한국인들은 급이 달랐다. 연장 가방에는 망치와 수평계가, 가방에는 펜치와 니퍼가 들어 있었다. 월남 때부터 닳고 닳은 자기 연장들이었다. 영어 한 줄 읽지 못했지만 도면을 보면 그대로 작업을 했다.

일을 하다 보면 당연히 땀이 나고 얼굴도 타야 하는데, 한참을 일하다 보면 땀이 증발하고 소금만 남아 얼굴이 새하얬다. 아무리 더워도 화상이 무서워 작업복은 벗지 못했다. 그래도 안경잡이들은 화상을 피하지 못했다. 금속 안경테는 벗어던질 수가 없었으니까.

그러다 모래 폭풍이 닥쳐오면 공사가 멈추곤 했다. 작업은 커녕 질식할 것 같은 바람에 사람들은 천으로 얼굴을 가리고 숨도 참았다. 요동을 치는 크레인도 폭풍 너머 시야에서 사라지곤 했다. 숙소로 돌아와 샤워기를 틀면 서울 목욕탕 열탕보다 뜨거운 물이 쏟아졌다.

하지만 잘살아보겠다고 작심하고 떠난 사람들이었다. 1980년 돼지를 치다가 빚더미에 오른 젊은이는 사우디 공사판을 택했다. 설날 하루만 딱 놀고 일했다. 사람들이 "5,000명 중에서 당신이 제일 근무 일수가 많을 것"이라고 해서 그런 줄 알았는데 2등이었다. 알고 보니 설날에도 일한 사람이 있었던

것이다. 강림한 신(神)들은 그렇게 '일하다가 죽을까 봐 걱정
이 될 정도로' 일했다.

독기(毒氣) 가득한 우수 인력들이 뭉쳐 살던 새 마을 주변
에 발전소가 피어나고 있었다. 200톤짜리 발전 터빈 두 개를
14m 높이 기반에 설치하는 날이 왔다. 크레인이 도착했다.
기반에 박힌 앵커볼트 250개가 터빈에 뚫린 구멍 250개에 끼
워져야 고정이 된다. 달팽이 기어가는 속도로 하강하는 터빈
구멍에 정확하게 앵커볼트들이 솟아올랐다. 1㎜ 오차도 없었
다. 지켜보던 벡텔사 사람들에게서 먼저 박수가 터졌다. 1981
년 2월 1일 발전소가 완공됐다. 4년 5개월 만이었다.

노동자들도 미친 듯이 일했고 기업도 같았다. 주베일 공사
때 현대건설은 울산에서 만든 해양 구조물을 바지선 열두 척
에 강철선으로 고정하고서 인도양을 건넜다. 사막을 가로질러
1,000㎞가 넘는 수로(水路)를 만들겠다는 리비아 수로 공사는
애당초 말이 되지 않는 공사였다. 그런데 해냈다. 시공 직전
서방에서는 '미친개의 꿈'이라고 했고, 완공 직후 리비아인들
은 '세계 8대 불가사의'라고 불렀다. 리비아는 공사 완공 기념
우표까지 발행했다.

최 반장은 역사의 현장 속에 있었고 아직도 노동을 즐기듯
일하고 있다.

그가 중동에 간 그해, 78년 쌀 한 가마(80kg)의 값은 2만 7천 원 정도였다. 지금은 한 가마라는 개념이 없고 20kg 등의 소포장으로 되어 있으니 가격을 비교하는 것이 어렵다. 1달러는 원화로 484원, 강남 대치동 31평짜리 은마 아파트의 분양 가격은 1,847만 원이었다. 그때 우리 건설회사에 근무한 근로자의 시급(時給)은 1.30달러에서 1.80달러였다.

그 시급은 직종마다 달랐다. 그 근로자들은 대략 300달러에서 많게는 550달러를 받았다. 평균 400달러 정도 받았다. 당시 그 돈으로 쌀을 사면 7가마를 살 수 있었다. 한 가마는 80kg이다. 쌀밥을 먹기 힘들었던 시절 한 달 월급으로 쌀 7가마를 살 수 있는 돈이라고 하면 비교가 쉬울 것이다. 물론 지금은 다르다.

그는 사막에서 일하는 동안 대부분의 돈을 송금했고, 집에서는 집을 사고 땅을 조금 장만하기도 했다. 한 달에 두 번 일요일이 쉬는 날이었다. 낮에는 워낙 더웠기 때문에 점심 식사하고 한 시간씩 오침을 했다. 이제 이곳에서도 37도를 웃돌기도 하지만 그 당시는 아니었기 때문이다. 그 살인적인 더위를 경험하지 못한 사람은 그 불지옥을 모른다.

공사 현장에서 노사 분규는 없었다. 본인이 원해서 멀리 직원들도 회사를 원망하거나 불평하는 이는 없었다. 위에서 말했듯이 근로자의 임금은 직종마다 다르다고 했다. 그러나 그들의 임금은 그가 속한 부서에 따라 많은 차이가 났다. 일거리가 많은 부서는 잔업을 많이 해서 급여가 후했으나 그렇지 않은 부서는 급여가 적었다.

급여 지급일 다음 날에는 공사 현장에 나오지 않는 근로자가 있었는데, 그들은 그들이 받은 급여가 다른 이들보다 적어서 화병(火病)으로 병이 난 것이다. 이 말은 내가 지어서 하는 말이 아니다. 이런 일은 인간들 속에 내재(內在)한 시기(猜忌), 질투, 경쟁심을 여실히 나타내 준다. 남이 잘되면 배가 아프다. 그래서 병이 난다.

사우디아라비아 사람들은 소의 뼈를 먹지 않고 버렸다. 주방에서는 그것을 공짜로 얻어다가 밤새 가마솥에 푹푹 삶아서 아침 식사에 그들이 싫다고 할 때까지 제공했으니 6개월간 먹으면 그다음에는 쳐다보지도 않았다. 쌀은 캘리포니아산으로 제공했다. 흔히 안남미라고 하듯 찰기 없는 쌀이 아닌 우리가 먹는 찰기 있는 쌀로 맛이 좋았는데 가격도 저렴했다. 80㎏ 한 가마에 우리 돈으로 5,000원이었다. 사우디 정부가 가난한 사람을 배려하여 비싸게 사다 이렇게 헐값으로 제공했다.

동아건설이 리비아에서 벌인 대수로 공사 현장. 모래바람을 뚫고서 사람들은 사하라 사막에 초대형 장비로 초대형 수로를 만들었다. 전쟁 같은 공사였다.

최씨는 그렇게 7년간을 중동 건설 현장에서 땀을 흘렸고 현장에서 철수했다. 당시 집으로 보낸 봉급은 국내 임금의 세 배 가까운 많은 금액이었지만 아내가 가게를 연다고 투자하였다가 대부분 날려 버렸다. 화병이듯 술로 하루하루를 보내다가 후에 동아건설에서 발주한 리비아 대수로 공사가 열렸을 때 어렵게 다시 역사적 현장에 갈 수 있었다.

북아프리카 사하라 사막에 있는 나라 리비아는 국토의 90%가 사막, 죽음의 땅이다. 그 사하라 사막에 만 년도 더 된 거대한 지하 호수가 발견되었던 것은 유전과는 또 다른 도전의 대상이었다. 석유는 풍부했지만 물이 귀한 땅에 그 양은 35조 톤으로 나일강이 200년간 흘려보내는 수량과 맞먹는 엄청난 저수량이었다.

미국을 포함한 나토군과 반군에 의해 비참한 최후를 마쳐야 했던 당시 카다피 국가 원수는 지하 호수의 물을 끌어올려 사막을 농토로 바꾸어 아프리카의 식량난을 해결하겠다는 야심을 가졌다. 계획된 면적만 해도 남한의 15배가 넘는 엄청난 땅이다. 하루 650만 톤의 물을 공급할 오천여㎞의 대수로를 만드는 역사상 최대 규모의 토목 공사였고, 전 세계의 유명 건설사들이 치열한 수주 경쟁을 벌였다. 놀랍게도 최종적으로 1단계 수주를 맡게 된 기업은 놀랍게도 동아건설이었다.

1단계는 동남부 지역에 1,874㎞의 수로를 건설하는 것, 수주의 기쁨도 잠시 작업 환경 조건은 최악이었다. 죽음의 땅이라 불리는 사하라 사막 한복판이었고 모래 폭풍이 불면 순식간에 지형이 바뀌는 곳이었다. 리비아 자체에서 확보할 수 있는 자재는 고작 골재, 시멘트, 물뿐이었기에 나머지는 다른 나라에서 조달하거나 직접 만들어 와야 했다.

악조건 중 악조건이었지만, 동아건설은 1984년에 리비아 대수로 공사를 시작했다. 공사에는 천만 명이 넘는 인력과 오백만 대 이상의 중장비가 동원되었다. 1단계 사업 초기에는 한국에서 장비기사며 근로자들이 참여하였지만, 부족한 인력은 태국 등 제3국으로부터 충원되었다.

공사의 주 자재인 송수관은 1단계 공사에만 25만여 개가 필요했다. PCC 파이프의 길이는 7.5m, 직경은 2m였다. 당시 파이프 개당 가격은 당시 우리 돈으로 8백만 원, 하지만 리비아에서 구할 수 없었기에 직접 만들어야 했다. 아무리 거칠 것 없는 사막이래도 그것을 지하에 묻는 것 또한 험난했다. 일부 구간은 사암이어서 그걸 다 깨부숴야만 했다.

과연 해낼 수 있을까 했던 험난한 공사를 예정 기간보다 1년 4개월이나 앞당겨 끝내 세계의 이목을 끌었다. 1차 공사 통수식에서 메마른 사막에 물이 콸콸 쏟아지는 진풍경이 벌어졌고, 그곳에 모이거나 뉴스를 보던 리비아 국민들은 모두 열광했다. 우여곡절 끝에 리비아 대수로 2단계 공사도 동아건설이

하게 되었다. 2단계 공사 1,730㎞도 1996년에 시작되어 8년 만에 잘 끝냈다.

1, 2단계 대수로 공사가 완성된 것을 보고 카다피는 이 공사가 세계에서 8번째로 나온 불가사의라고 자랑했다고 한다. 지금도 동아건설이 리비아 사막 한복판에 만든 대수로 공사는 토목 건설 신화와 전설로 남아 있다. 대수로 공사 이전 리비아에 경작 가능한 농지 면적은 전 국토의 1.4%에 불과했지만, 지금은 풍부한 농업용수가 대수로로 공급되어 한반도 면적 8배 이상의 농지가 사막에 조성되었다.

최씨는 1단계 공사 중 2년 만에 철수했다. 당시 몸이 좋지 않았기 때문이다. 70대 후반인 나이이지만 현역으로 현장에서 일하고 있었다. 그 후의 중동 건설 현장의 이야기는 가끔 현장에 나오는 이씨에게서 전해 들을 수 있었다. 공병대 출신이었음을 자랑스럽게 생각하는 이씨였는데, 2단계 공사 중인 1999년에 합류하게 되었는데 관리직으로였다.

초창기와는 달리 국내와 임금 차이도 많지 않았고 작업 환경은 열악하였기에 현장 근로자는 대부분 제3국에서 온 근로자들이었다. 두바이 등 대부분 중동 국가들의 건설 현장에도 마찬가지였다. 제3국인들은 주로 방글라데시, 베트남, 필리핀, 태국, 수단, 남수단, 이집트, 알제리, 튀니지, 중국(조선족 포함) 등 10여 개 국가에서 들어왔고 국적별로 직종이 어느 정도 나뉘는 추세였다.

필리핀은 엔지니어로서 사무직에서 근무했고 태국과 베트남은 덤프트럭, 굴삭기, 도쟈 운전 등 장비 운전원과 목공, 철근공 등 기능직이 대부분이며, 중국은 구조물 공사를 하기 위하여 협력 업체로 참가했다. 우리나라에 들어와 있는 이주 노동자들처럼 그들도 주어진 일에 최선을 다했는데, 현장에서 게으름을 피우다 엔지니어한데 적발되면 강제 귀국 조치 등의 불이익을 받는 이유가 숨어 있기도 했다. 방글라데시 및 인접 북아프리카 국적의 단순 인부들은 현장의 단순 노동에 종사했다.

목공이나 철근 일은 규모에 따라 5~10명의 팀 단위로 묶었는데, 우리 관리자의 말귀를 잘 알아듣고 성실하고 리더십이 있는 자를 팀장으로 선발했다. 물론 임금도 하루에 2~5불씩 더 지급했으니 자부심도 강하고, 서로 팀장이 되기 위한 경쟁이 보이게 보이지 않게 치열하게 벌어졌다. 하지만 공사 중 작업에 하자 등의 차질이 생기거나 팀 내 분위기가 좋지 않거나 사고라도 생기면 나면 바로 팀장은 교체되고 임금도 삭감되었다.

특별한 기능이 없는 방글라데시 근로자들 중에서 영어를 잘하고 성실한 직원들 중 선발하여 사무실 심부름이나 룸 청소,

빨래를 시키거나 식당 등에서 일하게 하곤 했다. 방글라데시에서 온 근로자들은 대부분 무슬림으로서 거짓이 없고 성실하다고 정평이 나 우리 관리자들뿐만 아니라 현지인(리비아인)들도 선호하여 사무실에 잔심부름을 주로 맡아 하곤 했다. 이들 직원들은 주로 우리 관리자들이 팁을 주기도 했는데, 월급보다 많은 경우도 있다고 했다. 특별한 경우겠지만 한 방글라데시 근로자의 경우 7년 동안 근무하고 집에 가니 공항에 시장이 마중 나올 정도로 존재감이 높아질 정도로 현지에서 부자 반열에 드는 경우가 있었다고 했다.

반면에 현장에서 근무하는 근로자는 지급된 목장갑이 구멍이라도 나면 그것을 바느질해서 사용하고 한 개의 장갑으로적게는 일주일에서 보름까지도 사용하는 것은 물론, 겨울에는 2개씩 겹쳐 사용하는 근로자들도 있었다. 물론 새로 장갑을 지급할 때에는 기존 장갑을 검사해서 사용 못 할 정도로 해어졌는지를 검사하고 지급한 것은 당연했다.

그러니까 2008년도 두 번째로 리비아에 나갔을 때, 사무실에서 커피를 나르던 방글라데시 근로자의 일화를 이야기하기도 했다. 처음 왔던 1999년도에는 한국 집에 전화하려면 점심 도시락을 싸고 3~4시간 가서 전화국에서 교환을 통해서 통화할 수 있었던 시절의 이야기였다. 그것도 집에 사람이 있으면

통화가 가능했지만, 그렇지 않은 경우 허탈한 마음으로 3~4 시간을 뒤돌아와야 했던 시절이었다.

2008년도에 현지에 가 보니 인터넷이 각 사무실에 들어와 있어 인터넷 전화로 세계 어느 곳이든 통화할 수 있어서 고향의 그리움을 조금이나마 달랠 수 있었던 시절이었다. 사무실에서 근무하는 커피보이는 일과 시간이 끝나야 인터넷 전화를 이용하여 통화할 수 있었다.

그러던 어느 날 저녁에 사무실에 다시 와 보니 커피보이 친구들이 2~3명이 와 있었고 본국으로 전화를 하길래 그런가 보다 하고 지나쳤을 것이다. 거의 매일 친구들이 와서 전화를 한다는 것이었다. 그러던 중 커피보이가 휴가를 가게 되었고 임시로 와 있던 커피보이에게 친구들이 와서 전화를 하자면서 돈을 주는 것을 임시로 온 커피보이는 거절했다는 것이었다.

결국은 휴가 간 그 커피보이가 돈을 받고 친구들이 통화할 수 있도록 동료들의 잔돈푼을 갈취한 사례였다. 그런 부당한 사례를 인사과에 알렸고 다시 돌아오지 못하도록 조치해야 했다. 그는 사무실에 근무하면서 무료로 사용할 수 있는 인터넷 전화를 사용할 수 있게 해 주는 척 많은 금액을 갈취한 경우였다.

일하러 모여든 근로자들이지만 먹는 것은 또 중요한 것이었으니 지역별로 전담조리사가 편성되어야 했다. 주방장은 한국인이었으니 한식은 물론 중식, 일식 등 다양한 요리를 접할 수 있어 그나마 향수를 달랠 수도 있었다고 했다. 트리폴리에 근무할 때는 대사관까지 소문이 퍼져 주말이면 종교 행사를 마치고 우리 식당에 들러서 먹고 가기도 했다.

아침저녁은 식당에서 먹기에 문제가 없었지만, 점심은 아침에 현장으로 출근시킨 버스가 다시 돌아와서 점심을 현장에 배달했다. 따로 식탁 등이 없다 보니 구조물로 그늘이 드는 땅바닥에 앉아서 먹어야 했는데, 갑자기 모래바람이 불면 아쉽게도 한 끼니의 식사를 포기해야 했다.

식수는 아침에 출근할 때 임시로 만든 물병에 담아서 개인이 가지고 나가는데, 사막의 햇볕에 바로 뜨거워지니까 물병에 얼음을 넣고 천으로 감싸서 뜨거워지는 것을 방지하는 방법도 사용한다. 하지만 사막의 뜨거운 열기에 물은 금세 뜨거워졌고 폭염에도 시원한 물을 먹는다는 것은 불가한 일이었다.

조립식 샌드위치 패널로 지은 숙소는 1개 룸에 5~10명이 침대에서 생활하는데, 비좁은 방에 입던 옷과 빨래한 옷이 같이 걸려 있었고 발 냄새나는 신발도 뒤엉켜 있어 쾌적함과는 거리가 멀었다. 화장실과 샤워실은 우리 군에서 사용했던 방식으로 화장실과 샤워실을 공용으로 사용했다.

낯선 타국의 열악한 근로 환경에도 휴일에는 생활의 여유처

럼 밖에 있는 빨랫줄에 이불과 옷을 햇볕에 말리고 대청소를
하며 주변을 정리하곤 했다. 고향과 가족을 그리워하듯 익숙
한 음식을 만들어서 동료들과 나눠 먹는 재미가 유일한 낙이
라며 낙인 생활이었을 것이다. 가끔은 우리 관리자들도 초청
받아 그들의 음식을 나누는 재미도 기억에 남아 있다.

한번은 중국 직원이 식사 초대를 해서 저녁에 간 적이 있었
는데 원형 테이블에 상다리가 부러질 정도였다. 그중에 작은
병아리 같은 튀김을 준비해 놓아서 뭐냐고 물었더니 비둘기란
다. 비둘기는 조립식 샌드위치 패널 식당 처마 위에 비둘기 집
을 올려놓고 키운 거라며 통째로 튀김을 했는데, 난생처음 먹
어 보니 진짜 닭하고 맛이 비슷해서 구분이 어려웠다. 또한 이
렇게 푸짐한 대접을 받고 나니 그들, 중국인 근로자들에게 미
안한 마음도 피할 수 없었다.

중국인 근로자들은 자체적으로 식당을 운영했는데 한번은
야외에서 점심시간에 우연히 지나치다 본 것은 충격적이었기
때문이었다. 양푼에 3분의 2 분량의 밥을 담고 그 위에 찐계란
1개와 소금을 배급받아 그것으로 점심을 먹은 것을 보았기 때
문이다. 사회주의 국가다 보니 엔지니어하고 근로자 간 신분
격차도 있고 대우도 달랐다.

그럼 현지인들은 이주 노동자들을 어떻게 볼까, 우리가 우

리나라에 들어와 있는 이주 노동자들을 보는 것과는 다를 것인가?

1999년도에 리비아에 근무할 때는 사하라 사막 한가운데 물탱크 설치 등 구조물 공사로 인하여 현지인들을 직접 접하기가 쉽지 않았다. 같이 근무하는 현지인들이 전혀 없는 것은 아니었는데, 리비아와 공사 계약을 할 때 의무적으로 고용해야 하는 인원들이었다. 장비 및 차량 운전원 외에 보통 인부들로 되어 있는데 이들은 한국 사람을 매니저로 생각하며 일을 하지만, 기능이 뒤떨어지고 일을 배우려고 하는 의지가 약해서 시간만 때우는 일이 대부분이다.

우리 관리자들이 시공사 매니저로 있다 보니 현지인들이 필요로 하는 생필품도 매니저를 통해서 회사로부터 조달하는 경우가 대부분이었다. 그러다 보니 인근 도시로 출장 가는 길에 무장한 현지인들에게 납치되어 차량이며 소지품을 모두 빼앗기고 사막에서 헤매고 있다가 캠프에서 찾으러 가서 데리고 오는 일도 종종 있었다.

2008년에는 리비아의 수도 트리폴리 본부에서 근무하게 되었는데 시내이다 보니 안전하여 외식도 하고, 쇼핑도 하면서 지내는 데 문제가 없었다. 한국 사람이라고 해서 무시당하거나 조롱당하는 일은 없었다. 하지만 공항에 휴가자들을 데려다주거나 데리고 올 때 가끔 현지 경찰의 불심검문을 받게 되는데, 이때 아랍어로 말도 안 되는 트집을 잡으며 금전을 요구하곤 했다. 요구하는 금액이 한국 돈으로 5천 원에서 1만 원 정도라서 문제를 만들지 않으려고 그냥 주고 오는 경우가 종종 있었다.

2011년부터 2018년까지 사우디아라비아 얀부 발전소 건설 현장에서 근무했다. 그곳은 리비아보다 치안이 좋아서 경찰들이 수시로 순찰을 돌지만 검문은 없었다. 가끔 공원에서 산책을 하다 보면 행인들이 "영어 할 줄 아느냐?" 묻는 경우가 있었는데, "할 줄 안다."고 하면 "어디서 왔느냐?"고 또 물어보곤 했다. "한국에서 왔다."고 하면 엄지를 척 들어 보이며 "Good" 호감을 나타내곤 했다.

이렇듯 동양인을 보면 "어디서 왔느냐?" 묻는 것은 일본, 중국에서 온 사람들이 많이 거주하고 있기 때문이었던 듯싶다. 특히 공항에서 입출국 심사를 받을 때면 어깨가 쓰~윽 올라가는 경우가 많았는데, 한국에서 왔다고 하면 줄부터 다르고 화물검색대도 쉽게 지나가곤 했던 것이다. 국력의 외형적 모습이리라.

비교되는 건 1999년 리비아에 근무할 때만 해도 입국할 때 휴대품 검색대에 들어서면 3단 의류대에 있는 짐을 바닥까지 모두 꺼내라는 고압적인 상황에 직면해야 했다. 할 수 없이 그것들을 꺼내 놓았을 때 신문, 잡지 등 자기네들이 이상하다고 느끼면 모두 압수하고 다시 물건을 의류대에 넣으려고 하면 가지런하지 않고 흩어졌다. 그러니 제대로 들어가지도 않고 넘쳐 나서 별도로 들고 나와야 하니 그 짜증은 뭐라 말도 표현하기도 힘든 상황이었다. 또한 압수품을 달라고 항의하면 신문의 경우 10개 중에 2개 정도 던져 주고 가라고 한다. 다시 항의하면 금품을 강요하거나 야한 잡지를 탐내기도 했다.

이렇게 어렵게 검색대를 통과한 3단 의류대 안에는 옻나무, 들깨, 고사리, 고춧가루, 누룩, 족발, 홍어회, 삼겹살, 훈제오리, 고등어 및 꽁치 통조림 등 식료품과 속옷, 양말이 들어 있었다. 그리고 통신이 제대로 안 되던 시절이라서 일간지, 주간지 등은 동료들에게는 좋은 선물이 되던 시절이었다. 휴가에서 복귀하는 날은 끼리끼리 모여서 가지고 간 음식과 함께 휴가 가서 있었던 일, 휴가 중에 일어난 일 등 이야기꽃을 피우곤 했다.

현장에서 일과가 끝난 저녁이나 쉬는 주말에는 비디오를 시청했는데 회사에서 사원 복지 차원에서 드라마, 코미디,《전국노래자랑》등 지상파 채널을 녹화해서 1개월 단위로 가지고 와서 보는 재미로 국내 사정을 알게 되고 보람을 느끼며 하루 피로를 풀어내곤 했다. 2011년 아랍의 봄 이후로 리비아에 들어가지는 못했지만, 그 후 사우디아라비아에서 생활하면서는 한국인의 긍지를 느낄 수 있었다.

휴가는 리비아에서는 한국인 관리직은 5개월 근무하고 4주 유급휴가인 반면 반장들은 12개월 근무하고 4주 무급휴가, 3국인들도 2년 근무하고 4주 또는 8주를 다녀올 수 있는데 무급휴가로 다녀와야 했다. 2011년부터 사우디아라비아에서 근무할 때는 4개월 근무하고 2주를 다녀왔는데, 3개월 근무하고 10일 휴가인 회사도 있어서 회사별로 차이가 있었다.

최씨는 그 당시의 상황을 이렇게 정리하곤 했다.

"노동이라는 것은 삶의 연속이 아닌가 싶다. 어떤 노동은 편하고 어떤 노동은 어렵다고 단정하기가 어렵다. 어떤 이는 사무실에서 근무(정신적 노동)하니까 편하다고 하고, 어떤 이는 현장에서 주어진 일만 육체적으로 하면 되니까 편하다고 하기도 해서 어느 노동이 좋다고 하는 것은 주관적인 것 같다. 나는 개인적으로 체력이 약하다 보니 육체적인 노동, 즉 육체적인 근로자보다 정신적인 노동, 즉 정신적 근로자가 오히려 좋다고 본다."

글로벌로 본다면 우리나라가 후진국일 때처럼 기술이 부족하고 자원이 없는 나라는 육체적 근로자일 수밖에 없고, 기술력이 향상되고 정신적 자원이 축적되면 정신적 근로자로 일한다는 것은 후진국을 벗어나는 것일 것이다. 예를 들어 우리나라 70년대부터 80년대까지는 기술력이 떨어져 육체적인 근로 자일 수밖에 없었고, 90년대부터 서서히 기술력이 향상되어 관리직들이 늘어나면서 국력도 함께 향상되어 지금은 선진국 이 되었고, 임금을 비롯하여 복지도 선진국과 어깨를 나란히 하는 위치에 도달하게 된 것이다.

그래서 해외와 국내 임금 격차도 70~80년대에는 2~3배에 달했으나 90년대 들면서 1.5배 정도였다가 현재에는 나갈 나 라의 위치에 따라 수당 개념으로 주고 있다. 그런 탓에 국내 경력 단절을 감수하면서까지 해외에 나가려고 하지 않아 해 외에 근무하라고 하면 "아내가 우울증이 있어요.", "부모님이 편찮아서 내가 돌봐야 해요." 하면서 온갖 사유를 설명하면서 해외 근무를 나가려고 하지 않는다는.

일에서 의미를 발견한다면, 그건 축복이다. 소명 의식까지 느낀다면 더할 나위 없는 은혜다. 일에서 의미와 행복을 모두 경험할 수 있다면 정말이지 최고의 축복이다. 그는 말했다.

노동이었던 삶, 삶이었던 노동

정년으로 퇴직 후에 인력사무소에 등록하고 일용직 노동자로 일한 적이 있었다. 인력 시장이라고도 칭하는 인력사무소는 이 시대의 막장 같은 곳이라 하던가, 막장은 석탄을 캐내는 탄광 등의 지하갱도가 끝나는 막다른 벽을 마주한 공간을 지칭한다. 갱도 지상부를 고정하는 동바리도 설치되지 않은 곳이니 삶의 현장으로 치면 현실의 진단과 미래가 불투명하거나 불안전한 공간인 것에서 유래했을 것이다.

직업군인으로 공직자로 30여 년을 근무하면서 노동자로 인식한 적은 없었던 듯싶다. 소위 펜대를 굴렸다는 유치한 선민의식이었으려나. 그럼에도 불구하고 노동에 대한 유연한 인식을 가졌던 게 일용직 노동자를 거부감 없이 받아들일 수 있었다.

돌아보면, 노동은 언제나 인간 삶의 중심에 있었다. 먹고살기 위한 수단이자, 때론 존재의 이유였다. 누군가에게는 피할 수 없는 굴레였고, 또 누군가에게는 하루를 지탱하는 의미였다. 우리는 오랜 시간, 손과 발을 움직이며 살아왔다. 밭을 갈고, 물건을 만들고, 음식을 짓고, 서로를 돌보며. 노동은 단지 일이 아니라, 삶의 리듬이었고, 타인과 연결되는 방식이었다.

반상으로 신분을 구분하였을 때 손발을 움직여 일하는 것에 노동이란 개념조차 없었다. 전후 최빈국에서 산업화 시대로 숨 가쁘게 달려오면서는 손발을 움직여 밥을 버는 직업에 대한 유연함을 가지지 못했다. 이제 우리 사회 전반의 열악한 노동 현장에서 이주 노동자가 없으면 이제 존재할 수 없는 극단적인 상황에 내몰리게까지 되었다.

평생을 손에서 일을 떼어 놓지 못하셨던 어머니는 '좋은 세상이다'라는 말을 자주 하셨다. 전후 가장 가난한 나라에서 경제적 풍요와 다양한 문화를 세계인들과 공유하는 대한민국의 국민들은 과연 어떠한 삶을 살아가고 있는가? 늘그막에 서울 시민이 되었다며 입에 달고 살다시피 생전의 어머니가 말씀하셨던 대한민국은 정말 좋은 세상이기만 한 것일까?

노동에 관한 우리의 인식을 고민하면서 우연한 기회에 라오스에 다녀왔다. 느리면 느린 대로, 고요하면 고요한 대로. 라오스는 그것을 허락해 주었다. 아무도 재촉하지 않고, 경쟁하지 않고, 나를 판단하지 않는 그곳에서 나는 나의 삶을 처음으로 살아 보고, 느껴 보고, 선택해 볼 수 있었다.

여행이란 결국 타인의 삶을 엿보면서 동시에 자신의 모습을 비추어 보는 일이기도 했다. 물론, 다시 서울로 돌아왔을 때 다시 분주한 일상이 나를 감싸겠지만, 적어도 나는 이제 안다. 내가 무엇을 향해 살아가고 싶은지, 어떤 삶이 나에게 '잘 사는 삶'인지 돌아볼 수 있는 계기가 되었다.

예측하기는 물론 따라가기도 벅찬 빠르게 변화하는 시대, 기계가 손을 대신하고, 인공지능이 사고의 일부를 담당하기 시작했다. 더 적은 사람이, 더 빠르게, 더 많은 것을 해내는 세상. 그 안에서 '노동'의 자리는 점점 더 낯설어지고 있다.

우리는 편리함을 얻는 대신 몸을 덜 쓰게 되었고, 그만큼 뭔가 중요한 것을 놓치고 있는 건 아닌가 하는 생각도 피할 수 없다. 일을 통해 얻게 되는 고유한 만족감, 함께 땀 흘리며 나누던 감정, 그리고 내 손으로 무언가를 만들어 내는 그 단순한 기쁨.

노동은 지금도 여전히 필요하지만, 이제는 다른 방식으로 그 의미를 새겨야 할지도 모른다. 피로의 상징이 아니라, 삶을 구성하는 하나의 방식으로서. 억압의 수단이 아니라, 인간과 인간 사이의 거리를 좁히는 통로로서.

어쩌면 지금 우리에게 필요한 것은 노동에 대한 새로운 서

사다. 고단함과 성취가 공존하고, 기계와 사람이 함께 일하는 시대에도 여전히 인간다움이 깃들 수 있는 이야기. 그 이야기의 시작은, 단순한 회복이 아니라 '다시 이해하는 일'일지도 모른다.

우리는 지금, 이전과는 다른 방식으로 일하고 살아가는 시대에 서 있다. 그만큼 더 많이 묻고, 더 조심스레 성찰해야 한다. 노동은 여전히 우리를 짓누르기도 하지만, 동시에 우리를 일으켜 세우기도 하니까.

손으로 살아온 시간들을 기억하며, 이제는 그 기억을 바탕으로 '일하는 인간'에 대해 다시 생각해 보려 한다. 무엇이 우리를 사람답게 만드는지, 그리고 우리는 어떤 노동을 통해 살아가고 싶은지를.

> "우리는 우리가 반복적으로 행하는 것의 총합이다. 그러므로 탁월함은 행위가 아니라 습관이다."
>
> _아리스토텔레스

이제는 삶의 방식이 달라졌다. 그러나 달라졌다고 해서 사라져야 할 의미가 있는 것은 아니다. 손으로 살아온 시간, 땀으로 나눈 관계, 일이라는 이름 아래 서로를 이해했던 기억들. 그 모든 것이 지금의 나를 만들었다면, 나는 어떤 습관을 남기고, 어떤 삶을 살아가야 할까.

빠르게 흐르는 시대의 물살 속에서도, 나는 여전히 나를 살게 했던 노동의 기억을 곱씹는다. 그곳에 나의 삶이 있었고, 사람들의 얼굴이 있었고, 다시 되새기고 싶은 탁월한 인간됨이 있었다. 이제 말보다 삶이 답할 것이다.